SUITE ITALIENNE

PÉCHÉ MORTEL

DU MÊME AUTEUR

CHEZ LE MÊME ÉDITEUR

La Huitième Vibration, 2010

Albergo Italia, 2016

Le Temps des hyènes, 2018

Une affaire italienne, 2021

CARLO LUCARELLI

PÉCHÉ MORTEL

Traduit de l'italien
par Serge Quadruppani

ÉDITIONS MÉTAILIÉ
20, rue des Grands Augustins, 75006 Paris
www.editions-metailie.com
2024

Titre original : *Peccato mortale*

ISBN : 979-10-226-1377-4
ISSN : 1281-5667

Carlo LUCARELLI *est né à Parme en 1960. Chroniqueur, scénariste et dramaturge italien, il est l'auteur de nombreux livres, romans policiers, thrillers et livres d'enquête, dont les best-sellers traduits en France,* Almost Blue *et* La Huitième Vibration. *Il anime une grande émission de télévision sur des affaires non résolues. Son livre* Une affaire italienne *a remporté le prix Violeta Negra Occitanie 2022.*

Severino, mon ami

Il Resto del Carlino, samedi 24 juillet 1943, XXI, Italie, empire et colonies, 30 cent.
D'IMPORTANTES FORCES ENNEMIES REPOUSSÉES DANS LA PLAINE DE CATANE. *Dans la zone occidentale, les forces de l'Axe se déplacent sur des positions arrière* – RAPPEL SOUS LES ARMES DES CLASSES 1907 À 1922.
Rubrique de Bologne : LE RECENSEMENT DES ÉVACUÉS – PAS UNE MOTTE NON CULTIVÉE, *extension des jardins de guerre* – NOUVELLES DU RATIONNEMENT : *distribution de beurre, lundi les pommes de terre. Les personnes ayant réservé pourront acquérir 80 g de poulet ou de lapin.*
Radio : 20 h 30, *Il Signor Bruschino* (farce gaie de G. Foppa).

S'il n'avait pas trébuché, il serait mort, car le projectile brisa la vitre avec le bruit sec d'une toux et lui passa sur la nuque, de biais, lui laissant sur la peau une empreinte brillante et rouge comme une brûlure.

De Luca s'abattit au sol sans même avoir le temps de mettre les mains en avant et il enfonça son visage dans un ballot gonflé dont la mollesse, plutôt qu'à un sac, faisait penser à un oreiller.

Ce n'était pas la bonne maison. Il s'était perdu dans le noir de cette nuit sans lune de fin juillet, plus attentif à ne pas se retrouver dans le canal qu'à distinguer les silhouettes obscures des maisons de paysan de cette partie des faubourgs déjà presque campagne. Le black-out, et plus encore le bombardement même lointain de la matinée, avaient éteint les rares lampadaires et, quand De Luca était arrivé devant ce mur sombre et droit, il avait simplement suivi le plan de Rassetto, qui prévoyait pour lui une entrée par l'arrière, tandis que les autres surgissaient à l'avant.

La porte n'était pas fermée, ce qui aurait dû lui faire comprendre tout de suite que ce n'était pas la maison de Borsaro, mais la partie militaire des opérations n'avait jamais été son fort, il était toujours trop tendu. Alors il avait quand même avancé et, comme au-delà de la porte, il y avait un escalier, il l'avait grimpé à quatre pattes, comme un chat, car la pile de sa lampe de poche l'avait lâché depuis un moment et on ne voyait vraiment rien.

Quand il était arrivé en haut de l'escalier, distrait par un bourdonnement de mouches qui bouillonnait dans la chaleur suffocante, il n'avait pas eu le temps de s'habituer à l'obscurité que quelque chose, à ses pieds, l'avait fait trébucher.

Puis il y avait eu le fracas du verre de l'unique fenestron sous le toit en pente, la brûlure à la nuque, l'étoffe molle et gonflée qui lui remplissait le visage. Il ne s'était même pas aperçu qu'on lui avait tiré dessus, convaincu que ce truc visqueux sur lequel ses mains glissaient tandis qu'il essayait de se relever venait d'un pot de mélasse qu'il avait cassé en tombant. Parce qu'il avait entendu le verre rouler sur les lames du plancher et parce qu'il était convaincu d'avoir affaire à un entrepôt de produits alimentaires de contrebande.

Pendant ce temps, au-dehors, tout le monde avait commencé à hurler et cette fois il l'entendit, le coup de feu, et il comprit qu'il venait d'un autre côté et alors il sortit le pistolet de la poche de sa veste, tant bien que mal, parce qu'il glissait entre ses doigts caoutchouteux.

Il retourna à l'escalier et redescendit plus vite, sous l'effet de l'adrénaline et aussi parce que le premier projectile avait déchiré le rideau de poussière sèche incrustée sur le verre de la fenêtre et qu'on y voyait mieux.

Il contourna la maison, guidé par le bruit de voix, et sortit dans la cour sombre où un garçon, tache blanche en caleçon et tricot, était plaqué au sol par Massaron, plus sombre et massif. Au tintement des chaînettes, on devinait qu'il lui passait les menottes.

– Bravo, commissaire, lui dit Massaro, enthousiaste, après qu'il l'eut reconnu tandis qu'il s'avançait dans l'obscurité. Vous aviez raison, ils étaient bel et bien là ! Et vous devriez voir tout ce qu'il y a !

– Qui a tiré ? demanda De Luca. Lui ? ajouta-t-il en montrant le garçon.

– Non, moi. Deux fois en l'air, pour intimider.

Brave couillon, pensa De Luca, et lui-même n'aurait su dire s'il se référait à l'agent de première classe Massaron ou à sa propre personne. Il desserra son nœud de cravate, déboutonna le col de sa chemise pour qu'elle ne frotte pas contre sa brûlure à la nuque et traversa la cour en s'orientant au filet de lumière qui filtrait de la masse noire de l'autre maison, la bonne. Rassetto était là, sur le seuil, tenant écartée l'étoffe lourde d'un rideau, et lui faisait signe de la main.

– Bien joué, De Luca, dit-il, avec le *l* légèrement redoublé par son accent de Cagliari, ses petites moustaches toutes droites sur les lèvres, dans un sourire qu'on ne parvenait pas encore à voir mais qui était toujours là, découvrant ses dents de loup, qu'il fût heureux ou furieux. On a chopé Borsaro ! Mais d'où tu sors ? Tu ne devais pas être au-dessus ?

– C'est une longue histoire, rétorqua De Luca, et il entra dans la maison, englouti par l'obscurité des rideaux épais et des vitres peintes en noir.

– J'ai l'impression qu'ils avaient plus peur des curieux que des amendes de la défense passive, dit Rassetto.

Il n'y avait que deux petites lampes suspendues au plafond, qui éclairaient le milieu de la pièce, laissant les bords dans l'obscurité, mais ça suffisait. Des saucissons longs et noueux comme des doigts pendus aux poutres avec de petits jambons saturant l'air d'une odeur qui faisait gargouiller l'estomac. De gros morceaux de lard.

Des mortadelles entassées comme des projectiles de mortier. Des dames-jeannes dont la garniture de paille graisseuse laissait deviner qu'elles contenaient de l'huile. Du savon empilé en barres trapues et jaunes comme des lingots. Il devait aussi y avoir de l'essence, quelque part dans le noir, car on en devinait l'odeur, une nuance âpre au milieu de celle, douce, huileuse et salée des viandes, de celle piquante du savon, et aussi celle du café, qui était forte.

Il y avait bien une raison pour qu'Egisto Saccani soit appelé le Trafiquant, avec l'article devant et le T majuscule perceptible même oralement.

– Il y a une fortune là-dedans, annonça Corradini, qui avait ramassé un bout de lard et serrait les doigts dans la graisse pour le tenir.

Il le fourra sous le nez d'Egisto, agenouillé mains sur la tête, chauve, trapu et engoncé dans une salopette poussiéreuse et graisseuse qui le faisait ressembler lui aussi à un jambon tombé d'une poutre.

– Combien tu le fais au kilo ? Cent lires ? Avec le carnet de rationnement, c'est dix-sept, mais on s'en fout si les gens meurent de faim !

Il le lui frotta sur ses moustaches de morse et Egisto répondit par un frémissement des narines, les yeux fermés et avec ce demi-sourire qu'il avait gardé figé sur ses lèvres même quand ils avaient fait irruption en criant "Personne ne bouge ! Police !"

Massaron poussa dans la pièce le garçon en caleçon et tricot de corps qui, menotté comme il l'était, perdit l'équilibre et finit à genoux devant Egisto.

– Negroni Gianfranco, quatorze ans, sans domicile fixe, dit Massaron, bureaucratique.

– Trafiquant au marché noir et pédéraste, gronda Rassetto. Et peut-être aussi juif !

– Non, rétorqua De Luca, qui se tenait toujours dans l'ombre et donc personne n'avait pu le voir indiquer la chaînette avec une croix qui sortait de la salopette d'Egisto, mais Rassetto l'avait remarquée lui aussi.

Il la lui arracha d'un coup sec, transformant un instant le demi-sourire en grimace de douleur.

– C'est comme ça que tu offres ton or à la Patrie? aboya-t-il, puis, vu que le sourire était revenu, plus arrogant que jamais, il lui balança un coup de pied dans le ventre qui le plia en deux.

Le garçon commença à pleurer de peur, en silence.

De Luca fit un pas un avant parce qu'il savait quel genre de type c'était, l'adjudant Rassetto, et aussi parce que, s'il lui avait laissé la partie militaire de l'opération, l'enquête sur la contrebande de produits alimentaires était pour lui.

Mais à l'instant où il sortit de l'obscurité pour entrer dans le premier halo de lumière, l'adjudant Corradini laissa échapper un cri étouffé et même le Trafiquant perdit son demi-sourire. Massaron agrippa le commissaire par le bras, comme pour le soutenir.

– Merde, De Luca! dit Rassetto. Mais t'es blessé!

De Luca baissa les yeux et vit la tache sombre qui lui trempait la chemise et aussi les manches de sa veste blanche, sur les avant-bras.

– Non, non, dit-il, du calme... c'est de la mélasse. Je me suis trompé de maison, je suis tombé et j'ai cassé un bocal.

Il montra ses paumes rougeâtres et rit avec les autres, en disant "quel imbécile", mais Massaron, qui frottait l'un contre l'autre ses doigts trapus de poids lourd et riait plus grassement que les autres, s'arrêta brusquement et lui saisit à nouveau le bras.

– Seigneur, commissaire! C'est pas de la mélasse, c'est du sang!

– Du sang? murmura De Luca. Du sang? Mais je n'ai... commença-t-il en se touchant la brûlure à la nuque, trempée seulement de sueur, ce n'est... ce n'est pas le mien.

Tous les regards étaient braqués sur lui, qui exprimaient la même question. Et il ne fit que l'anticiper, en se la posant lui-même :

– Si ce n'est pas mon sang, alors à qui il est ?

Deux lampes de poche et trois grosses bougies, plus une vieille lanterne militaire qui grésillait dans la pénombre brûlante où bourdonnaient les mouches. Elles s'acharnaient sur le corps étendu sur les planches en bois du grenier et De Luca serra les lèvres sur un renvoi aigre à la pensée qu'après avoir trébuché sur les pieds, il s'était retrouvé le visage en plein sur le ventre du cadavre, plongé dans ce coussin d'étoffe et de chair gonflée.

C'était un homme, imposant, bien vêtu et mort, et il n'était pas facile d'en dire davantage car il lui manquait la tête.

C'était sans doute de là que venait cette mare de sang épais et coagulé qui entourait le corps, de cette coupure nette qui interrompait le cou juste au-dessus du col raide, avec encore son nœud de cravate.

– Un éclat de bombe ? suggéra Corradini, sans conviction, et même De Luca secouait la tête.

À part que le bombardement du matin était resté aux limites de la zone et qu'il n'y avait pas trace de l'arrivée d'un éclat dans le grenier, la tête avait été tranchée d'un coup sec, avec un gros couperet ou une petite hache.

– Une hache, se confirma à lui-même De Luca, en désignant du bout de l'index un sillon net et profond qui coupait le sol juste à l'aplomb du col.

L'envie de vomir n'avait duré qu'une fraction de seconde, l'horreur et le dégoût vaincus par cette curiosité qui s'emparait toujours de lui avec l'excitation d'une fièvre soudaine dans des cas semblables.

Il fit signe à Corradino de s'approcher avec la lampe, puis à Rassetto qui marchait doucement, comme sur de la glace, attentif à ne pas glisser dans le sang coagulé. Massaron, inutile en ces circonstances, était resté en bas, avec le Trafiquant et le gamin en caleçon.

Déjà sale et sûr de ne pas saccager des traces qu'il n'ait pas déjà effacées en tombant dessus, De Luca s'était agenouillé à côté du corps, agitant les mains pour chasser les mouches. Il glissa les doigts dans la poche du gilet, gratta l'intérieur des poches avant du pantalon puis, l'agrippant par la ceinture, souleva le bassin de l'homme pour atteindre les poches arrière, l'une après l'autre, avec un bruit mou qui fit tousser Corradini sous l'effet d'un haut-le-cœur plus fort. Il était le seul à porter un chapeau et De Luca le lui demanda d'un geste de la main, sans même le regarder.

– Quand même, il est neuf, murmura l'adjudant Corradini, que les dactylos de la questure disaient beau comme une star de cinéma et qui tenait à son style, tandis que De Luca y mettait ce qu'il avait trouvé, pas grand-chose, puisqu'il n'avait pas trouvé de portefeuille avec les papiers d'identité.

– Où est la veste ? demanda Rassetto. Un type élégant comme ça devrait porter aussi une veste, non ?

– Il fait chaud, dit Corradini. C'est l'été. Il a déjà un gilet, peut-être qu'il est sorti sans veste.

De Luca leva la main et déplaça celle de Rassetto pour orienter la lampe vers les pieds de l'homme.

– Quelqu'un me regarde les semelles, s'il vous plaît ? demanda-t-il, sûr que, après avoir été agenouillé un moment, il aurait du mal à se lever sur cet enduit glissant.

– Usées, à ressemeler et avec un trou, petit.

– Mais très brillantes sur le dessus, dit De Luca. Regardez les lacets. D'un ton à peine plus clair que les chaussures, très élégantes.

– Et alors ? demanda Rassetto.

– Et alors, c'est quelqu'un qui enlève les lacets pour les cirer, comme je fais, moi, expliqua Corradini.

– Moi, je pencherais pour une veste, dit De Luca, toujours plutôt pour lui-même. Un type comme ça, qui soigne tous les détails, je ne le vois pas sortir seulement en gilet. Même si ça, ajouta-t-il en tâtant un coin d'étoffe entre ses doigts, c'est un costume de laine, d'hiver – et, de fait, il était aussi trop sombre pour la saison –, et donc, ou bien c'était un type frileux ou bien il ne possédait que celui-là.

L'homme avait un bras allongé contre son flanc, baignant dans le sang, l'autre était posé sur son ventre. De Luca attrapa ce dernier et le souleva pour examiner le poignet de la chemise qui était propre, certes, mais usé par trop de lavages. Le policier avait dû forcer contre la rigidité cadavérique, qu'il avait déjà remarquée quand il avait soulevé le corps pour fouiller dans les poches arrière du pantalon, et comme il poussait pour remettre en place le bras, il remarqua quelque chose.

– Éclaire-moi par là.

Corradini approcha la lanterne, la fourrant au milieu des mouches qui se jetaient avec fureur contre le verre. De Luca tourna la main de l'homme pour scruter les doigts, qui étaient sombres sur la pulpe et sous les ongles.

– Qu'est-ce que c'est que ce truc noir ?

– Un truc noir, dit De Luca.

Le moment de se relever était arrivé. Il écarta les bras et les autres le soulevèrent comme un Christ descendu de la Croix. Il prit une torche et braqua la lumière sur les murs sombres de la soupente. Il décrocha aussi le cache du black-out pour augmenter l'éclairage. La logique aurait conseillé d'attendre le matin et la lumière du soleil, mais il y avait cette agitation en lui, vraiment comme une fièvre.

– Allez, dit-il, au point où on en est, jetons un coup d'œil. Cherchons une hache et une veste. Et une tête.

Ils ne trouvèrent rien, ni hache, ni veste, ni tête.

Rien que quelques vieux sacs de jute, un seau de métal vide et une grosse bouteille en verre, celle qui avait fait croire à De Luca qu'il avait heurté un bocal de mélasse. Et puis un siège, dans un coin, et un matelas.

Mais pas de veste ni de hache. Et pas de tête.

Quand ils retournèrent dans l'autre maison, le Trafiquant avait cessé de sourire, et pas seulement parce que Massaron avait détaché un saucisson d'une poutre et s'en coupait une tranche avec un couteau à cran d'arrêt. On lisait dans ses yeux qu'il aurait voulu demander ce qu'ils avaient trouvé dans la maison de l'autre côté de la cour. Il fixait d'un air sérieux tout ce rouge, brunâtre et lourd, qui teignait les vêtements du commissaire, maintenant surtout aux genoux et sur les jambes. De quelque part dans le noir arrivaient les sanglots du garçon, profonds et réguliers comme une respiration dans le sommeil.

De Luca prit une chaise en bois et la plaça devant Egisto, toujours assis sur ses talons. Il s'appuya au dossier, restant debout, résistant à l'envie de se gratter la nuque qui le brûlait sous la sueur. D'un geste, il refusa la tranche de saucisson que Massaron lui tendait, non parce qu'il n'en aurait pas voulu et n'avait pas faim, mais il y avait cette curiosité frémissante qui lui bloquait la gorge.

– On est de la Criminelle, dit-il. On ne devrait pas donner la chasse aux trafiquants, mais à un moment il a commencé à y avoir une concurrence entre nous, les collègues du Ravitaillement de la questure et ceux de la Milice. Tu sais pourquoi ils ne réussissaient pas à te trouver, les autres ?

Le Trafiquant ne dit mot, plissant à peine les yeux avec une expression qui pouvait vouloir dire "oui" ou "non", ou les deux ensemble.

– La Milice, parce que tu passes un peu de marchandise au centurion qui commande la section du Ravitaillement.

– Illustration éclatante et concrète de l'expression "avoir du jambon sur les yeux", dit Corradini. Ou alors, "de la mortadelle", si le camarade centurion Baldelli préfère.

Corradini claqua des talons, esquissant un salut romain, le bras replié contre son flanc, et Rassetto serra les lèvres sur ses dents de loup.

– Attends un peu qu'on rejette à la mer les Alliés et qu'on s'arrange avec les Allemands, aboya-t-il. On liquidera les traîtres comme celui-là, ajouta-t-il en montrant le Trafiquant, et comme cette merde de Baldelli.

De Luca haussa les épaules.

– La section du Ravitaillement de la questure, en revanche, ce sont des bons gars, bien sûr, mais ils suivaient les marchandises qu'on mange. Une erreur, parce que toi, tu déplaces tout le saint-frusquin dès que tu peux et que tu es très fort pour trouver des endroits abandonnés de Dieu comme celui-là.

– Les Maisons Morri, dit Corradini. Abandonnées dès avant la guerre.

De Luca intercepta le regard noir du Trafiquant et secoua la tête.

– Non, ce n'est pas le prince Morri qui t'a dénoncé, enfin. Il ne sait probablement pas que tu existes… oh, oui, mon Dieu, ton saucisson, il le connaît, parce que les collègues du Ravitaillement m'ont dit qu'il y a eu le mariage de sa petite-fille et qu'on sortait des saucissons, des jambons et de la mortadelle comme ça, dit De Luca avec un geste circulaire du doigt levé. Mais quand on est prince, on s'en fout des cartes de rationnement, non ?

Corradini fit de nouveau claquer ses talons, le bras à demi levé.

– Arrête ça, murmura Rassetto. On réglera aussi leur compte aux princes.

Parler de saucisson lui avait donné encore plus faim, et donc De Luca en prit une tranche en la retirant de sous le couteau de Massaron et, quand il essaya de retirer la peau, la chair se défit entre ses doigts, car elle était encore fraîche. Très douce sur la langue, malgré le grain de poivre qu'il écrasa entre ses dents. Son estomac gargouilla bruyamment, mais il y avait cette curiosité frémissante qui lui bloquait la gorge.

De Luca saisit le dossier de la chaise et la tourna pour s'y asseoir à cheval.

– Tu sais comment je t'ai trouvé ? demanda De Luca, et le Trafiquant ferma de nouveau les yeux, mais cette fois d'une manière dont on comprenait qu'il s'agissait d'un "non".

De Luca indiqua la marque rouge sur le cou d'Egisto, qui porta les doigts là où se trouvait auparavant la chaînette d'or avec un crucifix, parce que peut-être il avait compris.

– J'ai pensé que quelqu'un qui fournit tout Bologne, comme toi, et ne se fait jamais choper à un barrage, n'utilise peut-être pas les routes pour arriver aux magasins et aux dépôts, mais le canal. Et, de fait, ce qui t'a perdu, c'est ça, insista-t-il, en montrant à nouveau le cou du Trafiquant qui cette fois ne broncha pas, car maintenant il avait bel et bien compris.

– Mais tu ne pouvais pas la lui donner gratis, la farine, au batelier qui te trimbale dans toute la ville avec l'excuse de distribuer le fumier aux jardins de guerre ? Tu as une idée du nombre de maisons qu'on aurait dû perquisitionner s'il ne nous l'avait pas indiquée, celle-ci ? Je veux dire, il fallait vraiment que tu lui prennes la chaîne en or de la communion de son fils ?

Corradini rit :

– Il est trop religieux, lança-t-il.

– Non, il est trop avide, grogna Rassetto, et il lui aurait flanqué un autre coup de pied dans le ventre si De Luca ne l'avait pas arrêté.

– Et là, on arrive à la raison de tout ce discours, déclara De Luca en se calant sur la chaise comme un cow-boy dans les films américains d'avant-guerre. Je sais bien pourquoi tu n'arrêtais pas de sourire, tout à l'heure. Parce que, bon, d'accord, on t'a coincé et t'as perdu un paquet de fric, mais, au fond, le marché noir, c'est le marché noir, il y en a qui disent que si vous n'étiez pas là, on ne sait pas comment les gens feraient, et puis avec les amis comme Baldelli, et peut-être que nous aussi, on aura droit à quelque chose qui nous ferait oublier cette rivalité entre bureaux, qui sait, tu nous sors aussi le prince et, vite fait, tu te retrouves en selle. Mais en fait non, parce que ce qu'il y a dans l'autre maison, voilà, ça, certainement, ça fait peur, et pas qu'à nous de la Criminelle, mais aussi au centurion et même au prince.

– Qu'est-ce qu'il y a, dans l'autre maison ?

C'était la première fois qu'ils l'entendaient, la voix du Trafiquant, rendue encore plus rauque par le silence.

– Il y a un homme assassiné, sans tête.

Le Trafiquant esquissa un mouvement pour se lever, mais ça faisait trop longtemps qu'il était accroupi et ses genoux étaient sans force. Il appuya une main sur le sol pour rester droit.

– Ce n'est pas moi, je ne savais pas, je n'ai rien à voir avec ça, cracha-t-il entre ses lèvres.

Qu'il ne le sache pas, que ça n'était pas lui, qu'il n'avait rien à y voir, De Luca l'avait compris depuis le moment où il était revenu couvert de sang séché et où le Trafiquant avait cessé de sourire, plus perdu et perplexe qu'effrayé. Mais maintenant, oui, il avait peur.

– On verra. Pour l'instant, tu es le principal suspect. C'est toi qui utilises la maison de l'autre côté de la cour ?

– Non.

– Tu sais qui l'utilise ?

– Non.

– Tu y as déjà vu quelque chose ou quelqu'un ?

– Non.

De Luca soupira. Il jeta un coup d'œil à Rassetto, qui jeta un coup d'œil à Massaron, lequel décocha un coup de poing au Trafiquant, sous une pommette. Egisto s'affaissa sur le bras qu'il tenait à terre, Massaron le saisit au collet de sa salopette et le souleva, toujours à genoux. Quelque part, dans le noir, le garçon cessa de sangloter et commença à pleurer avec un bêlement si ténu qu'on ne l'entendait presque pas.

De Luca avança son siège. Son collègue plus âgé, son mentor quand il était entré dans la police, lui avait toujours dit que quelques gnons, pour un criminel, on peut y aller, de toute manière il les mérite, et le Trafiquant était bien un criminel, cupide, un affameur, exploiteur de gamins comme celui en caleçon et tricot qui pleurait dans le noir et qui, certainement, était avec lui à cause de la faim, pas pour autre chose. Mais il aurait voulu se limiter à celui-là, de gnon, un autre au maximum, pas plus de deux. C'est pourquoi il s'inclina sur les pieds avant de la chaise, en équilibre, pour lui parler de plus près.

– Je recommence par la fin. Tu as déjà vu quelque chose ou quelqu'un de bizarre, par là ?

– Non.

Le choc du poing de Massaron arracha un gémissement à Egisto. Il était gaucher, Massaron, il frappait du droit, plus faible, sans même y mettre trop de force, mais il avait frappé au même endroit, sous la pommette, qui commençait à gonfler et à jaunir.

De Luca poussa un soupir, s'appuyant de nouveau sur les quatre pieds de la chaise. Il avait senti dans ses cheveux le déplacement d'air du coup de poing.

– Je suis sûr que tu ne laisses pas toutes ces victuailles sans personne pour garder un œil bien ouvert dessus. Et ne me raconte pas que tu as installé ici ton activité sans vérifier ce qu'il y avait autour. Je te le demande encore une fois…

Massaron lança son poing avant même que Luca ait fini sa phrase, car le Trafiquant avait commencé à secouer la tête pour dire non, et, de fait, le coup arriva non plus sur la pommette mais sur la bouche. Il cracha une dent, en toussant du sang et de la salive.

Dans le noir, le gamin cessa un moment de pleurer, mais recommença aussitôt. De Luca chercha la tache blanchâtre du tricot qui tremblait dans l'obscurité et stoppa Corradini qui avait suivi son regard et s'apprêtait à aller chercher le garçon. Inutile de l'effrayer davantage et là-bas, probablement, il se sentait plus protégé.

– Je parie que c'est toi qui restes quand ton ami va livrer. Pas vrai ?

– Franchino ! Ne dis rien !

De Luca ne se tourna même pas pour regarder, il entendit seulement le bruit du coup.

– Ça suffit, lança-t-il à Massaron, et, doucement, au garçon : Tu as vu quelque chose ? S'il te plaît, dis-le-moi.

Franchino hocha la tête, mais personne ne le vit.

– S'il te plaît, insista De Luca, plus doucement encore.

Un soupir profond, interrompu par un sanglot, comme chez les enfants, puis le garçon commença à parler à toute vitesse en claquant des dents, en pur dialecte bolonais. De Luca n'y comprenait à peu près rien.

– Il a dit que, ce matin, il a eu peur à cause du bombardement, traduisit Corradini qui était le seul de Bologne. Il croyait que les bombes allaient arriver jusqu'ici et il s'est enfui. Il est arrivé à l'écluse, il voulait passer de l'autre côté du canal, mais ensuite il est revenu en arrière parce qu'il a vu… qu'est-ce que tu as vu ?

Le garçon le répéta dans un filet de voix, puis comme Corradini insistait, sans comprendre, "qu'est-ce que tu dis que tu as vu ?", alors il sortit de l'obscurité, la bouche béante, les yeux et même les narines écarquillés de terreur, et il le hurla si fort et avec tant de frayeur que tous en eurent des frissons.

– *Al Crest d'i càn ! A io' vest' al Crest d'i càn !*

– Le Christ des chiens, il a vu le Christ des chiens, traduisit Corradini.

– Le Christ des chiens ? répéta De Luca, en même temps que Rassetto. Le Christ des chiens ? Et c'est quoi, ça, putain ?

– Le Trafiquant, on l'envoie à San Giovanni in Monte, et le gamin chez les sœurs. Mais qu'elles le traitent bien, hein, parce que sinon, à la fin, il ne dira plus rien.

Il avait cessé tout de suite de parler malgré l'insistance de De Luca et les regards interrogatifs de tous, le Trafiquant compris, qui visiblement aurait voulu en poser lui aussi, des questions. Mais maintenant on devinait que de ces lèvres tremblantes et serrées, pour cette nuit, on n'apprendrait pas ce que c'était que le Christ des chiens.

– Qu'est-ce qu'on fait ici ? demanda Rassetto.

Il avait amené dans la cour la 1100 à essence du Trafiquant qu'il avait trouvée dans l'étable et il jouait avec la clé en la faisant glisser entre ses doigts.

À côté de la Balilla à gazogène de la police judiciaire, avec la bonbonne de la chaudière soudée sur le porte-bagage arrière, on aurait dit une Aprilia hors-série.

– Toute cette marchandise ne va pas tenir dans les voitures, il faut au moins une camionnette. On appelle l'Approvisionnement ?

De Luca secoua la tête. Rien que de penser aux agents de l'Approvisionnement, au médecin légiste, au chef de la Judiciaire, au juge et peut-être même au questeur, tous à traîner sur sa scène de crime, il en avait des frissons.

– Massaron et Corradini restent de garde. On va à la questure avec les interpellés et on vous envoie des agents pour vous relever.

Corradini lança un coup d'œil à Massaron, qui fixait les jambons. Il avait aussi fait un pas en avant, spontanément, aussitôt stoppé par le regard du collègue.

– Pas besoin, on dormira ici et on se reverra demain. Vraiment, soyez tranquilles.

Rassetto sourit, découvrant ses dents de loup.

– Ne bouffez pas tout, dit-il, puis à l'adresse de De Luca : Tu es sûr que le chef sera d'accord ?

De Luca regarda sa montre et hocha la tête d'un air décidé.

– Dès que je serai à la questure, j'appellerai le *dottor*, qui déjà sera furieux qu'on le réveille à cette heure, alors tu penses, si on le tire du lit. Allons-y, conclut-il, puis il répéta "allons-y", car soudain cette fièvre qui bouillonnait en lui, sourde et constante comme l'eau sur le feu, était devenue une gêne insupportable.

Il sentait la brûlure brillante sur sa nuque, le poids collant du sang sur les vêtements, l'odeur grasse des aliments, et aussi la sueur étouffante de cette nuit d'été. Il avait besoin de bouger, de sortir, de s'en aller, d'aligner calmement tous ces trucs qui mijotaient dans son cerveau.

Il lui était venu une idée mais il avait besoin de bien y réfléchir, et pas seulement de sentir sa présence.

– On vous laisse la Balilla, dit Rassetto, et on prend la 1100. C'est moi qui conduis.

Il Resto del Carlino, dimanche 25 juillet 1943, XXI, Italie, empire et colonies, 30 cent.
LA BATAILLE SUR LE FRONT SICILIEN. *Combat acharné des troupes de l'Axe contre les forces blindées ennemies, Palerme évacuée, raids sur Bologne et Salerne. Une poignée de héros contre un ennemi nettement supérieur en nombre* – PAGES DE GLOIRE ENTRE LE DON ET LE DONETZ, *les bersagliers de Caretto contre les mongols à l'arme blanche.*
Rubrique de Bologne : GRAVES DÉGÂTS DANS LE CENTRE-VILLE INFLIGÉS PAR LE RAID D'HIER, *les innocentes victimes de la furie ennemie. Rapide opération de secours* – LES PRIX DES FRUITS ET LÉGUMES : *ail (blanc et rose) 4 L., asperges 3,30 L., salade de toute qualité 2,80 L. ; pastèque 1,50 L.*
Radio : 17 h 45, orchestre dirigé par le maestro Cinico Angelini.

– À quoi tu penses ? demanda Lorenza.

Il pensait qu'ils n'avaient rien trouvé le lendemain non plus, ni la veste, ni la hache, ni la tête.

De Luca était arrivé aux premières lueurs de l'aube en costume couleur tabac et dans une Fiat 618 de l'équipe du Ravitaillement, avec à l'intérieur un adjudant et deux hommes tombant encore de sommeil, qui avaient eu du mal à s'extirper de la fourgonnette.

Dans la cour de la ferme, il y avait déjà un vieux 18BL de la Milice plein de chemises noires qui sautaient de la plateforme du camion, agiles et rapides, comme s'ils étaient à l'exercice. À la porte, Massaron barrait l'entrée les bras en croix tandis que Corradini discutait avec un officier qui sautillait devant lui, fou de rage. Ainsi dans son uniforme noir, les bras ouverts s'agitant comme des ailes, avec en plus un nez crochu comme un bec, il ressemblait vraiment à un corbeau.

– C'est vous le responsable de cette bande ? lança-t-il à De Luca, et, c'était peut-être dû à l'impression générale, mais il semblait qu'en plus sa voix croassait. Il avait des brandebourgs sur les manches de sa veste et De Luca compta trois bandes jaunes sous l'étoile. Un consul, un ponte, quasiment.

– Je suis le consul de la MVSN Amedeo Martina. Dites à vos sbires de s'écarter, nous mettons tout sous séquestre au nom de la section du Ravitaillement de la Milice.

– La questure est arrivée en premier, objecta De Luca.

– Je m'en fiche ! cria le consul, et De Luca pensa qu'au fond lui aussi s'en fichait.

Ce qui l'intéressait beaucoup plus, c'était de retourner dans l'autre maison, à la lumière du jour, c'était pour ça qu'il n'avait pas dormi une minute, allongé sur son lit à fixer les taches d'humidité au plafond en cherchant un espace blanc assez grand pour y coincer toutes ses pensées. Il fit donc signe au brigadier du Ravitaillement de venir discuter, lui, avec le corbeau, puis prit Corradini avec lui et s'en fut.

– Ceux-là, ils vont tout piquer, grogna Corradini.

Il puait la fumée, en plus de l'odeur des salaisons, et ses poches étaient gonflées de choses anguleuses. De Luca songea que, pendant la nuit, Massaron et lui avaient dû trouver aussi des cigarettes.

– Suffit qu'ils signent le reçu, dit De Luca, et Corradini haussa les épaules.

– D'accord, murmura-t-il à voix basse, comme un gamin. Mais ils vont tout piquer.

– Oh, tu m'entends ? À quoi tu penses ?

– À rien, répondit De Luca, et Lorenza sourit, parce qu'il avait dû carrément secouer la tête pour chasser ses pensées. Des trucs de boulot, admit-il.

– Laisse tomber, maintenant. Tu es avec moi. On est au bord de la mer, à Copacabana.

Là-bas, à Copacabana, chantonna doucement Lorenza avec un geste circulaire de la main ouverte et, en effet, à se limiter à ce coin, avec le reflet du soleil sur l'eau, les empreintes des pieds nus de Lorenza sur le sable et aussi les cris aigus, les explosions sourdes et les éclaboussures des sauts en "bombe", bras serrés autour des genoux, on se serait vraiment crus à la plage en bord de mer, peut-être pas au Brésil ou aux Caraïbes, mais à Riccione ou même à Forte dei Marmi, ou à Venise. Et en fait, on l'appelait le Lido de Casalecchio, ce bord de fleuve, bien que la plage fût grise et artificielle, il y avait le ciment qui contenait l'invasion du Reno et le garçon qui avait plongé en groupé ne l'avait pas fait depuis des rochers mais depuis une écluse.

Ils avaient choisi un coin plus à l'écart et miraculeusement vide, comme une petite plage privée en ce dimanche de fin juillet brûlant et de très grande affluence. Lorenza et ses amis étaient arrivés à bicyclette, le matin, avec leur déjeuner dans un sac et le grand parasol, et lui, il les avait rejoints dans l'après-midi, par le petit train à vapeur, et il s'était endormi contre la vitre, le chapeau de travers, écrasé contre une oreille en guise de coussin et le contrôleur qui le secouait par une épaule, "monsieur, nous sommes au terminus, monsieur".

Il serait resté là, à la maison sur le canal, à flairer dans les coins comme un chien de chasse, si le *dottor* Cesarella ne l'avait pas poussé dehors, littéralement.

"Suffit, De Luca, mon garçon. Tu n'as plus rien à faire ici. Rentre à la maison, C'est dimanche pour toi aussi, non ?"

Il avait bien fait de ne pas le tirer du lit, le chef de la Criminelle, parce que, en fait, celui-ci lui avait dit, la voix empâtée de sommeil, "d'accord pour demain, y a pas le feu".

Le *dottor* Cesarella arriva à neuf heures, fleurant encore bon le café et l'eau de toilette, pour trouver De Luca et Corradini dans la soupente, en train de fouiller au milieu des mouches. Ils n'avaient rien découvert à la lumière du jour qu'ils n'aient pas déjà entrevu dans l'obscurité sans lune de la nuit précédente.

Cesarella s'était avancé jusqu'au bord de la mare de sang figé qui entourait le corps, dressé sur la pointe des pieds, un bout de cravate pressé contre le nez. On l'appelait Petit Singe, parce qu'il était petit, maigre et nerveux, avec une mèche étroite rabattue sur un crâne ridé, et de fait, surtout avec ces grands yeux écarquillés de dégoût, il ressemblait vraiment à un babouin. Il résista quelques secondes, puis fit signe à De Luca de le suivre.

– Qu'est-ce que tu me racontes, mon garçon ? avait-il demandé, quand ils étaient ressortis respirer.

– Je pense qu'il a été décapité ici, comme le prouverait la flaque sur le sol, et je crois que ça a été fait post-mortem, vu que le sang, même s'il est abondant, ne paraît pas avoir giclé mais coulé.

– Je crois, je pense… bon, d'accord. Et comment il a été tué ?

– Je ne saurais dire. Il faut attendre les conclusions du médecin légiste.

– Et où est la tête ?

– Je ne sais pas. Nous n'avons pas encore réussi à la trouver.

– Je crois, je pense, je ne saurais dire, je ne sais pas… et pourquoi on l'aurait emportée, cette tête ?

– D'après moi, pour éviter l'identification de la victime. Pour la même raison qu'ont disparu aussi bien la veste que les papiers.

– D'après toi… bon, d'accord. Tu le lis, le *Corriere dei Piccoli*, mon garçon ? Avec ce personnage qui gagne toujours un million de lires, comment il s'appelle ?,

M. Bonaventura. Voilà, De Luca, une question à un million de lires… tu as une idée de qui a pu faire ça ?

– Non.

Lorenza finit d'accumuler du sable jusqu'à ses chevilles, le tapota de la paume de la main pour le compacter puis agita les doigts de pied pour les en sortir.

– Sandales Ferragamo, dernière mode printemps-été, dit-il, sur le ton affecté et un peu nasal d'une présentatrice de radio.

Les autres rirent, mais elle regarda De Luca qui, cette fois, évita de s'ébrouer et réussit même à sourire de manière presque convaincante. Presque.

Tout le monde, hormis lui, était en maillot de bain : Lorenza, la cousine Maria, un gros blond dont il ignorait le nom et Giovannino Marani, le fiancé de Maria. Tous à l'université, plus jeunes que Lorenza et lui, qui était le plus âgé. Assis sur une pierre plate du fleuve, sous le parasol, la veste pliée à côté, il avait retiré sa cravate et commencé à déboutonner sa chemise un peu plus tôt, quand il s'était mis à repenser à l'affaire en cours.

– Les gars, mais c'est quoi cette chaleur ? lança Maria.

– Allons prendre un bain ! lança le Gros.

– Tu viens ? demanda Lorenza, et De Luca écarta les bras :

– Excuse moi, je n'ai pas apporté mon maillot.

– Baigne-toi en caleçon, rétorqua Maria, puis elle rit en même temps que Giovannino tandis que le Gros observait De Luca, l'air perplexe.

– Oh, allons… murmura Lorenza, qui avait rougi.

– Regarde autour de toi, tout le monde le fait. Et même, si tu attends le soir, tu pourras même le faire sans rien.

– Maria !

– Non, non… ta cousine a raison. Le *dottore* est un éminent fonctionnaire de police et il doit conserver la dignité de rigueur. Veuillez l'excuser, Excellence.

De Luca sourit et reprit le déboutonnage de sa chemise. Giovanni Marani était un rebelle de salon, fils de notaire et petit-fils de notaire, qui écrivait des articles sur l'embourgeoisement de la révolution fasciste dans la revue universitaire, sous pseudonyme. Mais il était si fanfaron, si puérilement effronté, qu'il l'attendrissait.

– Pour l'instant, je m'enlève un peu de vêtements, dit-il, après on verra. J'arrive juste, peut-être que dans un petit moment je viens. Même en caleçon.

Les jeunes se levèrent et coururent vers le fleuve, le Gros murmurant "tu exagères pas un peu?" à Giovannino. Lorenza les suivit du regard et De Luca crut l'entendre soupirer.

– Vas-y toi aussi, allez.

– Ça t'ennuie pas?

– Non, vraiment…

– Je reste avec toi…

– Non, vraiment, allez. Je me repose un peu et puis j'arrive. J'ai eu une matinée fatigante, je me suis même endormi dans le train.

Lorenza lui envoya un baiser en soufflant sur le bout de ses doigts et rejoignit les autres en ajustant son maillot sur ses cuisses. Elle était belle, Lorenza, d'une beauté tranquille et discrète, mais d'une élégance naturelle à transformer en habit de soirée un vieux maillot comme celui-là, avec sa jupette et son haut couvrant les épaules.

De Luca la regarda entrer dans l'eau au milieu des éclaboussures, en criant comme une enfant, et il était déjà arrivé au bout de la rangée de boutons quand, de nouveau, il se perdit dans ses pensées. En un instant, il fut là-bas, dans la maison de l'homme sans tête.

Le médecin légiste était arrivé vers dix heures et il n'avait même pas franchi le seuil de la soupente.

– Il est mort, avait-il dit.

– Et comment ? avait demandé le Petit Singe.

– Décapité.

Cesarella avait échangé un coup d'œil avec De Luca. On disait que le professeur Boni, qui dirigeait la faculté de Médecine légale de Bologne, avait fait carrière pour ses mérites "accardémiques", parce qu'il était le beau-frère du sous-secrétaire au ministère de l'Éducation nationale Stefano Accardi. Il n'y avait pas longtemps qu'il avait cessé de se sentir mal aux autopsies. Il fronça le nez et recula d'un pas, en remontant son pantalon, sa ceinture s'obstinant à glisser au-dessous de la courbe de son ventre. Il était en uniforme de senior de la Milice car, avait-il expliqué, il était en train d'aller à un important rassemblement politique, et manifestement, sous la laine noire de l'uniforme, il mourait de chaud.

– Quand je l'aurai examiné, je pourrai vous en dire plus. Lundi, mardi, mercredi au plus tard. Je m'en occuperai personnellement.

De Luca et le Petit Singe échangèrent un nouveau regard.

– Ce n'est pas nécessaire… il y a votre assistant qui…

– J'ai dit que je m'en occuperai moi-même. Faites-le porter directement à l'Institut. Les morgues des hôpitaux sont pleines à cause du bombardement.

Pendant ce temps, ils étaient arrivés dans la cour, d'où avaient disparu la 618 du Ravitaillement et le camion de la Milice. Il n'était resté que le corbeau, qui avait salué bras tendu, imité par Boni et Cesarella, et un peu après par De Luca, distrait qu'il était par une pensée.

– Où est l'insigne ? demanda le consul. Il serra le col de sa veste entre deux doigts et le secoua comme s'il avait voulu l'arracher en faisant deux gestes secs du menton vers De Luca. Vous ne l'avez pas ? Un fonctionnaire de police n'est-il pas tenu de porter à la boutonnière l'emblème du Parti ?

La punaise, pensa De Luca, et il allait le dire mais se retint à temps. Il fouilla dans la poche de sa veste pour en sortir l'insigne carré avec le faisceau sur fond tricolore en marmonnant "je me suis changé ce matin et", mais le consul Martina ne le regardait déjà plus. Il avait pris le Petit Singe par le bras pour s'éloigner de quelques pas à peine, avec une assurance qui voulait exclure plus par l'attitude que par la distance.

– Écoutez-moi bien, *dottore*. Allons-y doucement avec ce mort-là, suggéra-t-il avec deux autres gestes secs du menton vers la ferme. On est en guerre, les temps sont durs, les gens ont besoin de prendre courage, de bien penser. Un corps décapité, la tête introuvable… ce sont de sales histoires qui font peur. L'arrestation d'un vampire affameur du peuple, la saisie d'un dépôt clandestin rempli de victuailles, ça oui, ce sont des nouvelles qui doivent être dans le journal. Vous en convenez ?

– J'en conviens, dit Cesarella.

– Et puis, qui sait, peut-être que l'affaire est déjà close, peut-être que c'est un coup du Trafiquant et de son gamin cinglé, celui qui a vu Jésus.

Le corbeau rit et le Petit Singe rit aussi. De Luca les observait dans leur dos en pensant à ce qui l'avait distrait à l'instant. C'étaient deux choses.

Un ponte universitaire connu pour refiler tout le boulot à ses assistants qui se réserve une autopsie difficile et pénible.

Et un consul de la Milice à la tête d'une simple unité du Ravitaillement. À l'aube.

Il se secoua juste à temps pour tendre le bras dans un salut romain à l'adresse du consul et du professeur qui s'en allaient, puis il appela Massaron.

– Comment ça s'est passé, là-dedans ?

Massaron aurait bien écarté les bras en réponse, mais il avait quelque chose sous la veste, un gonflement qui aurait pu être celui d'un holster sauf qu'il gardait son pistolet dans sa poche.

– Ils ont fait moitié-moitié. La questure s'est gardé plus de mortadelle, et la Milice plus de saucisson. Mais le consul a aussi emporté un sac.

– Un sac ? demanda De Luca, sa curiosité éveillée, tandis que le Petit Singe s'approchait aussi.

– Un sac, une mallette, répondit Massaron en écartant les bras pour délimiter un espace assez ample, de celles qui ont des coins de métal. Elle était dans le fond. Le consul a envoyé un de ses hommes…

Du bout du doigt, il dessina en l'air un triangle avec deux lignes dessous.

– Qu'est-ce qui t'arrive, t'es devenu sourd-muet ? demanda le Petit Singe.

– Un chef d'escouade, dit De Luca.

– Voilà, c'est ça. Il a trouvé la mallette et le consul la lui a fait emporter. Ce qu'il y avait dedans, je n'en sais rien.

Puis le juge était arrivé, il n'était même pas descendu de voiture, avait écouté le rapport de Cesarella, avait hoché la tête sans rien dire et était reparti. Entre-temps, Corradini avait obligé un paysan à venir avec une charrette et un cheval, parce qu'il n'y avait pas d'ambulances disponibles, Massaron et lui avaient décollé le corps du sol de la soupente et l'avaient posé sur le plateau du véhicule.

De Luca était retourné à la maison pour observer la silhouette blanche du corps sans tête dessinée dans la mare de sang figé, et c'est alors seulement que le Petit Singe l'avait poussé dehors, physiquement.

– Suffit, De Luca, mon garçon. Tu n'as plus rien à faire ici. Rentre chez toi, c'est dimanche pour toi aussi, non ? Tu as une femme, une fiancée ?

– Une fiancée.

– Voilà, très bien. Va la voir.

– Dommage que tu ne sois pas venu. L'eau est très bonne, bien fraîche.

Lorenza secoua ses cheveux au-dessus de De Luca, qui frissonna comme si elle l'avait chatouillé. Il avait réussi à retirer sa chemise, mais n'était pas allé au-delà du tricot.

– J'ai somnolé. Peut-être trop.

– Oui, en effet. Ça fait trois fois que tu le dis.

Le Gros se laissa tomber sous le parasol, haletant. Il sortit deux paquets enveloppés de papier brun de boulanger et les passa à Giovannino et Maria qui étaient allongés sur une serviette de bain. De Luca en reconnut l'odeur avant même qu'ils les ouvrent, de la mortadelle dans des miches de pain bien gonflées et si pâles qu'elles avaient dû être confectionnées presque uniquement avec de la farine. Et, de fait, le Gros leur fit signe de les garder davantage recouvertes, parce qu'il y avait du monde, là, sur la plage, qui regardait un peu vers eux.

– D'après le docteur Balanzone, le sandwich à la mortadelle est la meilleure chose du monde, affirma le Gros, et je suis d'accord avec lui.

– Tu finiras par ouvrir un restaurant, prédit Maria.

– Moi ? Je fais les Beaux-Arts, je deviendrai restaurateur, mais de tableaux. Cela dit, je m'y entends en bonnes choses. Et attention que, ça, ce ne sont pas des bas morceaux de bêtes malades, c'est du premier choix.

– Marché noir ? s'enquit Giovannino, et le Gros s'empressa de secouer la tête en lançant un regard à De Luca.

– Non, non, officiel. Mon père est président du consortium, il n'a pas besoin du marché noir pour avoir la meilleure marchandise.

Giovannino rit en secouant la tête et dit "ne l'écoutez pas, Excellence", mais De Luca n'avait pas fait attention. Lorenza avait pris un autre paquet de papier, plus sombre, et s'était collée contre lui, qui cette fois aussi reconnut l'odeur avant même de voir ce qu'il y avait à l'intérieur, mais alors qu'avant le souvenir du Trafiquant avait empêché son estomac vide de gargouiller, là il laissa échapper un grondement qui fit rire tout le monde.

– Chez nous, c'est un plat de pauvres… dit le Gros.

– Un truc pour temps de guerre, ajouta Giovannino, et Maria lui lança "arrête", avec une poussée du talon sur l'épaule.

– Mais Lorenza a dit qu'elle aime ça et alors je lui en ai trouvé, conclut le Gros.

Pesto de cheval : viande crue assaisonnée de sel, poivre et citron. *Caval pist*, on disait à Parme, où il était né. Il en était dingue.

De Luca prit le paquet pour éviter que Lorenza lui donne la becquée avec la fourchette qui se trouvait à l'intérieur, et elle l'aurait vraiment fait, serrée contre son flanc, et lui, il l'aurait laissée faire, en un autre lieu et un autre moment, s'ils avaient été seuls, parce qu'il se sentait si bien, enveloppé de ce regard amoureux, tellement en paix que bon, qu'ils aillent se faire foutre, le marché noir et les cadavres sans tête, pensa-t-il, qu'ils aillent se faire foutre le professeur, le corbeau et le Petit Singe, les gamins cinglés qui ont des visions du Christ et tous les autres, qu'ils aillent tous se faire foutre, et si dans un autre lieu et un autre moment, s'ils avaient été seuls, oui, si elle lui avait parlé de l'avenir comme elle le faisait parfois, sur ce ton qui sous-entend la question du *jour où ils se marieraient* et non pas *s'ils se marieraient*, il n'aurait pas changé de sujet, pour se dérober, comme toujours.

Il dévora le pesto de cheval avec une voracité qui faisait sourire, un sourire de tendresse pour Lorenza et d'amusement pour les autres, quasiment sans les entendre, la douceur métallique de la viande, l'amertume du poivre et l'acidité du citron. Puis il s'appuya le dos contre le piquet du parasol, en équilibre, et il prit le verre de vin que Lorenza lui avait tendu, le lui ôta des mains, parce que sinon elle le lui aurait tenu contre les lèvres, pour le faire boire comme un enfant.

Comme elle est belle, pensa De Luca en souriant aux taches d'or de ses yeux verts, aux mèches blondes, durcies par l'eau, qui retombaient sur les épaules, et aussi à sa bouche, petite et détendue, avec ces deux fines rides aux coins des lèvres.

Il ferma les yeux en soupirant.

Qu'ils aillent tous se faire foutre.

– Maintenant, il nous faudrait un café, dit Maria.

– On l'a, dit le Gros.

– Mais un café-café, pas une saleté à la chicorée.

– Tu me prends pour qui ?

Ce fut le ton assuré du Gros qui lui fit rouvrir les yeux, d'un coup, avant même l'odeur qui sortait du thermos. Un vrai café. Un café vrai.

Il le sirota dans le bouchon du thermos quand vint son tour, qui aurait pu être le premier, par droit d'aînesse, mais il essayait de se donner une contenance en faisant mine de rien.

– Vous vous êtes couché tard, Excellence ? demanda Giovannino. Dans la chasse aux putains, aux trafiquants et aux subversifs ?

De Luca haussa les épaules et tendit de nouveau le bras pour qu'on lui serve un autre petit verre. Que la digne réserve, elle aussi, aille se faire foutre.

– Écoute, Giovannino, dit-il avec un coup d'œil rassurant à Lorenza qui lui avait serré le bras de crainte que le charme, son charme, soit brisé. Trois choses. Primo, si au lieu de me vouvoyer tu me tutoyais, ça me ferait me sentir un peu moins vieux. Secundo, je ne suis pas *dottore*. Je suis devenu commissaire à un moment où on n'avait pas besoin du diplôme, je n'ai que le baccalauréat classique.

Giovannino sourit et De Luca en fut encore plus attendri. Il savait que le garçon étudiait la jurisprudence à l'université et qu'il devait se sentir supérieur, éhontément et puérilement supérieur.

– Tertio, je ne suis pas une Excellence. On donne ce titre aux questeurs et aux préfets, je ne suis que commissaire de police judiciaire, je m'occupe de vol à main armée, de cambriolages, de jeux de hasard, pas des putains parce que ce sont les Mœurs qui le font, ni de subversifs, parce que c'est la police politique qui s'en charge. Le marché noir dans des cas exceptionnels. D'habitude, comme je suis censé être le meilleur, on m'attribue les homicides.

Il regretta ce "le meilleur" qui l'avait rendu trop sérieux. Et, de fait, Giovannino perdit son air effronté, tandis que Maria et le Gros se tournaient vers l'esplanade sous l'écluse.

Il y avait un kiosque en bois avec un écriteau "Poisson frit", alors qu'on ne pouvait en vendre vu qu'il n'y en avait pas et que c'était interdit, on n'y proposait que de la limonade et des paniers de fruits, mais ce n'était pas pour cela que la foule affluait devant. Un homme en tricot, pantalon court et sandales, un béret de travers sur la nuque et un accordéon en bandoulière, avait commencé à jouer. Les gens étaient restés un moment à regarder, en tapant dans les mains, puis quelqu'un avait demandé une valse, l'homme avait attaqué *Il valzer di ogni bambina* et les gens avaient commencé à danser.

– Allons-y nous aussi ! avait dit Maria, et ils avaient couru tous les trois, elle, Giovannino et le Gros, en maillot de bain et pieds nus.

Lorenza avait regardé De Luca et, comme il n'avait rien dit, elle avait enfilé en hâte une robe bain de soleil fleurie et, pieds nus elle aussi, avait agrippé la main du policier et l'avait entraîné avec elle, ne lui laissant que le temps de saisir sa veste au vol, parce qu'il était en tricot de corps et en avait honte.

Il n'avait jamais été bon danseur et il cherchait surtout à éviter de marcher sur les pieds de Lorenza qui riait en essayant de le faire tourner.

Il valzer che ha fatto sognare ogni bambina / lo sento nell'aria volar. La valse qui a fait rêver toutes les gamines / je l'entends voler dans l'air.

Il n'avait pas la voix flûtée d'Ernesto Bonino, malgré ses efforts pour l'imiter, et il n'était pas non plus très bon à l'accordéon, mais peu importait, les gens continuaient d'arriver et l'homme s'était mis debout sur le comptoir du kiosque, sous l'écriteau du poisson frit. Ils dansaient avec conviction, concentrés et attentifs, comme dans une salle de bal, en respectant les pas. Lorenza aussi s'était laissé prendre et ses doigts de pieds écartés sur le ciment humide de l'esplanade effleuraient sans crainte la pointe des chaussures de De Luca, s'échappant une seconde avant d'être écrasés.

Quand ce fut fini, tout le monde applaudit, hormis les deux chemises noires qui s'étaient approchés, l'air furieux. L'un d'entre eux tapa du doigt sur les mollets nus de l'homme pour le faire descendre.

– Vous n'avez pas honte ? On nous a bombardés hier matin, ils ont frappé la ville ! Les nôtres meurent à la guerre et vous, vous êtes là à danser.

– Justement, dit De Luca. C'est la guerre, ce sont des moments difficiles. Les gens ont besoin de reprendre courage, de bien penser.

Il avait répété les paroles du corbeau, mais prononcées là, dans ces circonstances, elles résonnaient différemment.

La chemise noire s'approcha, vit la punaise sur la veste et le tricot dessous et plissa le front. De Luca sortit sa carte et la lui montra, le plus discrètement possible, même si tout le monde les regardait.

– Bon, d'accord, dit le milicien. Au moins, jouez quelque chose de patriotique.

L'homme sur le kiosque donna de l'air à son accordéon et attaqua *La Canzone dei Volontari,* en faisant une voix à la De Sica. Tout le monde applaudit, y compris les chemises noires, mais plus personne ne dansait et beaucoup commencèrent à s'en aller. De Luca prit Lorenza par le bras et retourna au parasol.

– T'as été vraiment très bien, lui murmura-t-elle. Et lui, "oh, bah".

Giovannino et Maria étaient restés écouter la musique. Le Gros s'assit sur leur serviette de bain, les genoux entre les bras comme s'il devait faire une autre bombe. Il était sérieux.

– Au début, je pensais que la Milice avait raison. Tous ces morts, on dit qu'il y en a plus de cent. Oui, il y avait eu le bombardement d'il y a deux semaines et bon, je veux bien que c'était le premier et qu'on n'était pas habitués, mais il faisait nuit, c'était en dehors de la ville, combien ils ont pu faire de tués, neuf, dix ?

– Pourquoi, c'est peu ? demanda Lorenza.

Le Gros haussa les épaules.

– Non, bien sûr, mais je croyais que ça s'était arrêté là. Puis, il y a celui-là qui arrive, comme ça, en milieu de matinée. Moi, j'étais convaincu que c'était la fausse alerte habituelle, je n'y ai même pas fait attention, à la sirène, mais quand j'ai entendu les bombes, j'ai tout laissé tomber et j'ai couru à l'abri. Je crois que tout Bologne a lâché ce qu'il était en train de faire et a couru. Vous aussi ?

– Oui, murmura Lorenza avec un tremblement dans la voix. De Luca était à la questure, en train de planifier l'opération avec Rassetto, et il était tellement pris par son travail qu'il ne s'en était aperçu que tardivement, quand les premières bombes étaient tombées.

– Puis j'ai entendu ce que vous avez dit aux miliciens et je suis d'accord avec vous. Ça, précisa le Gros avec un geste vers la foule du Lido, c'est la façon que nous avons trouvée de réagir à la guerre.

Puis, de nouveau, il enserra ses jambes dans ses bras, en appuyant le menton sur ses genoux, et murmura “en admettant que ce soit la bonne”.

Mais personne ne l’entendit.

Ils retournèrent à Bologne à bicyclette.

De Luca prit le Villa du Gros pour porter Lorenza sur la barre, parce qu’elle était venue avec sa Giordano rouge qui ressemblait plus à un vélo d’enfant que de femme, elle était déjà petite pour elle qui était une fille de haute taille, alors imaginez le Gros qui avait l’air d’un garçonnet sur sa bicyclette à roulettes. Maria avait une Gerbi avec panier à l’avant, et Giovannino un Cimatti de course avec un dérailleur dont il tirait les leviers de temps en temps pour faire un bond en avant, bref et incertain, et même s’il en attribuait la faute au parasol qu’il avait attaché le long de la barre comme un fusil de bersaglier, on voyait bien qu’il ne savait pas s’en servir.

La bicyclette du Gros avait un guidon de course courbe comme des cornes de bouc et De Luca devait rester penché en avant pour le tenir, appuyé au dos de Lorenza qui était assise, la robe bain de soleil serrée sur ses jambes tendues, comme une gymnaste. Il sentait son odeur, celle de l’eau, et il eut honte de son odeur à lui, parce que même si le soleil n’était que celui d’un après-midi finissant et si la route pour Bologne était en descente, il suait, et beaucoup, même.

Puis la pluie commença à tomber. D’un coup, en gouttes lourdes comme des grêlons, annoncée par le grondement lointain d’un tonnerre qui avait coupé la respiration à tout le monde. Ils se glissèrent sous un pont à la Croix de Casalecchio et De Luca fut content de descendre de la selle pointue du Villa qui lui meurtrissait les fesses.

L’air ferreux de l’orage était devenu d’un coup si froid que tous se serrèrent contre le pilier, assis dans l’herbe,

De Luca et Lorenza, Maria et Giovannino et le Gros qui étreignait ses genoux. De Luca fit mine de retirer sa veste pour la mettre sur les épaules de Lorenza qui refusa et alors il la serra dans ses bras par-derrière, en tirant sur les pans du vêtement pour essayer de l'en envelopper.

On eût dit des jeunes gens autour d'un feu de camp et, de fait, Maria avait le ton de quelqu'un qui a envie d'entendre raconter une histoire qui fait peur.

– Alors, comme ça, tu t'occupes de meurtres ?

– Oui. Pas seulement, mais oui, quand ça arrive, je m'en occupe.

– Par exemple ? Une affaire bizarre ? – Giovannino avait pris le même ton.

– Le travail de la police t'intéresse ?

– Disons plutôt celui du ministère public, répondit-il en haussant les épaules, et il le fit avec tant de naturel et d'arrogance que toute sympathie s'évanouit chez De Luca.

Alors, il le fixa dans les yeux, l'air sérieux, et il commença à raconter ce qui s'était passé le soir précédent, l'obscurité, le coup de feu, la mare de sang figé, les mouches bourdonnantes sur le corps et, quand il arriva à la tête manquante, le Gros laissa échapper un gémissement, et il fut le seul, mais Maria et Giovannino aussi avaient les yeux écarquillés devant cette histoire qui, c'est vrai, faisait peur, racontée de cette manière. Lorenza se serra contre son flanc et lui fit sentir la pointe de son coude, doucement, mais il continua, plus férocement encore, la tête introuvable et le gamin cinglé, qui hurle terrorisé à propos du Christ et de chiens.

– Le Christ des chiens, murmura le Gros.

De Luca se tourna vers lui d'un mouvement si rapide qu'il en eut mal au cou.

– Comment ?

– Allons, dit Lorenza, changeons de sujet, ça me plaît pas.

– Le Christ des chiens, répéta le Gros, doucement, effrayé par le regard interrogateur de De Luca, c'est une fresque de la Chartreuse. Au Cimetière monumental de Bologne, ajouta-t-il, parce que le commissaire continuait de le fixer.

– Je sais où est la Chartreuse, dit De Luca avec brusquerie. C'est quoi, cette fresque ?

– Elle est dans le troisième cloître, dans le tombeau d'une famille de riches. Elle doit être du milieu du XIXe siècle, même si elle est très abîmée.

– Je te voyais pas comme quelqu'un qui fréquente les cimetières, observa Giovannino, et Maria pouffa.

– De fait, je les fréquente pas. C'est ma thèse aux Beaux-Arts : "L'allégorie religieuse dans l'art funéraire monumental." Et de fait les chiens qui aboient représentent le péché et les tentations, en un mot le diable, alors que le Christ bénissant…

– Bravo au candidat, très honorable, avec félicitations du jury !

De Luca agita une main.

– Où se trouve cette tombe ?

– Dans le troisième cloître, au fond, vers le Sanctuaire des martyrs fascistes. Famille Venturoli, Venturini… quelque chose avec un V.

– Aïe aïe aïe, plus de félicitations.

– J'y suis quand même pas allé vraiment, je l'ai étudié dans les livres…

De Luca ne les écoutait plus. Il pensait au gamin en caleçon qui hurlait avoir vu à l'écluse du canal une fresque qui se trouvait dans une tombe de l'autre côté de la ville. Au début, De Luca avait cru qu'il délirait, terrorisé par eux, par le Trafiquant et par les souvenirs du bombardement, mais maintenant, s'il y avait vraiment un Christ des chiens, c'était différent.

Soudain, la fièvre le reprit. Elle lui courut le long des os et piqueta sa peau de frissons qui perçaient la couche de sueur. L'énervement lui fit serrer plus fort Lorenza, qui s'écrasa contre sa poitrine, appuyant sa tête sur son épaule, murmurant comme un chat qui ronronne, alors que lui, il pensait qu'il lui faudrait interroger de nouveau le garçon, aller chez les sœurs pour lui demander ce que c'était cette histoire de Christ et de chiens, aller avant à la Chartreuse pour la voir, cette fresque, et il l'aurait fait sur-le-champ s'il ne s'était pas trouvé sous un pont, au milieu d'un orage, avec Lorenza serrée dans ses bras, un dimanche après-midi.

Mais non, il l'aurait fait de toute façon, sous une excuse quelconque, si Lorenza, profitant d'un moment où les autres étaient occupés ailleurs et ne les regardaient pas, n'avait tourné la tête pour l'embrasser rapidement dans le cou.

– Mon amour, lui murmura-t-elle à l'oreille, très lentement, et il pensa *bon, d'accord, pas aujourd'hui, aujourd'hui il y avait elle.*

Il lui sembla entendre les paroles de Cesarella, “De Luca, t'en as une, de fiancée?”

Demain, pensa-t-il, et il se le répéta encore, avec une conviction obstinée.

Aujourd'hui, non. Aujourd'hui, c'est dimanche.

Demain.

– Tu montes? avait demandé Lorenza.

– Il y a tes parents, et c'est l'heure du dîner.

– Justement, viens manger avec nous.

– Je ne sais pas… il faudrait que je… je ne sais pas.

Durant tout le voyage de retour, malgré l'effort de pédaler dans l'air qui bouillait après l'orage, malgré Lorenza qui lui souriait assise sur le guidon de sa Giordano, dos vers les roues et jambes nues croisées devant lui, malgré ses résolutions, *demain, demain, demain*, De Luca n'avait cessé un instant de penser à ce que lui avait dit le Gros.

Le Christ des chiens.

Il avait presque réussi à le fourrer dans un coin de sa tête avec une série de questions à poser au garçon, quand ils avaient tourné sur la place Saragozza et que, de là, il avait vu la route qui montait à la Chartreuse.

Tellement proche. Et un dimanche, le cimetière devait être encore ouvert.

Puis ils étaient arrivés devant chez Lorenza, elle avait sauté de la bicyclette et lui avait donné un baiser, un nouveau baiser rapide sur les lèvres, chose insolite pour une femme comme elle, et il avait pensé *bon d'accord, demain. On a le temps. Demain.*

– Tu étais mignon en veste et tricot. On aurait dit Girotti dans ce film, comment il s'appelle… *Les Amants diaboliques.*

– Je ne l'ai pas vu.

– Personne ne l'a vu, ils l'ont retiré tout de suite parce qu'il faisait scandale. Il y avait des photos dans une revue.

– Toi aussi, tu étais mignonne.

– Mignonne, seulement ? Si c'est une jeune fille bien de bonne famille, comme moi, qui le dit, ça va, si c'est un homme, c'est comme s'il disait tu as *un genre.*

– Tu étais très belle. Tu es très belle.

Demain. On a le temps.

– Alors, tu viens dîner ? Tu sais que mes parents t'aiment bien. Mon père te trouve intéressant.

– Le professeur aime les flics.

– Le professeur aime les romans policiers.

Demain.

– D'accord, je viens.

– Ah, bravo…

– Mais avant, il faudrait que je fasse un truc. Ça me prend une minute, le temps que vous mettiez le couvert, je serai de retour. Même, écoute, si tu me prêtes le vélo, ça ira plus vite.

Le cimetière était déjà fermé mais il y avait encore un gardien parce que, même à la Chartreuse, il avait fallu préparer des tombes pour les morts du bombardement. L'homme était devant la morgue du cimetière, mains sur les hanches, en train d'observer quatre cercueils de bois brillant entassés contre le mur et De Luca avait dû l'appeler longtemps avant qu'il se retourne, et puis faire claquer sa carte contre le portail pour se faire ouvrir.

Grand et maigre, avec un tablier noir et des moustaches longues et fines sous le nez crochu, le gardien semblait sorti d'un livre de caricatures sur les croque-morts. Il était allé prendre une torche, parce que l'air devenait gris, et il avait ouvert le chemin à De Luca sur une allée de gravier qui crissait sous les pieds.

– Elle est où, cette tombe ? Vous ne savez pas ? Troisième cloître, d'accord, mais où ? Vous ne savez pas ? Et comment vous avez dit qu'elle s'appelle, la famille ? Vous ne savez même pas ça ? Ah, le tombeau du Christ des chiens ! Mais bien sûr, par ici.

Le gardien prit une galerie qui ressemblait à la nef d'une cathédrale et se glissa avec assurance au milieu du jeu d'ombres que les statues et les colonnes projetaient sur le dallage de pierre.

– Elle est si célèbre que ça ? demanda De Luca.

– Quoi ?

– Le tombeau. Je veux dire, la fresque du Christ des chiens.

– J'en sais rien si elle est célèbre, ça fait une éternité que je travaille ici, pour moi les tombes sont toutes pareilles.

Une femme était étendue sur le côté au pied d'un grand sarcophage de marbre, s'appuyant sur un coude, les doigts de la main qui soutenait la tête plongés dans les cheveux, les lèvres serrées, impérieuses, et le menton relevé. La statue d'une femme, mais si vivante dans le geste de se pousser en avant, si décidée, qu'il sembla à De Luca qu'elle le suivait de ses yeux blancs et vides.

Bien que la femme fût très belle, il frissonna et fit un pas pour se rapprocher du gardien.

– Alors, pourquoi vous vous en êtes souvenu de suite ?

– Quoi ?

– La fresque. Le Christ des chiens. J'ai dit son nom et vous, de suite…

– Parce que mon neveu y allait toujours.

– Votre neveu ?

– Le fils de mon pauvre frère mort en Grèce, que Dieu le prenne dans sa gloire. Avant, déjà, je faisais un peu fonction de père parce que mon frère n'a jamais été très bon comme parent, mais depuis qu'il a laissé sa peau au front, je me suis fait un point d'honneur de lui mettre le pied à l'étrier, d'une façon ou d'une autre.

– Et pourquoi il y allait toujours ?

– Où ?

Oh Seigneur, pensa De Luca.

– Dans la tombe avec la fresque. Le Christ des chiens.

– Ah, ça, j'en sais rien. Moi, je l'emmenais avec moi parce que je voulais lui faire faire mon métier, mais il disparaissait, il se planquait dans la tombe des Venturelli avec une carafe de vin et je le retrouvais soûl en train de fixer ce dessin, les yeux écarquillés. Franchino, je lui disais, pourquoi tu viens là si ça te fait peur ?

De Luca s'arrêta, faisant claquer ses talons sur la pierre de la galerie, deux coups secs.

– Comment vous avez dit que s'appelle votre neveu ?

– Franchino.

– Negroni Gianfranco ?

Le gardien écarta les bras, sans s'arrêter.

– Vous le connaissez aussi, à la questure, hein ? On me disait bien qu'il était irrécupérable, ce garnement, mais je ne voulais pas y croire. Vous savez qu'on m'a dit qu'il s'est mis avec un type qui fait du marché noir ?

Le gardien était sorti de la galerie et De Luca se remit en marche car il était en train de le perdre de vue. Ils traversèrent une salle, puis revinrent en arrière et passèrent entre deux tombes, l'une était une stèle avec un enfant sur la pointe des pieds qui baisait le visage d'un autre enfant ressortant du bas-relief, De Luca l'effleura de l'épaule et normalement ça l'aurait attendri ou même effrayé, dans cette atmosphère qui s'assombrissait rapidement, mais il était trop perdu dans ses pensées pour le remarquer.

L'idée que tout ce que Franchino avait hurlé dans la ferme n'était que le cauchemar d'un gamin, rendu à moitié cinglé par les coups et le souvenir de la bombe, avait soudain repris de la force, lui laissant un goût amer. Il essaya de se consoler en pensant que si Francesco avait déliré, il lui suffirait de jeter un œil à la fresque avant de s'en retourner auprès de Lorenza, mais ça ne suffisait pas.

Le gardien s'arrêta devant un bloc de pierre bas et carré comme un bunker, fendu de lézardes et fermé par un petit portail de fer forgé, sans verrou. Il avait dû y avoir un ange sculpté sur une espèce d'architrave, mais il n'en était resté que les ailes et une partie du corps. Paradoxalement, ce qui fit sourire De Luca, la tête manquait.

– Faites attention qu'il y a deux marches à descendre, avertit le gardien.

À l'intérieur il faisait froid, et sombre aussi, d'une obscurité à peine combattue par le halo de la torche électrique. Ils se mirent de côté pour ne pas barrer le chemin à la lumière extérieure qui arrivait de l'entrée, mais en fait, il faisait si sombre à présent que ça ne servit à rien.

– Où est-elle, cette fresque ? demanda De Luca.

Le gardien frappa la torche sur la paume de sa main, puis empoigna la manivelle de la dynamo et la tourna avec force, dans un grondement si aigu qu'on eût dit un miaulement de chat.

La lumière redevint vive d'un coup, le gardien la dirigea vers un coin en hauteur sur le mur et De Luca sentit son sang se glacer.

La fresque était abîmée et il n'en restait que quelques taches aux couleurs pâlies.

Dans la plus basse, on reconnaissait les silhouettes de deux chiens noirs, la bouche grand ouverte, en train d'aboyer. Devant eux aurait dû se trouver un Christ, on le comprenait à un bout de tunique sur une paire de sandales, mais le reste du corps s'était détaché du mur, laissant la paroi nue jusqu'à la dernière tache de couleur plus haut, isolée.

– Le voilà, le Christ des chiens, dit le gardien.

Mais du Christ, il n'y avait plus, flottant en l'air, que la tête.

Il aurait pu faire tant de choses différentes, et toutes marquées au coin du bon sens.

Il pouvait aller directement chez Lorenza. Dîner avec ses parents. Peut-être parler du Christ de la Charteuse au philosophe qui lisait en cachette les polars de chez Mondadori, quand on pouvait encore en publier. L'embrasser, ensuite, quand ils seraient seuls, et même faire l'amour sur le divan du salon.

Ou bien il pouvait passer à la questure, appeler à la rescousse Rassetto et Corradini, et aussi Massaron, avec la Balilla à gazogène, et retourner avec eux à la ferme, tous ensemble.

Mais, en fait, il était monté sur le vélo de Lorenza et s'était lancé dans la pente vers la via Saragozza, et puis à gauche, le long de toutes les allées, et plus bas encore, à travers la via San Felice et la via Delle Lame, et encore, en longeant le canal, jusqu'aux fermes et à l'écluse, où il avait laissé la Giordano par terre, sur le flanc, avec la roue avant qui continuait à tourner.

Le garçon, Franchino, avait dit avoir vu le Christ des chiens à l'écluse.

C'est-à-dire qu'à sa manière, il avait déclaré y avoir vu une tête.

De Luca sortit de sous sa veste la lampe qu'il s'était fait prêter par le gardien, il la lui avait pratiquement réquisitionnée, et il fit tourner la manivelle de la dynamo avec fureur, car il lui semblait qu'on voyait encore moins bien que la veille. Guidé par le bruit de l'eau du canal se déversant dans le bassin de l'écluse, attentif à ne pas y tomber, il s'enfonça dans le noir, traînant ses semelles sur l'herbe éclairée par la torche. Il regarda aussi vers le ciel, en quête d'un croissant de lune qui aurait pu au moins le réconforter, mais le firmament était compact et noir, sans même la silhouette d'un nuage.

Il s'arrêta sur le bord du canal juste avant de glisser sur la berge, distrait qu'il était par la blancheur de l'écume et par le grondement puissant qui lui emplissait les oreilles, et il était sur le point de retourner en arrière quand le disque lumineux de la torche se refléta sur le métal rouillé de l'écluse. C'était une double porte au sommet large comme le tablier d'un petit pont traversant le canal. De Luca l'examina avec la torche, centimètre par centimètre, sans rien trouver.

De nouveau, il s'apprêtait à partir quand il lui vint à l'esprit que Franchino avait essayé de traverser le canal pour s'enfuir sur l'autre berge et alors, vu qu'il était là, même si maintenant ça lui paraissait une idée stupide, autant aller jusqu'au bout, et donc il s'avança, sûr de finir à l'eau, mit un pied sur la passerelle métallique de l'écluse et la vit.

Sans même s'aider de la torche.

Si blanche qu'elle perçait l'obscurité, comme l'écume.

Encastrée entre les branches d'un arbre qui s'était planté contre l'écluse, suspendue sur l'eau, flottant en l'air, seule.

Une tête.

De Luca murmura quelque chose que lui-même ne comprit pas, parce qu'il avait baissé le halo de la lampe et une face hagarde comme celle d'un Christ en croix lui avait sauté au visage. Jusqu'aux branches qui lui serraient les tempes, glissées entre les cheveux trempés, et semblaient une couronne d'épines.

Il avança le pied sur le rebord de l'écluse pour se maintenir en équilibre. Il avait commencé à respirer fort, moitié sous l'effet de cette excitation fébrile revenue lui faire bouillir le sang, plus tourbillonnante que l'eau contre la porte, et moitié parce qu'une idée lui était venue qui lui serra la gorge dans un haut-le-cœur.

Il le savait bien qu'il n'allait pas retourner au bureau en courant le risque qu'elle disparaisse, ni s'arrêter le long de la route au premier endroit pourvu d'un téléphone pour appeler un policier, ni croiser un veilleur de nuit, n'importe qui pouvant la lui sortir de l'eau, cette chose blanche qui le fixait sans yeux, avec un cri muet de sa bouche béante.

Il cracha dans l'eau une salive acide et s'inclina sur la vanne, les genoux appuyés au bord, l'un en avant et l'autre plus en arrière. Il fit un pas de chat, un chat de plomb, tenta de tendre un bras mais le retira, ouvrant la bouche sur un spasme vide qui le fit rugir dans le noir.

Il cracha encore, aspira de l'air mais c'était l'air vicié du canal, alors il le souffla hors de lui, en totalité, et d'un coup baissa le bras, doigts ouverts comme des griffes, sans même regarder où il les glissait, la torche pointant ailleurs. Il sentit les branches lui égratigner le dos de la main, sentit les éclaboussures d'écume lui cribler la paume, puis se sentit enveloppé par cette étoupe trempée qui s'entortillait autour de ses doigts, et alors il les serra, tira vers le haut avec force, une secousse sèche, les yeux fermés et la tête en main, à genoux sur la vanne, il ouvrit grand la bouche et vomit dans le canal.

Concentré sur ses pensées, ivre de cette excitation malade qui lui donnait la fièvre, les jambes endolories par le pédalage, avec dans le panier de la Giordano la tête enveloppée dans sa veste, De Luca était presque arrivé au centre quand il s'aperçut qu'il se passait quelque chose de bizarre.

Des lumières allumées aux fenêtres malgré le black-out, des gens dehors en dépit de l'heure, une femme qui hurlait quelque chose qu'il ne comprit pas. Via Ugo Bassi, il y avait plus de monde, un petit groupe sous les portiques et un autre un peu plus loin, au coin de la place del Nettuno, quelqu'un brandissait quelque chose qui ressemblait à un drapeau. De loin, il les entendait chanter.

Qu'est-ce qui se passe? pensa-t-il. Un instant, il avait songé à une alerte aérienne mais les gens ne paraissaient pas effrayés, au contraire. Pas non plus menaçants, pour le moment, mais son instinct de flic lui disait que des gens dans la rue, ça signifiait des problèmes, alors il appuya sur les pédales pour accélérer. Il voulait couper au plus court par les portiques et rejoindre la place Vittoria d'Etiopia, où se trouvait la questure.

Mais à l'entrée de la via Battisti, il y avait un autre groupe. Une dizaine de personnes qui vociféraient. L'un d'eux agitait un drapeau et, comme il était juste sous l'unique lampadaire, malgré l'obscurité, De Luca vit clairement qu'il était rouge.

Un drapeau rouge.

Putain, qu'est-ce qui se passe? se demanda-t-il encore, et il entendit même qu'ils le chantaient, ce drapeau rouge, *Bandiera Rossa, avanti o popolo, alla riscossa*, alors il poussa sur ses talons pour faire marche arrière, parce qu'il ignorait ce qui était en train de se passer, mais ça, c'était un groupe de subversifs qui manifestaient à découvert, et lui, c'était un flic qui aurait dû les en empêcher, un flic sur une Giordano rouge de femme trop petite et avec une tête emmaillotée dans un panier, en tout cas quelqu'un qu'on remarquait, et de fait, ils le remarquèrent, l'un d'eux le montra du doigt et, en une minute, ils l'entourèrent, il en avait même derrière.

Joyeux, festifs, ils tapaient dans leurs mains et chantaient comme s'ils venaient juste de sortir d'un mariage, l'un d'eux avait agrippé le guidon de la bicyclette, à deux mains, et la secouait en rythme, souriant à De Luca qui les fixait, ahuri. Nullement menaçants jusqu'à ce qu'un autre voie l'insigne au revers de la veste roulée dans le panier.

– Voilà pourquoi il ne fait pas la fête, cette grosse merde ! C'est un fasciste !

Maintenant, oui, ils étaient menaçants. Celui qui tenait le guidon cessa de le secouer et l'immobilisa fermement, tandis qu'un autre, d'un revers de main, envoyait promener le chapeau de De Luca. Le premier voulut prendre l'insigne mais, en touchant la veste, il sentit qu'elle était trempée et contenait quelque chose, et quand De Luca tenta de lui bloquer le poignet, il lui balança une gifle.

– Qu'est-ce que t'as qu'on peut pas voir ? Ce que vous volez au peuple, sales porcs ? gronda-t-il en dialecte : "*bròt pôrz*", et les autres le répétèrent : "*pôrz, porzèl, ninên*", ils le poussèrent et De Luca pencha sur le côté, jambe tendue pour ne pas tomber, tellement incliné que la tête glissa hors du panier et tomba à terre, roulant comme un ballon, encore enveloppée dans la veste. S'il avait eu son pistolet, il l'aurait peut-être sorti, mais il ne l'avait pas emporté en allant au Lido, il voulait prendre sa carte, dire qu'il était policier, quoi qu'il arrive, mais son pied glissa et il finit à terre, sous le vélo, main tendue vers la boule de tissu.

– Oh là ! Oh là ! hurla quelqu'un. Qu'est-ce qui se passe, ici ? Circulez, circulez !

C'étaient trois agents de la Sécurité publique, en uniforme et armés de mousquetons, qui approchaient au pas de course. La petite foule resta un instant immobile, à les regarder venir, puis celui qui portait le drapeau se mit en mouvement et les autres, y compris celui qui avait giflé De Luca, le suivirent, calmement, en recommençant à chanter, s'éloignant dans la rue, vers la place.

– Tout va bien ? demanda un des agents, un sous-brigadier, tandis qu'un autre soulevait la bicyclette.

– Oui, oui, tout va bien… dit De Luca, et il se releva vite pour prendre la veste avant que le troisième, qui se baissait déjà pour la ramasser, ne le fasse. Mais qu'est-ce qui se passe ?

– Mussolini est tombé, dit l'agent.

– Il s'est fait mal ? demanda De Luca.

Les policiers échangèrent des regards perplexes avant de se mettre à rire.

– Mais non ! Le gouvernement est tombé.

Cette fois, ce fut De Luca qui leur lança un coup d'œil interloqué. *Impossible*, pensa-t-il, et il allait le dire, *le gouvernement ne peut pas tomber*, quand l'agent regarda le paquet qu'il tenait à la main, vit ce qui pointait entre les pans de la veste et ouvrit la bouche, levant son fusil.

De Luca aurait dû le dire tout de suite qu'il était de la police, qu'il était un fonctionnaire, leur supérieur, mais il était encore désorienté, alors il tenta d'abord de prendre sa carte, tendant sa main vers la poche arrière de son pantalon et ce fut une erreur, parce que l'agent qui se tenait sur le côté fit un pas en avant et, du canon du fusil, frappa De Luca en plein sur la bouche.

– Qu'est-ce qu'ils t'ont fait ? Ils t'ont tabassé ? Je le savais, moi, je le savais ! Il faut qu'on réagisse !

Rassetto avait son pistolet à la main. Il venait juste d'arriver à la questure et marchait de long en large comme un lion en cage. Dans le bureau de la brigade judiciaire, il y avait aussi Corradini, sans cravate, assis les bras croisés au bord d'une table.

– On attend les ordres, dit-il. D'ici peu le Petit Singe va arriver et on va savoir quelles sont les instructions du questeur.

– Je te les dis, moi, les instructions ! Réagir ! J'ai parlé avec quelqu'un du Parti et il dit que le roi a fait arrêter le Duce ! Tu te rends compte ?

– On attend les ordres, répéta Corradini, et Rassetto sourit de toutes ses dents de loup, un sourire de rage, parce qu'il montrait la veste du collègue, le revers nu.

– Tu as déjà retiré l'insigne, grogna-t-il, lèvres serrées. Bravo, félicitations – et il frappa dans ses mains –, mais ne crois pas que ça suffise, ils vont venir tous nous chercher, tu sais, De Luca !

De Luca était debout sur le seuil, appuyé au chambranle, sale, ses vêtements froisés, en manches de chemise et sans chapeau, la veste roulée en boule sous le bras. Il aurait voulu dire que c'étaient les gardes qui l'avaient frappé et pas les subversifs, mais il suçait ses lèvres enflées, en cherchant quelque chose du regard.

Le bureau de la Judiciaire avait deux grands luxes l'été, surtout dans des périodes étouffantes comme celle-ci : un ventilateur Marelli à trois vitesses et une glacière. Ils la remplissaient tous les matins de glace pour garder au frais de l'eau, et parfois même quelques bières. Ce dimanche, le bureau était resté fermé mais la boîte était bien hermétique et il devait y avoir encore de la glace.

Corradini intercepta son regard. Il demanda "vous voulez de la glace pour votre lèvre ?", mais De Luca fit signe que non. Il posa la veste sur la table, dénoua les pans et les écarta, laissant Rassetto et Corradini bouche bée.

– Voilà, articula-t-il tant bien que mal entre ses lèvres gonflées. J'ai trouvé la tête.

Il Resto del Carlino, lundi 26 juillet 1943, XXI, Italie, *empire et colonies*, 30 cent.
LE ROI PREND LE COMMANDEMENT DE TOUTES LES FORCES ARMÉES. PAR ORDRE DU SOUVERAIN, BADOGLIO ASSUME LE GOUVERNEMENT MILITAIRE DU PAYS AVEC LES PLEINS POUVOIRS. LA DÉMISSION DE MUSSOLINI. *La guerre continue.*
Chronique de Bologne : LE CHANGEMENT DE GOUVERNEMENT SALUÉ PAR DES ACCLAMATIONS AU SOUVERAIN – NOUVELLES DU RAVITAILLEMENT : *Poulets et lapins en vente aujourd'hui et demain.*
Radio : 13 h 10, *chansons du temps de guerre.*

Il y avait un cercueil, une caisse de bois laqué qui tanguait dans les mains d'une foule compacte et bruyante. On aurait dit un bateau en modèle réduit pour enfants, une branche filant dans l'eau d'un ruisseau, mais ça devait peser parce que c'était massif, et sur le dessus il y avait aussi un faisceau de licteur en bronze, chargé du plâtre auquel il avait été arraché, et la tête d'une statue de Mussolini, elle aussi en bronze, coupée net.

Corradini passa la marche arrière et se retourna sur le siège de la Balilla, tendant le cou pour regarder au-delà de la bonbonne qui couvrait presque toute la lunette arrière. Des gens arrivaient par la ruelle dans laquelle ils se trouvaient, pour se fondre dans le fleuve de personnes qui emplissait la via Ugo Bassi. Un garçon avec un drapeau tricolore bondit pour ne pas se faire écraser et un homme qui tenait une photographie encadrée du roi abattit son poing fermé sur le capot de la Balilla en hurlant quelque chose.

– Tirons-nous vite d'ici, dit Corradini, et ça, il vaut mieux que vous l'ôtiez, ajouta-t-il avec un mouvement du menton vers l'insigne du Parti que De Luca avait à la boutonnière.

– Ah oui, dit De Luca, en retirant la chose.

La tête de Mussolini qui roulait sur le cercueil lui rappela celle qu'il gardait dans la glacière, sur le siège arrière, et il se retourna pour la regarder. Il la prit et la déplaça à l'avant pour la poser sur le plancher, serrée entre ses jambes.

– Les gens sont devenus fous, dit Corradini, et à sa voix il semblait lui aussi excité. Espérons qu'ils ne les lui ont pas faites trop tôt, ses funérailles, vous, qu'est-ce que vous en pensez, commissaire ?

– Je ne sais pas. Attention aux cyclistes.

Corradini s'arrêta pour laisser passer un essaim de cyclistes qui chantaient l'hymne national, puis il tourna sur la via Marconi. Ils passèrent devant ce qui restait de l'Hôtel Brun, éventré par les morsures de bombes qui semblaient y avoir laissé les traces de leurs dents, et enfin il lança la voiture pour autant que le permettait le gaz produit par les briquettes de hêtre qui brûlaient dans la bonbonne.

En remontant la rue, ils rencontrèrent deux véhicules blindés de l'armée suivis par une camionnette de carabiniers qui circulaient dans le sens opposé, vers le centre. Corradini dit quelque chose que De Luca, occupé à se débarrasser des croûtes sur ses lèvres avec les dents, ne comprit pas.

– Tu disais ?

– Je disais que vous l'avez entendu, le *dottor* Cesarella, commissaire, tout peut arriver. D'après vous, qu'est-ce qui va se passer ?

De Luca ne répondit pas, parce qu'il avait de nouveau été distrait en pensant à l'autre tête, la sienne, pas celle de Mussolini. Pour la faire photographier, il l'avait mise sur une table couverte d'un drap qui lui arrivait jusqu'au menton, comme si dessous il y avait eu le reste du corps, mais vu que ça restait passablement repoussant comme ça aussi, il aurait peut-être pu la faire portraiturer par un dessinateur qui l'embellisse un peu. S'il voulait en faire circuler l'image, au cas où quelqu'un la reconnaisse, il valait mieux qu'on ne détourne pas les yeux au premier regard.

– En tous les cas, que les fascistes se mettent à tirer sur les gens ou que les gens se mettent à donner la chasse aux fascistes, ça sera toujours nous les flics qui serons au milieu. J'ai pas raison, commissaire ?

– Oui, approuva De Luca, juste pour dire quelque chose.

Puis il montra le grand palais au fond de la via Irnerio, blanc et carré, et tout bien pesé sobre, malgré les colonnes et la façade décorée de cercles et de triangles qui le faisaient ressembler davantage à un petit ministère qu'à l'Institut de médecine légale de l'université.

Le bureau du professeur Boni était vide. Le reste de l'Institut aussi était quasiment désert, même le gardien n'était pas dans sa loge de l'entresol, et Luca et Corradini étaient arrivés au premier étage grâce à un groupe d'étudiants en blouse qui leur avaient indiqué le chemin.

Ils restèrent là, sur le seuil, leur glacière s'égouttant sur le grès noir et blanc du sol, jusqu'à ce que De Luca entende tousser dans son dos. C'était un jeune homme grand et maigre, aux tempes très dégarnies, qui gardait les mains dans le dos, avec une blouse ouverte sur un gilet jaune et un nœud papillon à pois rouges.

– Puis-je vous être utile ? dit-il, et il le fit sur un ton si direct que De Luca vit en lui un peu plus qu'un étudiant un peu excentrique, malgré sa jeunesse et son étrangeté.

– Commissaire De Luca, police judiciaire.

– Professeur Tirabassi, Institut de médecine légale.

Il tendit la main et De Luca, qui était en train de lever instinctivement la sienne pour le salut fasciste, s'arrêta à mi-chemin et la lui serra.

– Vous cherchiez le professeur ?
– Oui. J'ai ici…
– Je suis désolé, il n'est pas là.
– Il n'est pas là, répéta De Luca. Parce que j'ai ici…
– Il n'est pas là et je ne crois pas qu'il viendra, même plus tard. Du moins, tant que les choses ne s'éclaircissent pas davantage pour quelqu'un de très…

Il tendit un bras raide vers le ciel en claquant des talons…

– … quelqu'un comme le professeur Boni, sommité académique d'Italie.
– Je comprends, mais voilà, j'ai ici…
– C'est de la glace qui fond, ça ? le coupa Tirabassi. Et, d'après l'odeur, j'imagine qu'elle sert à garder au frais quelque chose d'organique. Qu'y a-t-il dans cette boîte ?
– Une tête.
– Intéressant.

Avec une espèce d'élan, Tirabassi prit la boîte des mains de De Luca au moment où il entrait dans le bureau. Il la posa sur la table du professeur Boni, à goutter sur le plateau de verre, et l'ouvrit. Corradini fit un pas en arrière pour disparaître derrière l'encadrement de la porte en murmurant quelque chose que personne ne comprit mais qui semblait être un juron.

– Intéressant, répéta Tirabassi.
– Elle appartient à un corps que nous avons trouvé il y a deux jours et qui vous a été amené ici hier. Le professeur Boni avait promis de l'examiner et…
– Le professeur n'est pas là, je vous l'ai dit. Mais je peux l'examiner, moi. Je suis l'anatomopathologiste adjoint, quoi que ça veuille dire. Ne vous inquiétez pas, ajouta-t-il, je suis le bon…

Le silence de De Luca avait dû lui paraître dubitatif. Mais celui-ci était seulement surpris, en fait, agréablement surpris par la concentration passionnée de ce joyeux drille étrange, long et dégingandé, qui s'inclinait comme une virgule au-dessus de la glacière, comme s'il avait voulu la flairer. Alors, il tenta le coup, parce que Boni avait dit mercredi et il savait déjà que ça voulait dire fin de semaine, mais s'il avait pu l'examiner avant, son cadavre, ne fût-ce que deux jours plus tôt, il en serait heureux.

– Puis-je vous demander un service ? Je voudrais demander l'examen anatomopathologique, il y a une enquête en cours et si vous pouviez l'avancer ne serait-ce…

Tirabassi haussa les épaules, sans même se retourner.

– D'accord, dit-il. Revenez donc vers deux heures.

Corradini finit de cracher par terre, appuyé à un arbre de l'allée, essuya sur ses lèvres un filet de salive qui était resté collé à sa bouche et respira fort.

– Je ne m'y habituerai jamais, murmura-t-il. On rentre à la questure, commissaire ?

De Luca avait retiré sa veste parce que ses seuls costumes d'été, le blanc et le tabac, étaient à la teinturerie. Il ne lui était resté qu'un costume noir d'hiver et un gris pour l'automne, c'était ce dernier qu'il portait. Il desserra sa cravate en essuyant avec ses doigts la sueur sur sa nuque.

– Non, dit-il, on y va après.

– Mais le Petit Singe… je voulais dire le *dottor* Cesarella a dit qu'il faut qu'on rentre tout de suite.

– Il n'appartient pas à la Judiciaire de s'occuper de l'ordre public.

– Mais le… je veux dire Cesarella a dit qu'on a besoin de tous les éléments parce que tout peut arriver.

De Luca ouvrit la portière et s'assit à la place du passager, veste pliée sur les genoux. La promesse de Tirabassi de lui faire avoir les résultats de l'autopsie tout de suite plutôt que dans quelques jours l'avait rempli d'enthousiasme, élevant le niveau de sa frénésie à un degré presque insupportable. Il serait bien resté assis là, dans le hall de l'Institut, jusqu'à deux heures, mais il y avait quelques trucs à faire tout de suite.

– Pour moi, dit Corradini en prenant place au volant, le chef, c'est vous.

– Il y a le brigadier Rassetto à la questure, il peut s'en occuper, lui, de mobiliser la brigade, si nécessaire.

Corradini ricana en démarrant.

– Rassetto, s'il met le nez dehors, ils le lynchent. Il ronge son frein au bureau, d'ici ce soir il l'aura rongé pire qu'un rat. Où on va ?

– À San Giovanni in Monte. On va bavarder un peu avec le Trafiquant.

La prison de San Giovanni in Monte était surveillée par un détachement de l'armée qui avait placé une mitrailleuse sous le portique devant la grande porte. Il n'y avait pas beaucoup de manifestants, mais un groupe de femmes qui criaient de libérer les prisonniers politiques semblait rendre nerveux le jeune lieutenant qui commandait l'unité, du fait aussi que derrière elles il y avait quelques hommes en manches de chemise, très jeunes eux aussi, avec un drapeau rouge.

De Luca dut sortir sa carte et remettre sa veste, parce que, comme ça, en manches de chemise, le lieutenant ne voulait même pas le laisser approcher. Puis il hocha la tête, le regard fixé sur les femmes et les hommes au drapeau rouge, et les laissa frapper à la porte.

Mais le Trafiquant n'était plus dans la cellule.

– Comment ça, il n'est plus là ? Qu'est-ce que ça veut dire ?

– Ça veut dire qu'il n'est plus là, rétorqua le brigadier qui se trouvait dans le bureau du directeur. Avant il était là mais, hier soir, un ponte de la Milice a débarqué avec un groupe de chemises noires et ils l'ont emmené. Ils ont dit qu'ils prenaient en charge sa détention.

– Impossible, dit De Luca, et le brigadier écarta les bras.

– *Dottò*, j'ai l'impression qu'il n'y a plus rien d'impossible en ce bas monde.

– Je veux parler au directeur.

– Ce matin Son Excellence n'est pas venu, et j'ai l'impression que pendant quelque temps…

– Très bien, j'ai compris. Qui était ce ponte de la Milice ?

Il l'imaginait, il le savait, et quand le brigadier fit glisser sur la surface du bureau une feuille avec deux lignes écrites à la main en termes très généraux, il n'eut quasiment pas besoin de regarder la signature pour vérifier que c'était le paraphe présomptueux du consul Martina.

– À la Maison du Faisceau, lança De Luca à Corradini qui l'attendait dans la voiture.

– La caserne de la via Mascarella, les groupes de quartier ou le siège central de la via Manzoni ?

De Luca réfléchit un moment.

– Au siège central. Commençons par là.

Il avait raison. Le consul Martina avait conduit là le Trafiquant l'après-midi précédent, tandis que De Luca était au Lido avec Lorenza et les jeunes, et il l'avait enfermé dans une des chambres de l'hôtel annexé au grand palais Renaissance qui hébergeait la Maison du Faisceau de Bologne.

Mais maintenant il n'y était plus.

Le soir même, après l'annonce à la radio de la chute de Mussolini, il était passé avec une Aprila chargée de valises, seul et en civil, il avait pris le Trafiquant et l'avait emmené.

C'est ce que raconta à De Luca une chemise noire qui sautillait sur une jambe pour enfiler un pantalon en velours côtelé pris dans une armoire d'un couloir.

C'était la seule personne restée dans cette aile du palais Ghisilardi-Fava, et ce pantalon si complètement hors saison semblait lui aussi tout ce qui était resté comme vêtement dans l'armoire et dans les autres ouvertes le long du couloir où des cintres nus étaient éparpillés au sol. Dans la cour de briques rouges, jetées en bas de la galerie au-dessus du portique qui courait tout autour, il y avait des tas de chemises noires, des vestes avec insigne au col et des fez, et en haut de la première rampe d'escalier, sur le palier qui menait aux bureaux encombrés de papiers éparpillés partout comme si on avait laissé les fenêtres ouvertes pendant un orage, De Luca et Corradini avaient marché sur un tapis d'insignes du parti qui crissaient sous les semelles comme des punaises écrasées, justement.

Le milicien finit de déboutonner sa chemise noire et jeta un autre coup d'œil aux armoires vides.

– Il y a des gens, dehors ? demanda-t-il, inquiet.

– Oui, dit Corradini. Des carabiniers et des soldats.

– Non, je veux dire des gens, quoi.

– Oui.

– Beaucoup ?

– Oui.

– Et comment ça se présente ?

– Quand nous sommes arrivés, ils criaient et jetaient des pierres sur la façade de l'immeuble. Maintenant, je ne sais pas.

Le milicien serra les dents. D'un bureau lointain, quelque part, arriva le bruit sec du verre qui se brise.

– Maintenant aussi, dit Corradini.

Le milicien ôta sa chemise noire, l'arracha presque et la jeta au loin.

– Vous devez me protéger, dit-il. Je peux sortir avec vous, je pourrais passer pour quelqu'un de la questure moi aussi.

Corradini ne put retenir un sourire.

– Habillé comme ça ? Si j'étais toi, je ferais une chose, je resterais caché quelque part et je filerais ce soir, dans le noir. Si tu sors avec nous, au minimum tu te prends une pierre.

– Oui, fit le milicien. Oui, répéta-t-il, et il s'enfuit dans le couloir, plié en deux et poussant avec les coudes comme s'il était poursuivi, en pantalon de velours et tricot de corps blanc.

Corradini secouait la tête, murmurant "regarde-moi ça", mais quand il se retourna vers son supérieur, il s'aperçut que le commissaire était presque arrivé à l'escalier conduisant au rez-de-chaussée. De Luca n'avait pas entendu un mot de ce que s'étaient dit le policier et le militaire, pris qu'il était par une pensée, un mauvais pressentiment qui d'un coup lui avait coupé la respiration.

– Allons-y, Corradini, lui lança-t-il. Allons-y ! En courant !

Et le brigadier dut vraiment courir pour le rejoindre.

– Il s'est échappé.

– Comment ça, échappé ?

– Comment, comment... il n'est plus là. Quand nous avons fait l'appel, ce matin, il était là à sa place, en train de prendre le petit-déjeuner avec les autres, mais maintenant il n'est plus là.

Sœur Maria était une petite femme si menue qu'elle disparaissait presque dans sa blouse blanche, avec un visage minuscule et sans âge encadré par le voile noir des Imeldines, serré autour de la coiffe. Albertino aussi avait une toute petite tête, perdue sous un béret rond qui la couvrait entièrement comme la tête d'un clou, mais pour le reste, c'était un géant, et même les bras croisés, dans sa salopette bleue d'ouvrier, il occupait la totalité de l'embrasure d'une porte. C'était justement à cause de lui que, de temps en temps, la questure envoyait un jeune un peu spécial à l'internat de la via Remorsella, parce qu'il était meilleur qu'un vrai geôlier. Mais pas toujours, vu que, quand De Luca et Corradini avaient demandé Negroni Gianfranco dit Franchino, le géant avait écarté les bras et haussé les épaules. Sœur Maria aussi était étonnée.

– Mais on n'est pas vraiment une prison, commissaire. On n'a pas de barbelés. Et il y a les fenêtres du premier qui donnent sur la rue, bien sûr elles sont toujours fermées…

– J'ai oublié celles du réfectoire…

Albertino avait la voix aussi ténue que la tête. Sœur Maria lui lança un coup d'œil surpris et elle haussa à son tour les épaules.

– Je vous l'ai dit, commissaire, en somme… nous ne sommes pas une prison.

J'ai fait une connerie, pensait-il, et il le dit, en fait, il le murmura :

– J'ai fait une connerie.

– Qu'est-ce que vous dites, commissaire ?

– Tu y crois, aux coïncidences, Corradini ?

– Je ne sais pas. Et vous ?

– Moi, oui. Il arrive que deux choses se passent pour des motifs propres, tout à fait indépendants. Mais là, nous avons le consul Martina qui envoie une chemise noire récupérer précisément une mystérieuse mallette dans l'entrepôt du Trafiquant, puis le Trafiquant est emmené par le consul et il disparaît avec lui, et son gamin aussi, figure-toi, il s'échappe de chez les sœurs et disparaît lui aussi.

– Pour tout vous dire, commissaire, moi, Albertino, il m'a toujours paru un peu bizarre, tellement ailleurs.

– À moi aussi. Et de fait, toujours par pure coïncidence, on oublie justement de fermer une fenêtre. J'ai tout sous-évalué, depuis le début j'ai fait une connerie.

– Qu'est-ce qu'on fait, maintenant ?

De Luca soupira, un long souffle qui lui vida les poumons dans l'air brûlant de juillet et les vapeurs du gazogène.

– On fait émettre un mandat de recherche pour le Trafiquant et le gamin, et tant qu'on y est aussi pour le consul, on fait fouiller un peu dans ses affaires à la recherche de la mallette, et puis on arrête Albertino et on le conduit à la questure pour interrogatoire.

Corradini avait commencé à hocher la tête dès les premiers mots, mais d'une manière si nette et décidée que ça voulait dire non.

– Je voulais dire maintenant, monsieur le commissaire. Il y a le *dottor* Cesarella qui nous attend, vous savez… il peut arriver n'importe quoi.

De Luca aussi hocha la tête mais lentement, lèvres serrées et front plissé, si lentement que ça aussi, ça voulait dire non. Il regarda sa montre puis lança un coup d'œil au-dehors à travers la vitre, vers la statue de l'Homme du Peuple qui se dressait sur la colline de la Montagnola. Dans moins de soixante minutes, il serait deux heures et il était à mi-chemin.

Tout ce qu'il avait dit n'était faisable qu'avec l'autorisation du divisionnaire, et mis à part qu'il faudrait de toute manière le convaincre, Cesarella l'expédierait probablement en mission d'ordre public avant même qu'il ait ouvert la bouche.

Mais lui, il voulait en finir avec l'histoire de la tête. Parler avec Tirabassi et obtenir une réponse qui lui serve à avancer l'enquête, à la cadrer mieux, pour le Petit Singe aussi.

Il était sûr qu'après avoir enfin réussi à redonner une tête au corps, il en saurait beaucoup plus.

– Laisse-moi ici, merci, dit-il en ouvrant la portière, et il avait déjà sauté que Corradini n'avait pas fini de freiner.

– *Dottore*! Je lui dis quoi au Pet… au divisionnaire?

Le parc de la Montagnola était à mi-chemin entre l'Institut de médecine légale de la via Irnerio et la pharmacie où Lorenza travaillait. Sur la colline, une foule s'était réunie pour déposer des fleurs devant le monument du garçon à demi nu arrachant le drapeau à un soldat autrichien mort et, comme tout le monde était à vélo, De Luca eut l'idée de passer par chez lui, c'était sur la route, pour récupérer la Giordano de Lorenza qu'il avait laissée le soir précédent dans le hall, quand il était rentré à la maison les lèvres écorchées et la veste souillée.

Cette fois, il la tint à la main, le long de la via Indipendenza, serré contre le mur pour échapper au cortège qui remplissait la rue jusque sous les portiques, d'un côté à l'autre, hommes, femmes, enfants qui criaient "vive le roi" et "vive Badoglio", brandissaient drapeaux rouges et tricolores, chantaient l'hymne national et certains aussi *Bandiera rossa.*

Sur la base de la statue de Garibaldi, juste sous les jambes du cheval, il y avait un homme en manches de chemise qui parlait à la foule en agitant les bras. Les gens s'arrêtaient pour l'écouter et De Luca profita d'une trouée dans le cortège pour traverser la rue et se glisser dans la via Altabella, rapide, avec la chaîne de la bicyclette qui bourdonnait, jusqu'à la pharmacie, unique commerce ouvert.

Sur le seuil, entre les perles de bois du rideau qui tentait de barrer l'entrée à la chaleur du dehors, De Luca faillit entrer en collision avec le *dottor* Ravenna. Il travaillait en cachette dans sa propre pharmacie depuis qu'elle avait été aryanisée, feignant d'être un client en cas de contrôle, et ne portait pas la blouse, mais ce n'est pas pour ça qu'il eut du mal à le reconnaître.

– Tu sais que c'est la première fois que je le vois sourire, ton ex-patron ?

– Il dit que dès qu'ils auront aboli les lois raciales, il pourra récupérer la pharmacie.

– Et ton patron actuel, qui l'a reprise, il dit quoi ?

– Je ne sais pas. Je doute que Montuschi lâchera l'affaire, il l'aurait chassé depuis longtemps si ce n'est qu'Elias lui amène les clients juifs, qui ont confiance en lui. À Elias les juifs, à Montuschi les dames des maisons closes. Mais il ne s'est pas montré aujourd'hui et je pense qu'il ne va pas le faire pendant un moment.

De fait, elle était seule derrière le comptoir, impeccable dans sa blouse immaculée, le dernier bouton seulement ouvert sur le cou, elle ne semblait pas non plus transpirer, ni même avoir chaud, avec juste ses cheveux blonds relevés et enroulés en chignon sur la nuque, retenus par un crayon qu'elle y glissait comme une épingle japonaise.

Comme elle est belle, pensa De Luca, et bien qu'elle s'efforçât de rester sérieuse, avec ces fines rides aux coins des lèvres qui tentaient inutilement de comprimer la bouche dans une grimace de réprobation, on voyait bien qu'elle aussi était excitée. Et, de fait, elle eut un mouvement de la tête en direction du bruit de la foule qui venait de dehors.

– Hier soir j'étais très en colère, dit-elle, puis j'ai entendu ce qui s'est passé et j'ai compris que tu avais eu à faire.

– Oui, dit De Luca.

Ce n'était pas vrai, mais ce n'était pas non plus un mensonge.

– Excuse-moi, poursuivit-il, je t'ai rapporté ton vélo. Je l'ai attaché dehors.

Lorenza contourna le comptoir pour l'embrasser. Avant, elle jeta un coup d'œil à la porte pour vérifier qu'il n'y avait personne de l'autre côté du rideau en perles de bois, puis elle remarqua la coupure sur sa lèvre.

– Et ça ?

– Rien, rien…

– Oh mon Dieu, il y a eu des désordres ?

– Non, rien, sois tranquille… je me suis cogné. Je ne suis pas très bon, à vélo.

Lorenza sourit, secouant la tête, lui effleura la lèvre du bout du doigt, si légèrement que De Luca ne sentit rien.

– Viens, on va mettre quelque chose dessus.

– Mais non, allez…

– Viens.

De Luca se laissa traîner jusqu'au comptoir, bras croisés, et avec un soupir patient, tandis que Lorenza ouvrait sans hésiter un des petits tiroirs couvrant les cloisons, si nombreux et si semblables. Elle lui passa sur les lèvres une crème qui brûlait et laissait dans la bouche un désagréable goût de fer.

– C'est vrai, il n'y a pas de danger, dehors ? Pour toi, je veux dire.

– Sois tranquille, la ville est militarisée, il ne peut rien arriver.

– Les gens semblent avoir perdu la tête, dit Lorenza avec excitation. Je suis passée par la place ce matin et, sur les marches de San Petronio, il y avait un type, un vieux, petit, dégarni, qui avait un panier de poulets, oui de poulets déjà plumés, et il les jetait aux gens, il disait qu'ils étaient destinés aux fascistes, mangez-les, faites la fête, vive la liberté ! Qu'est-ce que tu penses qu'il va se passer ?

– Tout le monde me le demande, mais qu'est-ce que j'en sais ? Je suis policier. Demande-le à tes parents, vous êtes une famille d'intellectuels, non ?

Lorenza toucha de nouveau du bout du doigt la lèvre de De Luca, l'effleurant à peine :

– Papa dit qu'il va y avoir la révolution, qu'après vingt ans, on n'arrive plus à contenir les gens. Maman a peur que les Allemands viennent et mon frère a peur du roi et de Badoglio. Moi, conclut-elle en haussant les épaules, je crois que les gens pensent surtout à ce qu'ils mettront sur la table du dîner et qui va revenir de la guerre. Mais moi, je suis la fille normale dans la famille, les génies, c'est eux.

Elle lui donna un baiser de côté, sur le coin de la bouche le plus éloigné de la blessure, un baiser long et intense comme un vrai. Mais, avant, elle avait jeté un coup d'œil à la porte.

– Tu viens déjeuner avec moi ? lui demanda-t-elle. On est restés ouverts parce qu'on est un service public, comme la questure, mais ce n'est pas pour ça qu'on doit mourir de faim.

De Luca regarda sa montre.

– Je ne peux pas. J'ai un truc à faire. Mais je viens ce soir. Je le jure.

Il l'embrassa, un vrai baiser, fort, qui lui écrasa le goût acide du fer et celui douçâtre du sang sur les dents, et à elle aussi peut-être, car Lorenza se lécha les lèvres, surprise.

– Tu viens ce soir ?

– Je le jure.

– Promis ?

– Je le jure.

Et il le répéta encore en baisant ses doigts en croix, deux fois, tandis que Lorenza le regardait avec un sourire si doux et si vrai que, de nouveau, il pensa *comme elle est belle.*

Autrefois, il avait vu une autopsie qui l'avait impressionné.

Il était jeune, tout juste entré dans la police, et travaillait sur une affaire comme sous-commissaire adjoint de concert avec son mentor, le commissaire Tampieri, celui des deux gnons aux criminels. Il s'agissait d'une femme, prostituée d'un bordel du passage des Cailles, troisième catégorie, on l'avait trouvée dans un fossé en dehors de la ville et il était évident qu'elle avait été tuée.

Comment et de quelle façon, il revenait à l'autopsie de l'établir, et eux, le vieux commissaire et le jeune adjoint, étaient là pour le savoir, parce qu'ils avaient une moitié de piste et le temps pressait.

De Luca était tellement concentré et tendu, si excité, qu'il ne remarquait même pas l'odeur, certes il était déjà allé dans une salle d'autopsie et le commissaire, lui, en avait vu des dizaines, mais quand même, durant les premières minutes au moins, ils se collaient toujours un bout de cravate sur le nez, juste le temps de s'habituer, mais pas cette fois, De Luca se penchait presque vers ce corps nu étendu sur la table de marbre.

Puis le docteur avait incisé la poitrine de la femme, une coupure en Y juste sous le cou, en forme de cravate, il avait agrippé les côtes avec les écarteurs et avait tiré, d'un coup sec, si fort que le corps de la femme s'était soulevé, arqué comme pour s'asseoir.

Ça n'avait duré qu'un instant, comme toujours, mais durant cette seconde la tête de la morte s'était soulevée et les yeux écarquillés de la morte s'étaient tournés vers De Luca, sous un angle tel qu'elle semblait vraiment vouloir le fixer, lui, et avec un tel regard de désolation qu'il en eut l'estomac serré. Parce qu'elle avait certainement été tant de fois nue devant un homme qui la regardait, mais à ce moment on eût vraiment dit qu'elle voulait lui dire, avec colère, avec fureur, et oui, avec indignation, "comme ça non, pas comme ça".

Il était sorti. Au bout d'un certain temps, Tampieri l'avait rejoint, il s'était moqué de lui et lui avait dit de rentrer, s'il voulait savoir ce qu'ils avaient découvert, le docteur le lui raconterait. Autrement il le lui rapporterait, mais l'anatomopathologiste le lui expliquerait sûrement mieux.

Alors De Luca était revenu, ignorant la femme nue et ouverte sur la table, qui fixait maintenant le plafond, il s'était imprégné des informations délivrées par le docteur et, de ce jour, aucune autopsie, même parmi les plus laides, même celles des enfants, ne lui avait fait le même effet. Le commissaire le savait, il l'avait fait revenir précisément pour ça. Il n'était pas son mentor pour rien.

Mais, cette fois, il n'y avait personne pour le regarder avec cette expression de reproche, parce que le corps étendu sur la table de métal était dépourvu de tête, et la tête posée sur le comptoir de marbre près du lavabo était sans yeux. Et De Luca était tellement pressé de savoir, maintenant qu'il avait réussi à réunir les deux bouts de son énigme, tête et corps, enfin, qu'il avait grimpé quatre à quatre l'escalier conduisant à l'entresol.

Tirabassi finissait de visser la partie supérieure d'une cafetière napolitaine, qu'il posa sur le réchaud fabriqué avec un bec Bunsen, et même si c'était probablement un ersatz ou de la chicorée, rien que le geste rendit De Luca encore plus excité et nerveux.

– Alors ? demanda-t-il.

– Alors, nous parlons d'un homme dans la cinquantaine, d'un peu plus d'un mètre quatre-vingts et d'un poids actuel de soixante-quinze kilos, quoiqu'il ait dû être auparavant plus gros, vu qu'il présente un état de dénutrition, ou plutôt de malnutrition.

De Luca hocha la tête. Tirabassi s'essuya les mains sur sa blouse, la tachant de poudre d'ersatz ou de chicorée, puis s'approcha du corps sur la table. Un filet d'eau rouge dégouttant encore des rainures latérales s'écoulait vers un grillage au milieu du sol incliné. De Luca prit garde à ne pas le piétiner.

– Nous parlons d'un monsieur qui fumait beaucoup et buvait encore plus, vu que son foie commençait à donner des signes d'une mauvaise cirrhose.

– D'accord, dit De Luca, impatient.

– Vilaine fracture à la cheville gauche, vieille mais mal réduite. Je suggère qu'il boitait de ce côté.

– C'est déjà quelque chose, observa De Luca.

"Merci", murmura Tirabassi, mais il était sarcastique. Il pointa l'index sur le bas-ventre de l'homme, vers le pénis qui disparaissait presque dans une touffe de poils humides.

– C'est une sale syphilis contrôlée par un usage massif d'antibiotiques, je suppose, je pourrai vous le dire avec un examen toxicologique. Il est circoncis. Mais pas pour des motifs hygiéniques ou sanitaires. On dirait une incision rituelle, effectuée à un âge tendre.

– Un juif?

– Ou un musulman.

– Pourquoi ? Vous ne pouvez pas établir sa race?

– Peut-être les collègues de la Direction générale pour la démographie et la race. Moi, je peux seulement vous dire que c'est un humain de sexe masculin probablement d'origine ou de religion israélite. Ou musulmane.

– Vous ne m'aidez pas beaucoup.

L'eau bouillait dans la cafetière. Tirabassi alla éteindre le gaz et retourna la cafetière en tenant le manche à travers un pan de blouse pour ne pas se brûler. Du bec arriva une odeur qui ressemblait à celle du café, bien que ce fût pratiquement impossible.

– La mort remonte au samedi 24 juillet, dans un créneau compris entre deux et dix heures du matin.

Comme De Luca souriait, la voix de Tirabassi s'éleva d'un registre.

– La décapitation est survenue post-mortem, et la cause du décès est un événement traumatique soudain, non dépendant d'un empoisonnement, et pour ce qui regarde le corps, pas sous l'effet d'une blessure par balle ou par arme blanche.

– Et alors, de quoi il est mort?

Tirabassi haussa les épaules. Il y avait deux petits verres à liqueur à côté de la cafetière. Il y versa un flot dense de liquide noir et la bouche de De Luca se remplit de salive, parce que ça ressemblait vraiment à du café.

– Je ne sais pas de quoi il est mort. Rien de ce qui est lui arrivé du cou vers le bas ne l'a tué.

– Et ce qui lui est arrivé du cou vers le haut ?
– Pour vous le dire, il faudrait que j'aie la tête.
– Vous l'avez, la tête ! répliqua De Luca, criant presque et montrant du doigt le Christ sans yeux près de l'évier.
Tirabassi le regarda puis se tourna vers De Luca avec une lenteur perplexe.
– Mais ça, ce n'est pas sa tête.
C'était du café, du vrai café et pas de l'orge grillé mêlé de chicorée, du café-café, l'odeur s'était maintenant répandue dans la pièce, recouvrant toutes les autres, mais De Luca ne s'en aperçut même pas. Il était resté bouche bée, au milieu d'une question qui ne sortit qu'après quelques instants, comme retenue par un bégaiement :
– Ce n'est pas sa tête ?
– Non. Je comprends qu'un profane, attaqua-t-il, marquant une petite pause avec un léger sourire satisfait, puisse se faire abuser par son état, mais il suffirait de regarder les coupures. Si vous voulez noter, ici, continua-t-il en montrant le corps sur la table, il s'agit d'un coup net alors que là, dit-il en montrant la tête, il s'agit d'une coupure déchiquetée, avec un typique effet de scie, précisa-t-il en bougeant les mains d'avant en arrière. Bref, cette tête est celle d'un autre corps.
De Luca plissa le front. Il prit le petit verre que le professeur lui tendait et rapprocha les lèvres du bord, respirant la chaleur.
La tête d'un autre corps.
– Remercions le professeur Boni pour son café-café, dit Tirabassi. Dans son bureau, j'ai trouvé aussi de l'excellent cognac et une très bonne sambuca. Ça vous dit ?
– Qu'est-ce que vous me racontez sur la tête ?
Tirabassi sourit et prit le temps d'une longue gorgée de café.
– Elle appartient à un homme plus jeune, d'une race humaine tendant au blanc, même si le teint est un peu sombre. Les collègues de la Démorace diraient

méditerranéen. Étranglé, on voit les signes d'un lacet, ou plutôt d'une corde, au-dessus de la coupure. Elle est restée enterrée pendant un certain temps, mais pas plus de deux semaines, puis a été déterrée par un animal. Vous ne le buvez pas, votre café ? C'est dommage, il refroidit.

Mais il était encore chaud et De Luca se brûla les lèvres quand il les plongea dans le liquide, surtout à l'endroit écorché. Il se mit à le suçoter, en réfléchissant, le bout de la langue frottant là où c'était le plus doux et où ça faisait un peu mal.

La tête d'un autre corps.

– Il y a autre chose, annonça Tirabassi en se versant un autre café.

Il prit un poignet de l'homme et le souleva pour montrer la main aux doigts tachés. L'autre aussi était dans le même état et les ongles, coupés très courts, étaient réunis dans une boîte avec une minuscule écaille sombre.

– Oui, dit De Luca, je l'avais noté aussi. Qu'est-ce que c'est ?

– Du pigment. Une espèce de teinture de couleur noire. Peut-être votre homme était-il peintre. Ou coiffeur pour dames.

De Luca but enfin le café, mais sans plaisir. Il en refusa un second, salua le professeur en imitant spontanément son geste de tendre la main, trop concentré qu'il était pour lever le bras dans un salut romain, ne fût-ce qu'instinctivement, et s'en alla.

– Vous avez de la chance que le Duce soit tombé, lança Tirabassi avant que De Luca ne franchisse le seuil. Sinon il y aurait eu Boni, et il ne se serait même pas aperçu que ce n'était pas la bonne tête.

De Luca opina du chef.

C'était vrai, il avait eu de la chance.

Mais il était venu à l'Institut de médecine légale pour avoir des réponses et, maintenant, il se retrouvait avec un corps sans tête et une tête sans corps.

– Comment vous appelez ça, vous ? Les conspirateurs du Grand Conseil votent l'ordre du jour du traître Dino Grandi qui retire ses pouvoirs à Mussolini. Mais au lieu de les faire tous arrêter comme il aurait dû, le Duce va voir ce froussard de roi qui le vire sur-le-champ et, comme par hasard, les carabiniers sont déjà là pour l'emmener. Vous, comment vous appelez ça ? Moi, j'appelle ça un coup d'État, voilà comment je l'appelle !

Rassetto abattit son poing sur la table, puis se prit la main, parce qu'il s'était fait mal. Il arborait un sourire mauvais qui lui retroussait les lèvres, découvrant les dents, redressant sa moustache sur une ligne droite et fine. C'était le seul, dans le bureau, encore en veste et cravate, le seul avec l'insigne encore à la boutonnière. De Luca était assis à son bureau, occupé à dessiner des cercles concentriques sur un buvard tout en suçotant sa lèvre. Massaron jouait avec le rouleau de la machine à écrire, par à-coups brefs comme des rafales de mitraillette. Seul Corradini, assis sur le bord du bureau de De Luca pour faire balayer par le ventilateur son dos humide de transpiration, écarta les bras. Rassetto se pencha en avant comme s'il voulait le mordre de ses dents de loup.

– Quelque chose à dire ? aboya-t-il.

Corradini haussa les épaules, mit une main dans la poche arrière de son pantalon et en sortit un peigne. Il sourit en coiffant en arrière ses cheveux luisants de brillantine. Massaron perçut la tension et cessa de jouer avec le rouleau. Il lança un coup d'œil. De Luca continuait à dessiner, plongé dans ses pensées.

– Les réunions de plus de trois personnes sont interdites, même à huis clos.

De Luca leva la tête vers Cesarella, qui était sur le seuil, appuyé au chambranle, bras croisés et visage renfrogné.

– Le *dottore* plaisante... dit Corradini.

– Mais non, je suis sérieux. Si vous parlez de politique plutôt que de travail, alors c'est une réunion. Et vu que maintenant nous dépendons tous de l'autorité militaire, la prochaine fois je vous expédie en cour martiale. Ça m'étonne de toi, De Luca, mon garçon…

– Je ne m'en suis pas aperçu. Je réfléchissais.

– Justement. Viens avec moi, il faut qu'on parle.

À la différence de celui de la police judiciaire, qui avait l'aspect reconnaissable entre mille d'un bureau de l'administration, et plus encore, de la préfecture de police, avec ses murs jaunis par la fumée des cigarettes, son éternelle odeur de renfermé et les bords de formica noir des tables lustrées par le frottement des manches, comme des bancs d'école, le bureau du commissaire divisionnaire Giancarlo Cesarella ressemblait à un salon. Les murs étaient immaculés, le bureau de noyer carrément lumineux, la seule odeur perceptible était celle, fraîche et propre, de l'eau de Cologne que le Petit Singe s'était fait envoyer par le parfumeur Boellis de Naples, tant que ça avait été possible. Il y avait aussi un petit canapé de cuir rougeâtre, un Chesterfield anglais d'avant la guerre, qui faisait sentir l'absence de cheminée. Tout était parfait, à part une légère asymétrie dans les photos encadrées, les prix et les diplômes accrochés derrière le bureau, un vide, avec un clou nu à côté de la photographie de S. M. le roi Victor-Emmanuel III, là où se trouvait auparavant la photo d'un Mussolini de profil et casqué.

Sur le canapé, les jambes croisées et un bras étiré sur le dossier, il y avait un homme. Il aurait été élégant, en veste, cravate et gilet, avec sa belle chemise à fines rayures et ses cheveux lisses, bien coiffés, s'il n'avait eu cet air gris, ministériel et policier, qui l'empêchait de ressembler à un intellectuel, malgré les lunettes rondes à légère monture d'écaille. Il était très grand et, comme il était assis en travers du canapé, le dos presque appuyé à l'accoudoir, occupant quasiment les deux places, et que Cesarella s'était installé sur la chaise unique devant son bureau, De Luca n'osa pas aller s'asseoir dans le fauteuil du chef et resta debout.

– De Luca, mon garçon, qu'est-ce que tu fabriques ? – Le Petit Singe secouait la tête, plissant son front de babouin, les mains jointes comme en prière. – On est tous sous la loi martiale, on nous y a tous mis, nous aussi, sous l'autorité du général qui commande la défense territoriale, comment il s'appelle…

– Terziani, dit l'homme à lunettes.

– Voilà, lui… à partir d'aujourd'hui le couvre-feu entre en vigueur du coucher de soleil à l'aube, la priorité c'est l'ordre public, tu as lu les circulaires et les proclamations qui interdisent les rassemblements et les manifestations, l'ordre public, De Luca, mon garçon, l'ordre public, et toi, qu'est-ce que tu me fais ?

Il ne le dit pas, mais à sa façon de secouer la tête, il était évident que tous les trois le savaient. Il y avait une feuille sur le bureau du Petit Singe, la seule sur le plan de bois subtilement veiné, c'était son rapport. Il y avait tout écrit, le corps sans tête et la tête sans corps, le consul, le Trafiquant, le gamin, la mallette, Albertino, tout. Aux demandes de mandats de recherche et d'arrestation, il avait joint celle d'une équipe d'ouvriers, pour aller creuser autour de l'écluse du canal et voir s'il y avait d'autres corps. Cesarella énuméra toutes les demandes en les comptant sur les doigts de la main et en souriant à l'homme sur le canapé, qui souriait lui aussi.

– C'est-à-dire, mon garçon, que je devrais prendre quelques-uns de ces braves gars qui sont en train de creuser pour sortir les morts des décombres des bombardements, ici, en ville, dans le centre, et les envoyer chercher d'autres morts à la campagne. Et qu'est-ce que je leur dis, aux parents, aux gens, au général… comment il s'appelle ?

– Terziani.

– Voilà, c'est ça. Qu'est-ce que je lui dis ? Alors qu'il peut arriver n'importe quoi… les fascistes, bon, ceux-là, maintenant… mais les communistes, qui sait, bref, il peut arriver n'importe quoi et nous, au lieu d'aider à garder la situation en main, on va à la chasse… de quoi, De Luca, mon garçon, de quoi ?

Le Petit Singe haletait, perché sur son siège. De Luca ne dit rien. Du coin de l'œil, il observait l'homme sur le divan qui le fixait, inexpressif. Un peu plus tôt aussi, quand il avait souri avec Cesarella, il l'avait fait de manière machinale. En attendant, le Petit Singe avait repris son souffle.

– Ce sont des temps difficiles, mon garçon, et tout peut arriver. Les gens ont besoin de rester calmes, de penser à de belles choses et de reprendre courage, et ces histoires de morts étranges qui font peur ne nous aident pas.

De Luca hocha la tête. Il lui semblait l'avoir déjà entendu, ce discours.

– Donc, on classe l'affaire, dit-il.

– Non, bien sûr que non. Mais on fait ce qu'on doit faire sans publicité ni tapage. La routine. On cherche le Trafiquant et le gamin, et quand j'en aurai la possibilité, je te donnerai deux hommes pour aller piocher. Le consul, tu l'oublies.

– Albertino ?

– Pas d'arrestation, juste un bavardage informel. C'est quand même toujours quelqu'un qui travaille pour des religieuses.

– Je peux faire circuler le portrait de l'homme avec la tête ?

– Discrètement. La routine. Si je vois quelque chose dans les journaux, je vous expédie en Sardaigne, toi et toute ton équipe, y compris cet exalté de Rassetto. Tu sais comment on dit, non ? Du calme, De Luca, mon garçon, du calme et du sang-froid.

Dans le couloir, comme il était presque arrivé à son bureau, De Luca s'entendit appeler. Il ne reconnut pas la voix parce qu'il l'avait entendue prononcer un mot à peine, mais quand il se retourna, il vit l'homme du canapé qui, ainsi, debout et très près, paraissait encore plus grand.

– Nous ne nous sommes pas présentés. Commissaire divisionnaire Fratojanni, section des Affaires générales et réservées.

Comme il n'avait pas l'insigne à la boutonnière, De Luca n'esquissa même pas un mouvement pour tendre le bras et, du moment que le commissaire n'avait pas tendu la main, il ne la lui tendit pas non plus.

– Commissaire De Luca, brigade criminelle.

– Je suis ici pour donner un coup de main pour l'ordre public mais, avant, je m'occupais des étrangers et des subversifs, et j'ai quelques contacts par-ci par-là. Si vous vouliez m'envoyer à moi aussi le portrait de l'homme avec la tête, je pourrais vous être utile. Je suis à l'étage au-dessus.

– Merci.

– De rien, dit l'homme, et il s'éloigna.

De Luca resta à le regarder pendant qu'il avançait droit devant lui le long du couloir, presque raide malgré sa taille. Il pensa qu'il avait une voix grise et vide, comme son regard et son sourire.

Il ne l'avait jamais vue nue.

Même quand ils faisaient l'amour chez elle, sur le canapé d'en bas, ou chez lui, Lorenza gardait toujours quelque chose, une petite robe de chambre, une nuisette, quelque chose. Sensuelle, oui, mais toujours, d'une manière ou d'une autre, couverte, en sage jeune fille bien comme il faut, qui semblait toujours un peu honteuse alors qu'ils étaient ensemble depuis au moins un an et qu'ils n'étaient plus des gamins ni l'un ni l'autre.

Mais là, tandis qu'elle regardait par la fenêtre fermée, le front contre le carreau pour regarder au-delà du toit du portique en dessous, et qu'elle drapait son corps avec le rideau en guise de paréo pour éviter de se faire voir du dehors, de derrière elle était nue. La nuque, les lignes douces des épaules et la ligne droite du dos, le creux avant la courbe des fesses rondes, et puis les jambes, les fossettes derrière les genoux et plus bas, jusqu'aux talons soulevés, parce qu'elle s'était haussée sur la pointe des pieds pour mieux voir.

De Luca pensa que c'était la première fois qu'il remarquait les fossettes que Lorenza avait juste sous les fesses, et il le lui dit. Il croyait qu'elle se serait précipitée pour s'habiller, rouge d'embarras, mais elle lui sourit et regarda à nouveau au-dehors, creusant légèrement le dos pour relever le derrière, juste un peu, comme pour se moquer de lui.

L'excitation de la journée. De Luca l'avait remarquée dès son arrivée chez Lorenza. D'habitude, elle se taisait en le regardant manger, pendant que ses parents parlaient, et ils parlaient toujours beaucoup et de tout, mais cette fois elle aussi avait parlé, vite, sans reprendre son souffle, et quand ils avaient fini de manger, avec l'excuse qu'il était encore tôt et que les autres voulaient rester en bas, sur le canapé, pour écouter Radio Londres, elle avait insisté pour qu'ils aillent chez lui. Elle avait fait l'amour comme d'habitude, timide et passionnée, instinctivement sensuelle, et puis, au lieu de rester dans le lit, étroitement enlacée à lui, elle l'avait laissé sous les draps et avait bondi jusqu'à la fenêtre, pour s'envelopper dans le rideau. L'excitation de la journée.

– Tu te souviens de quand tu m'as dit où tu habitais ? Moi, j'avais compris au Baglioni et j'ai pensé, eh ben, ces policiers, ils se font loger au Grand Hôtel. Quelle idiote !

– Je l'avais fait exprès. C'était une blague, et en fait quand tu es venue ici la première fois, tu t'es mise à rire.

– Oui, mais je me suis sentie idiote quand même.

Le Grand Hôtel Baglioni était juste en face, de l'autre côté de la rue, mais il était caché par le portique de l'immeuble et Lorenza ne réussit pas à le voir, et elle leva donc les yeux. Il y avait un mince croissant de lune blanche dans un ciel encore clair. Puis Lorenza baissa de nouveau son regard, parce qu'un camion de soldats était en train de passer et elle laissa échapper un cri, se cogna même le front contre la vitre, dans un sursaut.

– Qu'est-ce qu'il y a ? demanda De Luca en s'asseyant dans le lit.

– Oh, mon Dieu ! Le couvre-feu !

Lorenza s'entoura du rideau comme d'un cocon, se couvrant aussi les fesses.

– Mais quelle heure est-il ? Il fait encore jour !

De Luca se pencha vers la chaise qui servait de table de nuit, à côté du lit, et prit la montre qu'il avait accrochée à un angle du dossier, comme un anneau. Huit heures quarante-cinq.

– Allez, dit-il en rejetant le drap, je te raccompagne.

– Et si on nous arrête ?

– Je suis policier et toi… toi tu es pharmacienne, personnel autorisé, on dira qu'un patient…

– Mais non, voyons.

– Non ?

– C'est le premier jour où il entre en vigueur, ils seront encore plus vigilants… tu as entendu la radio, elle dit qu'ils tirent à vue, il y a le Tribunal militaire.

Mais elle ne semblait pas effrayée, elle l'avait dit juste comme ça, comme une excuse.

– Alors reste dormir ici, avec moi, répondit De Luca en se retournant sous le drap.

Lorenza mordilla sa lèvre inférieure, haussa un sourcil et hocha la tête. Ce sourire puéril, de fillette maligne, réveilla d'un coup toute l'excitation ressentie un peu plus tôt, quand ils avaient fait l'amour. Il se tourna sous le drap pour la dissimuler, parce que lui, oui, il avait un peu honte.

– J'appelle mes parents, juste pour qu'ils ne s'inquiètent pas.

Lorenza sortit un bras de sous le rideau et fit signe à De Luca de lui lancer sa robe qui était au fond du lit, parce que l'excitation de la journée ça va bien, mais se promener comme ça, devant lui, pour elle, ç'aurait été trop, puis elle sortit chaussures à la main, en laissant la porte entrouverte.

De Luca croisa les mains derrière sa nuque, s'abandonnant sur l'oreiller. Le téléphone était dans le couloir commun, fixé au mur, parce que, quand la dame avait loué la chambre, elle lui avait dit qu'il pouvait aussi se faire poser un appareil privé, avec un supplément, mais lui, de toute manière, il était tout le temps à la questure, il n'avait besoin que d'un lit et d'une salle de bains, et ça, ça y était, c'était compris dans le prix.

Il entendit Lorenza qui parlait, mais juste un instant parce que, ainsi étendu sur le dos, il lui revint à l'esprit le corps sans tête, à l'Institut de médecine légale, et il eut à peine le temps de penser *oh là, mais je suis malade* que déjà il réfléchissait sur la fracture particulière à la cheville, ce monsieur en gilet boitait. Et ça, ça pouvait aussi permettre de l'identifier. Un juif, ou un musulman aussi, mais enfin plus probablement un juif, qui boitait. Il devait poser la question aux collègues qui s'occupaient de la liste des israélites italiens et étrangers à Bologne.

Lorenza revint dans la chambre en sautillant sur la pointe des pieds comme une danseuse, les chaussures toujours à la main, et referma la porte.

– Pas de problème ? demanda De Luca.

– À part que j'ai vingt-six ans et que je ne suis plus une gamine… des problèmes si je ne dors pas à la maison ? Et causés par qui ? Par Monsieur le philosophe et Madame la poétesse ? Allons donc. Eux, ils dansaient nus dans la villa de ce peintre espagnol, celui avec les moustaches en pointe, ils ont dû te le raconter, ils en parlent toujours.

Lorenza tira le rideau pour augmenter la pénombre de la pièce, contourna le lit et vivement se débarrassa de sa robe avant de se glisser sous le drap, si rapide que De Luca n'entrevit que l'ombre de son sein petit et rond. Mais elle était nue et, quand il la serra contre lui et qu'elle sentit son excitation, elle sourit encore, à sa manière sensuelle et maligne, en mordillant sa lèvre, et il l'embrassa ainsi en se plaçant sur elle, tandis qu'elle le guidait en ondulant des hanches, passionnée et timide.

Après, quand elle s'était levée pour prendre un verre d'eau dans la salle de bains, Lorenza avait passé un des tricots de corps de De Luca, et maintenant elle était à côté de lui, sur le drap, caressant du pied la forme de sa jambe à travers le tissu, tandis que du bout d'un doigt elle suivait la ligne de son visage, du front au bout du nez. Il n'avait jamais supporté ça, ça le chatouillait, mais il la laissa faire.

– À quoi tu penses ? demanda-t-elle.

– À rien.

– Ce n'est pas vrai. Vous pensez toujours à quelque chose, vous.

– Nous ?

– Oui, vous. Vous, les personnes exceptionnelles. Le philosophe, la poétesse, mon frère peintre.

– Moi, je ne suis pas une personne exceptionnelle. Je suis un policier. Un petit flic.

– Ce n'est pas vrai. Mon père t'appelle Sherlock Holmes et, quand je lui ai montré ce journal qui te qualifiait de plus brillant enquêteur de la police italienne, il a dit, tout content, “je le savais” et de fait, quand tu viens, il parle toujours avec toi.

– Toi aussi, tu es exceptionnelle.

– Non, moi non. Mes parents voulaient que je devienne poète ou peintre moi aussi, la première femme recteur de l'université de Bologne, et en fait je suis pharmacienne et la seule chose à quoi je pense, c'est de ne pas empoisonner les gens mais de les aider à aller un peu mieux. Et puis de me marier et de faire des enfants avec l'homme que j'aime.

Elle l'embrassa sur la joue et De Luca ne dit rien. Lorenza murmura “je suis lasse des personnes exceptionnelles, elles ne pensent qu'à elles”, tandis qu'elle soulevait le drap et se glissait dessous, en se collant à lui en position fœtale.

– Et de toute manière, quand je t'ai posé la question, tu aurais pu dire que tu pensais à moi, idiot.

De Luca sourit dans la pénombre. Il attendit quelques secondes, puis se tourna vers Lorenza, qui le regardait, une main ouverte sous la joue, posée sur l'oreiller.

– À quoi tu penses ?

– À toi, répondit-elle, et tous deux rirent, puis s'embrassèrent, et ils s'endormirent.

De Luca eut un peu de mal à trouver le sommeil. Chaque fois qu'il s'assoupissait, dans son esprit revenaient le Trafiquant et le gamin, où étaient-ils passés, la mallette et le consul, qu'est-ce qu'il y avait dedans, qu'est-ce qui liait ce corps à cette tête, parce que non, ça ne pouvait pas être une coïncidence, ou peut-être que oui, c'en était une, et la première fois qu'il parvint à s'endormir, il se réveilla en sursaut parce qu'il lui sembla avoir rêvé d'un champ de têtes, près de l'écluse, répandues sur le sol comme des potirons.

Alors, il se leva, gagna la salle de bains et but de l'eau au robinet, beaucoup, jusqu'à se gonfler l'estomac, puis alla devant la fenêtre, regarda le noir silence du couvre-feu qui remplissait la via Indipendenza, en bas vers la gare et en haut jusqu'à la place, et de là, des Deux Tours, au-delà encore, toute la ville, et il pensa *allez vous faire voir, non, mieux, allez vous faire foutre*, allez vous faire foutre, le Trafiquant et le gamin, allez vous faire foutre,

Cesarella, le consul, le corps et la tête, allez tous vous faire foutre, de toute façon le Petit Singe a raison, je n'y peux rien.

Il retourna dans le lit, à côté de Lorenza, se mit sur le côté, lui aussi en position fœtale, face à elle, lui prit les mains et, quand il sombra, il dormit d'un sommeil de plomb, sans rêve, comme un enfant.

Il Resto del Carlino, jeudi 29 juillet 1943, XXI, Italie, empire et colonies, 30 cent.
LA PREMIÈRE RÉUNION DU CONSEIL DES MINISTRES. DISSOLUTION DU PARTI FASCISTE. *Suppression du Tribunal spécial dont les compétences sont attribuées aux tribunaux militaires du Corps d'armée pour toute la durée de la guerre.*
Rubrique de Bologne : SERVIR LA PATRIE PAR LE TRAVAIL. *Toute démonstration sera dispersée par ouverture du feu sans préavis. Un douloureux incident durant une manifestation* – LES ORGANISATIONS SYNDICALES PASSENT SOUS L'AUTORITÉ DU PRÉFET – VENTE EN GROS DE BAS MORCEAUX DE BOUCHERIE, *demain vendredi, sont invités à procéder aux achats le groupe n° 3 de 8 à 9 h ; n° 4 de 9 à 10 h, n° 5 de 10 à 11 h 30.*
Radio : 13 h 25, *Orchestre royal des Carabiniers.*

– J'aimerais savoir écrire à la machine, dit Massaron, en tirant en arrière les marteaux qui s'étaient coincés les uns sur les autres contre le ruban.

Il n'avait réussi à taper que trois mots avant que ses doigts, trop gros, même pour le clavier monumental de la Littoria, n'écrasent plusieurs lettres à la fois, et pour lui c'était un record.

– Question de pratique, dit Corradini. Accroche-toi et tu verras que tu vas y arriver. Qu'est-ce qu'il y a, tu veux passer l'examen de brigadier ?

Réprimant un sourire, il souffla la fumée de sa cigarette dans le ventilateur tandis que Massaron décrispait ses doigts avant de recommencer, une touche après l'autre, en tapant de haut à la verticale. Il ajouta un autre mot, avant de bloquer à nouveau.

Rassetto toussa dans son poing fermé pour contenir son rire, Corradini imitait l'expression de Massaron, front plissé, la langue pointant entre les dents sous l'effort, mais ils cessèrent tous deux aussitôt quand il leva la tête.

– Qu'est-ce que vous en dites, commissaire... je pourrais y arriver, à devenir brigadier ?

– T'as entendu Corradini. Accroche-toi et tu verras que tu vas y arriver.

Rassetto toussa plus fort, ses dents de loup découvertes dans un rire rauque qu'il ne parvenait pas à réprimer. Corradini hocha la tête, feignant un sourire d'approbation mais pas très enthousiaste. Massaron les regarda, perplexe, parce qu'il avait compris que quelque chose clochait mais ne comprenait pas quoi. De Luca finit de prendre des notes à partir d'une feuille qui se trouvait dans une chemise couleur crème.

– Arrêtez de faire les idiots. Il faut aller à l'hôpital pour interroger le blessé d'hier.

Rassetto cessa de tousser. Il se trouvait en équilibre contre un mur sur les pieds arrière de sa chaise qui retomba au sol avec un bruit sec comme un coup de fusil.

– On a blessé quelqu'un ? Où ? Je suis en quarantaine ici, je suis vraiment hors du monde !

– Un ouvrier des Ateliers Minganti. Cortège non autorisé, un officier des bersagliers a perdu la tête et fait ouvrir le feu.

– Les communistes, murmura Rassetto. Ce n'est pas à l'Ovra de s'en occuper ?

– Pourquoi, l'Ovra existe encore ? demanda Corradini.

– Soyez tranquilles que la police politique, personne ne la dissout, parce qu'elle servira toujours, à tout le monde, y compris à Badoglio. J'ai rencontré l'adjudant Jovine ce matin.

Corradini était en manches de chemise, mais il frotta ses doigts là où il aurait dû avoir l'insigne sur la veste, faisant allusion à celui de Rassetto, qui avait disparu de la boutonnière arrondie, déformée par l'emblème absent.

– Vous aussi, vous avez oublié votre punaise? demanda-t-il, et Rassetto eut un sourire mauvais.

– L'Ovra existe toujours, rétorqua De Luca en se levant, mais elle aussi est en quarantaine. On y va, Corradini et moi.

Ce dernier ajusta l'étui à pistolet qu'il portait sous l'aisselle comme les gangsters des films américains et prit sa veste. De Luca était sorti de la pièce mais il avait à peine fait un pas qu'il s'entendit appeler et, cette fois, il la reconnut, la voix.

L'homme n'était pas seul. À côté de lui se tenait une gamine dont De Luca, dans le contre-jour de la fenêtre au fond du couloir, ne voyait que la silhouette, et elle était si petite que sa tête dépassait à peine la ceinture du commissaire.

– Vous sortiez pour le blessé? demanda Fratojanni. Je sais que c'est important, j'ai demandé moi à Cesarella la faveur d'envoyer quelqu'un, mais j'aurais quelque chose pour vous, De Luca. À propos de votre tête.

De Luca se tourna vers la porte et fit un signe à Rassetto, qui dit "à vos ordres" en portant la main à son front, comme un militaire. Il claqua même des talons, avant de sortir de la pièce pour rejoindre Corradini, qui enfilait sa veste.

– Nous donnons un coup de main aux bersagliers, dit le commissaire. Si nous trouvions quelque chose d'important dans le passé politique de l'ouvrier blessé, quelque chose de subversif... ce serait utile.

Il avait murmuré, sans regarder personne, mais Rassetto avait hoché la tête, avec son sourire de loup sous ses moustaches si droites qu'elles semblaient dessinées au crayon.

– Faites attention, dit De Luca, sans regarder non plus personne, mais cette fois ce fut Corradini qui hocha la tête.

– On monte dans mon bureau ? proposa Fratojanni, et même si la dernière syllabe était sur le mode interrogatif, on sentait bien que ce n'était pas une question.

– Incroyable qu'ici, à Bologne, il n'y ait eu qu'un blessé hier et un autre avant-hier. À Reggio Emilia, aux Officine Reggiane, l'armée a tiré et a tué neuf manifestants. À Bari, il y en a eu neuf autres, avec plus de quarante blessés. Et les arrestations, ici aussi, en ville, se comptent par centaines. Que voulez-vous, il ne suffit pas de changer le directeur du *Resto del Carlino* et de libérer deux antifascistes, les gens font la queue pour le pain, ils ont peur des bombes et ne veulent plus la guerre. Mussolini c'est fini, ils disent, et alors pourquoi on en est encore là, avec les courgettes à trois lires le kilo, et les maris et les fils au front. Et puis il y a les communistes avec leurs drapeaux rouges qui relèvent la tête, pour eux ça ne finira pas juste comme ça, avec les éboueurs de la commune qui balaient les insignes et les verres des portraits du Duce jetés par les fenêtres. Attention que ça, ce n'est pas ce que je pense, je rapporte ce que nous avons rassemblé, mais ce pays, De Luca, cette ville, c'est une poudrière prête à exploser. J'ai pas raison ?

Fratojanni leva les yeux sur De Luca, qui répondit "oui". Il ne l'avait même pas écouté, obnubilé qu'il était par la rumeur plate et monotone de cette voix formelle et privée de conviction, comme si cette voix récitait un monologue appris par cœur, et aussi, et surtout, parce que lui, De Luca, il regardait la fille.

Ce n'était pas une enfant, il s'en était aperçu dès qu'elle était sortie du contre-jour, c'était encore plus évident à présent qu'elle était assise sur une chaise au centre du bureau du commissaire, jambes croisées, dos droit et sein tendu.

Petite, menue, sûrement encore mineure mais habillée comme une femme, avec un chemisier à pois blancs et bleus, trop ouvert sur la poitrine, et une jupe-ballon au-dessus du genou. Des bas très noirs, si opaques qu'ils s'étiraient avec un reflet brillant quand elle bougeait la jambe pour balancer un pied en l'air. De longs cheveux noirs lissés au fer de part et d'autre d'un visage fin, au nez allongé, juste un peu trop grand, à la grecque. Mais pas de maquillage, surtout pas de rouge sur les lèvres pleines, pas de poudre sur la peau légèrement plus sombre, pas même de crayon sur les yeux un peu obliques. Et pas de talons hauts, juste des ballerines aux pieds, de jeune fille, de gamine en fait.

De Luca l'observait sans la regarder directement, du coin de l'œil, parce qu'elle, en revanche, elle le regardait ouvertement, penchant même la tête pour le fixer, sérieuse et impassible, mais avec quelque chose de bizarre dans le regard, d'indécent, qui l'embarrassait.

– Mais nous, nous ne faisons pas de politique, nous sommes policiers, n'est-ce pas ?

– Oui, dit De Luca, mais il était encore distrait parce qu'il avait noté quelque chose dans le reflet des bas quand la fille avait décroisé et recroisé les jambes, un hématome plus sombre, deux plutôt, sur les côtés de la cuisse, à peine visibles sous la trame noire et compacte.

Mais, pour les remarquer, il avait dû la fixer un peu plus longuement, et il avait aussi déplacé son regard, très vite, jusqu'aux bras découverts et au cou, pour voir s'il y avait d'autres bleus. Elle avait remarqué ce passage de ses jambes à sa poitrine et l'avait interprété à sa manière, parce qu'elle sourit en étirant les lèvres dans une moue indécente. De Luca se sentit rougir, absurdement, jusqu'à la racine des cheveux.

– Mais nous ne sommes pas ici pour parler d'ordre public, vous c'est autre chose qui vous intéresse, n'est-ce pas ?

– Oui, articula De Luca, et cette fois sans être distrait bien qu'à présent il pût regarder la fille ouvertement et avec toute l'intensité qu'il voulait, car Fratojanni la montrait du doigt.

– Mademoiselle se nomme Gales Vera, Vera étant son prénom, et elle est anglo-maltaise, motif pour lequel elle a été internée avec son oncle, sujet britannique lui aussi, au château de Montechiarugolo, dans la province de Parme. Puis ils ont été assignés à résidence dans un petit village à la campagne, car jugés peu dangereux même dans l'actuelle situation de guerre.

Fratojanni retira ses lunettes et commença à les frotter avec un mouchoir qu'il avait tiré de la poche de sa veste. Lentement, du pouce et de l'index, millimètre par millimètre. De Luca était sur des charbons ardents, d'autant que le commissaire avait devant lui, sur le bureau, une chemise jaune sur laquelle il tapait avec l'une des branches des lunettes, comme si à l'intérieur se trouvait quelque chose d'important. Il était assis à une table de bois nu, une espèce de meuble de couvent de noyer brut et lourd, car si le bureau du Petit Singe était un salon et le leur une tanière de flics, celui de Fratojanni ressemblait à une cellule de moine. Le meuble de noyer, une chaise derrière, sur laquelle il était assis, une devant sur laquelle se tenait la fille et une autre sur le côté, pour De Luca. Un coffre-fort, lui aussi en noyer lourd, et rien d'autre à part le crucifix et la photo du roi sur le mur blanc, et la chemise jaune.

– J'ai fait circuler votre portrait parmi les amis que j'ai dans les différents Offices des Étrangers et il est sorti ceci.

Du bout de la branche des lunettes, Fratojanni ouvrit le dossier. La jeune fille plongea son visage dans ses mains et fondit bruyamment en sanglots.

Il y avait une fiche signalétique avec trois photographies, de profil, de face et de trois quarts, qui montraient le buste d'un homme en pardessus clair, à l'abondante chevelure noire et aux grosses lunettes à monture épaisse. Il ressemblait vaguement à la fille, mais tout à fait au portrait accroché par un trombone à la couverture de la chemise, celui que De Luca avait fait faire par le dessinateur de la police.

Le dessin de la tête.

– Herbert Gales, oncle de mademoiselle, disparu il y a quelques semaines après s'être soustrait à l'obligation de signer régulièrement le registre des assignés à résidence. Je me suis permis de mener une petite enquête personnelle et vous voulez savoir ce que j'ai découvert ?

Il avait recommencé à nettoyer ses lunettes, le regard dans le vide sous ses paupières serrées de myope, avec aussi l'ombre d'un sourire satisfait sur les lèvres. Il attendait quelque chose et De Luca le dit, en hochant la tête avec vigueur, "oui".

– Oui, répéta-t-il, bien sûr, je veux le savoir.

– La famille Gales est maltaise, mais M. Herbert n'est pas né à Malte. Dis-le au commissaire, Vera, d'où était originaire ton oncle.

La jeune fille releva le visage. Ses mains avaient laissé sur son visage une empreinte rouge et ses lèvres étaient humides de salive, mais ses yeux étaient secs.

– Albanie.

– Voilà, c'est ça ! Vous connaissez le rite Kanun, commissaire ?

De Luca secoua la tête et, pour éviter une pause, il le dit aussi, "non, je ne connais pas".

– C'est un peu comme le code de la Barbagia. Vous êtes déjà allé en Sardaigne, dans la Barbagia, De Luca ?

– Non, mais je connais.

– Voilà, le Kanun est aussi un code coutumier très antique et de nature orale, qui règle les rapports entre les individus et la communauté, surtout la vengeance. Vera, raconte au commissaire ce que ton oncle a fait quand il était en Albanie.

– Il a eu une relation avec la femme d'un homme important. Une famille avec beaucoup de frères. Des gens méchants.

Qu'est-ce que c'est que cet accent, se demanda De Luca, mais juste un instant, parce qu'il s'intéressait surtout à ce qu'elle disait.

– Des gens méchants ?

– Des gens mauvais, ajouta Fratojanni. Dans de tels cas, le code demande, exige une vengeance, sous peine de perdre l'honneur. Vera, dis au commissaire ce qu'on fait dans ces cas-là.

– On leur coupe la tête.

Vera se passa un doigt sous le menton, sur son cou mince. Une grimace lui échappa, qui ressemblait à un sourire, ou bien ce n'était que l'effet du chatouillis.

– Un moment, dit De Luca. Donc, la tête trouvée à l'écluse correspond à ce Herbert Gales, anglo-maltais d'Albanie, tué par vengeance... par qui ?

– Des Albanais, dit Fratojanni.

– Venus d'Albanie ? À travers l'Adriatique ? Et la ligne de front ?

– Ou résidents en Italie. Peut-être évacués de Milan jusqu'à Bologne, comme beaucoup. Mais je suis sûr que vous les trouverez, tôt ou tard.

Tôt ou tard, pensa De Luca, *tôt ou tard.*

Ces derniers jours, il n'était pas resté inactif. Il avait cherché l'homme au gilet, l'homme sans tête, il était allé voir l'adjudant qui tenait la liste des juifs de Bologne, l'avait trouvé dans son bureau en train d'ajouter des noms de son écriture minuscule dans les marges d'un dossier dactylographié, mais il n'avait rien pu lui dire sinon que les juifs bolonais, italiens et étrangers étaient au nombre de huit cent soixante-quatre.

Il était allé à la synagogue, mais même le rabbin n'avait pu lui indiquer une personne correspondant à sa description, celle d'un homme de stature imposante, aux vêtements élégants bien qu'usés, et boitant de la jambe gauche. Peut-être ne fréquentait-il pas la communauté, peut-être n'était-il pas pratiquant.

Et puis, avec tous les réfugiés qui arrivaient à Bologne et qui maintenant, après le bombardement, s'en allaient, et surtout avec la confusion qui régnait et qui avait toujours régné dans les bureaux, c'était chercher une aiguille dans une botte de foin.

Même chose avec Albertino, quand Massaron était allé chez les sœurs pour le ramener auprès de De Luca à la questure. Parti rejoindre des parents évacués en Romagne.

– Quel métier exerçait votre oncle ? demanda De Luca.

Vera cessa de le regarder et se tourna vers Fratojanni, qui ferma le dossier et le tendit à De Luca.

– Vous avez tout là-dedans. Je me suis permis de prendre la déposition de la demoiselle, il y a l'adresse, 22 via Roma, palais Faccetta Nera, où se trouvent les réfugiés.

– Si vous permettez, je voudrais…

– Approfondir ? Mais bien sûr. Je ne suis qu'un dilettante à côté de vous. Comment on vous a défini, déjà ? Le meilleur… non, le plus brillant…

– Je suis sûr qu'il y a tout là-dedans, merci.

– Quand nous aurons le temps, nous fêterons la clôture de cette vilaine affaire. Où en êtes-vous avec le corps sans tête ?

– Une aiguille dans une botte de foin.

– Aucune nouvelle de la…

Fratojanni se toucha la tête du bout d'un doigt et De Luca secoua la sienne.

Il était retourné à l'écluse avec deux hommes recrutés à la mairie pour déblayer les décombres, pris durant la pause déjeuner et payés sur ses propres deniers au tarif de 7 lires de l'heure, 8 si munis de pioches, et de fait ils en avaient. Il ne cherchait pas la tête de l'homme au gilet, mais les restes du Christ des chiens, avec le soupçon qu'il allait peut-être trouver d'autres corps enterrés là-dedans. Mais les ouvriers n'avaient même pas utilisé leurs pioches parce que le terrain semblait labouré comme pour semer, avec des mottes retournées et des trous profonds. Il y était allé de nuit, dans le noir, mais ne se le rappelait pas ainsi. Et ces trous étaient trop profonds pour avoir été creusés par des chiens.

– Vous la trouverez. Tôt ou tard. Et vous avez émis un avis de recherche si détaillé que, tôt ou tard, vous trouverez aussi le Trafiquant.

De Luca hocha la tête, le cou raidi pour ne pas regarder cette gamine habillée en femme, assise bien droite sur la chaise, et qui avait recommencé à le fixer. Il la sentait. Il percevait son sourire, si embarrassant, si indécent.

– Oui, acquiesça-t-il. Tôt ou tard.

De retour au bureau, il arracha Massaron à ses touches encastrées en lui tapant sur l'épaule et il l'emmena hors de la pièce, dans le couloir et en bas de l'escalier, presque en courant, jusque sous le portique monumental de la questure.

Là-dessous, ils attendirent derrière une colonne, feignant de regarder le bas-relief de bombes, mitrailleuses et canons qu'ils avaient au-dessus de la tête, parce qu'ils étaient arrivés trop tôt.

Quand Vera Gales sortit de la grande porte et se dirigea vers le coin de la place Vittoria d'Etiopia, De Luca donna une bourrade à Massaron, qui comprit aussitôt, attendit de la voir disparaître derrière l'immeuble et puis s'élança, parce qu'il était grand et gros comme une armoire, le policier de première classe Massaron, avec des mains de géant et un cerveau d'enfant, mais quand il filait quelqu'un, c'était un génie qui savait disparaître dans l'ombre d'une vespasienne.

De Luca n'avait pas envie de retourner s'enfermer. Il avait encore sous le bras la chemise jaune du commissaire divisionnaire Fratojanni, alors il regarda à gauche vers l'amas de décombres devant la préfecture et puis à droite, les restes de la tour d'angle de l'hôtel de ville, éventrée, réduite en miettes par une bombe, et choisit ce côté.

Il alla s'asseoir sur une pile de briques rouges qui semblait confectionnée exprès et ouvrit le dossier. Un agent en uniforme fit un pas décidé dans sa direction puis le reconnut, le salua d'une main à la visière et s'éloigna.

Le soleil brillait sur le papier glacé des photographies d'Herbert Gales. De Luca dut froncer les yeux pour ne pas être ébloui. Il regretta de ne pas être retourné au bureau, où en plus il avait une loupe, tandis qu'il approchait son nez du visage de l'homme qui le regardait de derrière ses lunettes, sur la photo centrale.

Coiffé, rasé de frais, un beau pardessus clair de bonne facture, une jolie chemise au col souple, aux pointes boutonnées autour d'une cravate qui semblait en soie. Avec même une épingle, enfoncée juste sous le nœud.

De Luca inclina la photographie pour que le soleil l'éclaire sous un angle différent et plissa les paupières pour concentrer son regard.

C'était une clé de violon, sombre, donc peut-être en or, ou au moins dorée, avec quelque chose de plus clair au centre, qui aurait pu être un brillant et alors, oui, le reste serait vraiment en or. Petit, discret en effet, mais un bijou.

De Luca chercha parmi les documents la fiche de l'Office des Étrangers, la trouva mais à la rubrique “métier”, il était seulement écrit “aisé”.

Ce fut à ce moment qu'il s'aperçut que Massaron revenait vers la questure en traversant la place au pas de course. Il l'appela en agitant un bras et son homme changea de direction à angle droit, sans même s'arrêter.

– Qu'est-ce qui s'est passé ? Tu l'as perdue ?

– Oui… C'est-à-dire… non, je ne l'ai pas perdue… je vous explique.

Massaron se pencha en avant, les mains sur les genoux, haletant. Il suait comme une fontaine.

– Elle m'a échappé, articula-t-il, quand il réussit à parler. C'est-à-dire, pas échappé… bref, je l'ai suivie jusque derrière le palais Volpi, expliqua-t-il en montrant le cube rationaliste de l'autre côté de la place, mais une fois via Rizzoli, une voiture l'attendait…

Et il écarta les bras, en les laissant retomber sur ses hanches dans un claquement sec.

Une voiture.

– Une voiture ?

– Une Fiat 500… comment c'est qu'on appelle ce rouge des Topolino ?

– Amarante.

– Voilà, oui. À essence, je crois… c'est-à-dire sans bonbonne.

– Tu as relevé le numéro ?

Massaron hocha la tête, puis ferma les yeux et le récita, en bougeant la tête à chaque chiffre et lettre. De Luca prit un stylo dans sa veste, dévissa le capuchon avec les dents et les nota sur le bord de la chemise.

– *Dottore*, je devais lui courir derrière ? demanda Massaron, parce que De Luca fronçait les sourcils.

– Non, non, surtout pas. C'est moi qui n'y comprends plus rien… si j'y ai jamais compris quoi que ce soit.

Une voiture. Pour cette gamine. Et qui ne la prend même pas là, en bas, mais plus loin, comme si elle s'était cachée.

– Tu as vu qui était au volant ?

– Un homme…

– Un homme, et quoi ?

– Que voulez-vous, commissaire… je suis arrivé qu'ils partaient déjà. Un homme. Jeune, je dirais, mais je n'en suis pas sûr. On ne peut pas le trouver avec le numéro ?

– Oui, bien sûr, évidemment…

De Luca tapota ses lèvres avec le stylo. Il n'y en avait pas tant que ça, des voitures qui pouvaient circuler en ce moment, même pas à cette heure, bien avant le couvre-feu. Il fallait un permis de la préfecture.

– Retourne au bureau, intima-t-il à Massaron, puis il arracha le coin du carton avec le numéro de la plaque, lui laissa le dossier et se dirigea vers le palais Caprara qui, tout abîmé qu'il était, fonctionnait encore.

Il prit l'escalier de gauche parce que celui de droite était encore inutilisable, commit l'erreur de laisser ses doigts courir sur la balustrade de pierre, se couvrant ainsi de poussière de plâtre, et quand il arriva en haut, il ressemblait lui aussi à un ouvrier de la mairie, au point qu'il dut montrer sa carte à un huissier de garde à l'étage des bureaux, qui ne le laissa approcher que parce qu'il portait veste et cravate.

Le fonctionnaire qui délivrait les autorisations était un petit homme rond, au pantalon porté si haut sur le ventre que la ceinture se trouvait quasiment sur la poitrine.

– Vous avez vu ce bazar ? Nous avons entassé trois bureaux dans une seule pièce, regardez-moi ça ! Le préfet est allé s'installer chez le cardinal Nasalli Rocca et nous, ici, au milieu de ce… comment vous appelez ça, vous ? Moi, je dis ce bordel.

Il déplaça la pile de documents posée sur un registre à couverture de carton rigide et ouvrit ce dernier en le plaçant sur les autres qui se trouvaient entassés sur le bureau, formant comme un second niveau. Il portait les lunettes sur la tête, perdues dans les vagues blanches de ses cheveux, mais n'avait pas besoin de les descendre sur ses yeux car, placé si haut, le registre lui arrivait sous le nez.

De Luca répéta le numéro de la plaque et le petit homme feuilleta le dossier en fronçant le nez à cause de la poussière.

– Le voilà, annonça-t-il. Permis accordé le 27 du m. c., du mois courant, précisa-t-il sans qu'il en fût besoin, par notre bureau à Morri Della Valentina Valentino, né de Morri Della Valentina Romolo à Bologne le…

– Le prince ? demanda De Luca.

– Non, le prince, c'est Romolo, le titulaire du permis, c'est Valentino, son fils.

– Le prince Morri ? Celui des Maisons Morri en bas de la via Riva di Reno ?

– Oui, mais ce n'est pas à lui qu'on a donné le permis de circulation, c'est à son fils, Valentino Morri Della Valentina.

– Et pour quel motif a-t-il demandé ce permis ?

Le fonctionnaire soupira, agacé. Il écarta les bras autant qu'il put pour englober tous les papiers sur la table et aussi ceux des autres tables, les piles de documents recouverts de poussière comme s'ils étaient là depuis des siècles.

– Mon garçon, ça, c'est juste une main courante, si voulez le détail du document, repassez à la fin de la guerre.

Il fit tourner le registre vers De Luca de manière à ce qu'il puisse copier les données sur un carnet qu'il avait tiré de sa veste, le capuchon du stylo entre les dents.

Le prince Morri, les maisons où se trouvaient le Trafiquant et l'homme sans tête, la nièce de l'Albanais sans corps qui montait dans la voiture du fils du prince, trop de choses, toutes ensemble, trop de choses à mettre à la suite, à éclaircir une par une, à vérifier, avec tous les bons éléments.

De Luca s'en alla en disant à peine au revoir, perdu qu'il était dans ses raisonnements. Il voulait revenir au bureau pour dessiner des connexions avec des flèches sur une feuille blanche et, quand il vit que Rassetto et

Corradini étaient revenus, il était sur le point de leur dire qu'il se fichait éperdument de l'interrogatoire de l'ouvrier blessé par les bersagliers, qu'ils en dressent eux-mêmes procès-verbal et maintenant, s'il vous plaît, fichez le camp, foutez-moi la paix.

Mais il ne dit rien, parce que Rassetto le regardait avec son sourire de loup, le combiné du téléphone encore à la main.

– Les carabiniers de San Lazzaro viennent à peine d'appeler. Devine un peu. Ils ont trouvé ce pervers de Trafiquant et son gamin.

– Ou bien l'adjudant est un homme qui ne parle pas beaucoup ou bien il a un drôle de sens de l'humour, observa Rassetto d'une voix brisée, parce que malgré la persistance de son sourire de loup, un excès de salive aigre lui serrait la gorge à lui aussi.

Le Trafiquant et le gamin étaient étroitement enlacés, et on ne comprenait pas où l'un commençait et où finissait l'autre, parce que le feu les avait carbonisés au point de les fondre ensemble, en une unique statue de bois noir. Un fœtus à deux têtes qui s'unissaient, front contre front, montrant deux demi-lunes de dents très blanches dans un grand sourire sans lèvres.

Rassetto se servit de l'excuse de l'odeur pour se tourner et cracher de côté le bol acide qui lui remplissait la bouche, tandis que Corradini vomissait sans retenue, en murmurant entre deux spasmes "il faut vraiment que je change de métier".

De Luca, non. Pas de haut-le-cœur qui lui retourne l'estomac pour lui repousser la salive dans la gorge, même l'odeur de chair brûlée n'était pas arrivée à lui faire plisser les narines, il fixait cet amas qui semblait sculpté dans le charbon.

Ils étaient arrivés tous les quatre, convaincus d'avoir à se serrer bientôt dans la Balilla avec le Trafiquant et le gamin menottés, Massaron déjà prêt à donner deux ou trois baffes, au cas où ce serait nécessaire. Mais quand ils avaient trouvé un carabinier tout jeunot sur la route qui devait les mener en haut, entre les roches pelées de la vallée, jusqu'à cette grotte de gypse qui ressemblait à une bouche béante, ils avaient commencé à échanger des regards perplexes et Massaron s'était arrêté à la voiture, avec le fort soupçon qu'elle ne servirait plus. Puis le petit carabinier était resté hors de la grotte, blanc comme un linge, si terrifié que De Luca doutait qu'il fût encore là.

Immobile, raidi par cette fièvre qui, au lieu de le faire trembler, l'avait gelé dans une exaltation froide qui bouillonnait, toute renfermée en lui, il plongeait les poings dans les poches du pantalon du costume tabac comme s'il avait voulu les défoncer, ses doigts si serrés que les jointures avaient dû blanchir.

– Ça pourrait être n'importe qui, remarqua Rassetto, qui voulait faire croire qu'il s'était repris. Celui de droite est un gamin, d'accord, plus ou moins de la même stature, et l'autre aussi, mais…

De Luca regarda autour de lui. Il cherchait un bâton mais ne le trouva pas, alors il s'approcha du tas de charbon, comme s'il allait monter dessus pour mieux voir, et montra à Rassetto la demi-lune de gauche. Il y avait un petit trou noir entre les dents blanches alignées comme des pions sur l'échiquier là où Massaron lui avait fait cracher sa molaire d'un coup de poing, quand ils l'avaient arrêté l'autre soir. Corradini recommença à vomir, s'arrachant des spasmes qui devaient lui brûler la gorge.

– C'est Saccani Egisto, dit le Trafiquant, énonça De Luca, et il n'y a pas de raison que l'autre ne soit pas Negroni Gianfranco, dit Franchino.

Deux pièces de puzzle, deux petits cercles sur la carte mentale qu'il s'était construite tandis qu'ils fonçaient en voiture vers San Lazzaro, se trouvaient au centre d'une forêt de flèches plus nombreuses que celles de saint Sébastien, quoique De Luca ait plutôt pensé à un cow-boy tué par les Indiens dans un récit illustré d'Emilio Salgari.

À l'extérieur de la grotte, le petit carabinier était encore là et il y avait même l'adjudant, arrivé dans un sidecar qui l'attendait un peu plus bas. Un petit homme nerveux aux moustaches blanches frisées vers le haut, mains agrippées à sa bandoulière comme s'il devait se tenir arrimé à quelque chose pour ne pas sauter. Il était toscan et aspira le *c* d'un juron quand un souffle de vent fit sortir de la grotte une haleine lourde de cendre et de chair brûlée.

– La grotte est pleine de trous, expliqua-t-il, qui font l'effet d'une cheminée avec un bon tirage, mieux qu'un four, c'est pour ça qu'ils ont brûlé comme ça. Ils les ont arrosés d'essence, vous en convenez ?

De Luca hocha la tête, et l'adjudant poursuivit :

– Bien. C'est une chance que vous ayez donné une description détaillée, parce que dès qu'on les a vus, on a fait la relation avec votre phonogramme, sinon, avant de comprendre, avec toute cette confusion qu'il y a en ce moment, parce que c'est une période bizarre, vous en convenez ?

Il en convenait.

– Bien. Et vous devez le remercier, lui, qu'on les ait trouvés tout de suite ce matin qu'ils étaient encore chauds, pratiquement à peine sortis du four.

Ce devait être une plaisanterie, mais personne ne rit. L'adjudant avait indiqué le carabinier, qui rougit, baissant les yeux sous le regard interrogateur de De Luca.

– C'est à cause des fourmis, dit-il.

– Les fourmis ? demanda De Luca, et l'adjudant se mit à hocher la tête avec orgueil.

– Le gamin ici présent, avant de faire son service militaire chez nous, étudiait la biologie à l'université, un petit génie, vraiment, et comme moi aussi, à mon petit niveau, je serais aussi un peu entomologiste… parle-lui un peu du Mont des Fourmis, allez.

– Le Sanctuaire de Santa Maria di Zena, expliqua le jeune carabinier avec un enthousiasme qui effaça d'un coup sa rougeur et sa timidité.

Il montrait du doigt un point au-delà des dunes lunaires de la vallée, mais De Luca ne regarda pas.

– Chaque année, début septembre, les mâles d'une variété particulière de fourmis ailées viennent là pour se reproduire et mourir. De toute l'Europe, ils font leur vol nuptial et puis vont mourir au Sanctuaire. On ne sait pas pourquoi.

– Vous plaisantez ? demanda De Luca.

– Pas du tout ! *Myrmica scabrinodis !* C'est exact !

De Luca voulait dire autre chose et l'adjudant s'en aperçut. Du regard, deux doigts frisant la moustache et la main agrippée à la bandoulière blanche, il freina l'enthousiasme du jeune carabinier.

– On ne vient pas ici uniquement pour étudier les fourmis, assura-t-il. Nous contrôlons les grottes au cas où les communistes y cacheraient des armes.

L'adjudant salua, la main sur la visière, et se dirigea vers le sidecar, invitant d'un signe le jeune carabinier à le suivre.

– Une seconde, l'interpella De Luca. Vous partez comme ça ?

– Oui. C'est à vous, non ? Affaire de la questure. Moi, j'ai déjà fait mon rapport à mes supérieurs, c'est à vous d'appeler le juge et d'emporter les restes. Nous avons autre chose à faire, c'est une période bizarre, tout peut arriver, vous en convenez, non ? Bien.

Il y avait un deuxième classe sur la moto du sidecar, qui mit le moteur en marche d'un coup de pédale. L'adjudant sauta dans le panier avec beaucoup d'agilité, tandis que le jeune carabinier s'installait derrière le conducteur. L'adjudant se mit à genoux sur le siège et haussa la voix pour couvrir le toussotement sourd de la motocyclette.

– Si vous en avez la possibilité, revenez ici vers le 8 septembre, vous les verrez arriver. Des nuages de fourmis, noires comme des nuages d'orage, toutes ici pour mourir.

Puis il toucha l'épaule du deuxième classe qui mit en première avec une secousse et démarra.

De Luca les regarda s'éloigner dans la poussière de gypse.

C'est une plaisanterie, pensa-t-il, puis il le répéta à Rassetto qui semblait avoir la même question dans le regard.

– C'est une plaisanterie ?

Rassetto haussa les épaules, la moustache droite sur son sourire.

– Il nous manquait plus que des carabiniers entomologistes. Qu'est-ce que tu veux que je te dise, De Luca, on dirait bien que cette enquête, ça n'intéresse que toi.

Il y avait deux cases sur sa carte mentale, deux cercles circonscrits d'un trait rond de crayon violet humidifié entre ses lèvres, l'un au-dessus de l'autre. Dans celui du bas, idéalement, il avait écrit "Corps sans tête" et, dans celui du haut, "Tête sans corps", auquel il avait ajouté "Herbert Gales". Il les avait réunis par un trait et, de là, avait fait partir une flèche jusqu'à une autre case, carrée cette fois, dans laquelle il avait écrit "MAISONS MORRI", en majuscules et en gras aussi, parce que c'était le lieu où avaient été trouvés aussi bien le corps que la tête.

À gauche du carré, il avait mis deux autres cercles superposés, "Le Trafiquant" et "Franchino", unis et reliés aux Maisons Morri par une flèche dont la pointe finissait sur la paroi de la case, courte, parce que l'espace mental qui s'étendait sur le noir de ses yeux était infini, mais déjà, il avait du mal à le visualiser, son schéma, et il avait aussi beaucoup de choses à ajouter.

De Luca ouvrit les yeux et battit des paupières pour s'habituer à la pénombre épaisse de l'abri. L'alerte l'avait surpris pendant qu'il rentrait chez lui. Il marchait sous le portique le long d'une file de femmes avec leurs sacs à provisions qui attendaient encore leur tour dans une boutique en dépit du fait qu'il restait à peine plus d'une heure avant le couvre-feu. Cinq secondes de hurlement électrique, puis cinq autres de silence total, irréel et suspendu, interminable, et ensuite un autre hurlement.

Les femmes étaient restées immobiles, à échanger des regards indécis, parce que la boutique distribuait des savons et, dans la vitrine vide, il en restait encore une caisse, puis passa un cycliste dont la sonnette retentissait presque plus fort que la sirène, et derrière un vieux camion Fiat chargé de gens sur le plateau, et à la suite encore des bicyclettes, en groupe, comme un peloton en échappée au Tour d'Italie, et alors elles aussi se mirent à courir, poursuivies par les hurlements.

De Luca mit un instant de plus à suivre les gens vers l'abri, parce qu'il avait à peine commencé à dessiner sa carte dans sa tête et voir toutes ces personnes faire la queue lui avait fait venir à l'esprit une chose, quelque chose d'important, que la sirène avait interrompu avant qu'il commence à la définir. Ainsi s'était-il retrouvé en bas, dans l'abri antiaérien aménagé dans la cave d'un immeuble, plein de gens assis sur les bancs de bois qui couraient le long des murs de briques nues, les femmes avec leur sac serré contre la poitrine, les hommes le chapeau à la main et les enfants qui jouaient au milieu, par terre.

– Du calme, c'est la fausse alerte habituelle, avait déclaré un vieux en combinaison de l'Union nationale de protection antiaérienne, mais sa voix tremblait un peu, parce que d'ordinaire l'alerte survenait en milieu de matinée mais là, vers le soir, c'était étrange et ça faisait peur.

À deux coins de la pièce étaient accrochées deux lampes sourdes qui tachaient le mur d'une lueur pâle. Sous l'une, un monsieur en veste et cravate essayait de lire un journal qu'il tenait bras largement ouverts pour essayer de capter la lumière, aussi De Luca visa-t-il l'autre et, profitant d'un mouvement sur le banc, il se glissa dessous en tirant de sa poche le carnet pour la dessiner vraiment, sa carte mentale de l'affaire, vu qu'elle se compliquait. Mais c'était impossible parce que à côté de lui une grosse femme l'écrasait contre le mur, l'empêchant de détacher ses coudes de ses flancs. Alors, il posa le carnet et le stylo sur ses genoux, soupira et recommença à dessiner derrière ses paupières closes.

"Tête sans corps" et "Corps sans tête" d'un côté, "Le Trafiquant" et "Franchino" de l'autre. Au-dessus de MAISONS MORRI, qui se trouvait au milieu, il dessina un autre cercle, "Valentino Morri", sans le "Della Valentina", parce que c'était trop long. Le propriétaire, ou plutôt le fils du propriétaire, des Maisons Morri autour desquelles tout avait commencé. Relié par une flèche à un autre petit cercle, "Vera Gales", plus petit non parce qu'elle serait moins importante mais parce que c'était comme ça qu'il l'avait imaginé en pensant à la fille, qui était de petite taille. Montée dans la 500 rouge du Comte.

La grosse femme à côté de lui posa une main sur son bras et le lui serra, protectrice et maternelle.

– Soyez tranquille, dit-elle, ils ne bombardent pas pour de bon. De toute manière, la guerre est finie, on va aussi faire la paix, non ?

Et De Luca pensa qu'elle avait dû prendre son expression concentrée pour de la peur. Il hocha la tête, murmura "oui" et recommença à penser.

Sur le côté gauche de son dessin, il y avait Franchino et le Trafiquant. De Luca fit partir une flèche vers le haut et, sur la pointe, dessina un autre cercle contenant le nom du consul Martina et aussi son titre, consul de la Milice, c'était long mais ça servait à lui rappeler qu'il devait y aller doucement. Martina avait emmené avec lui la mallette comme le Trafiquant et donc De Luca souligna plusieurs fois le trait de sa flèche avec son crayon mental. Et sous "Franchino", il ajouta un autre nom, "Albertino", qui très probablement avait permis au gamin de s'échapper.

Voilà.

De Luca ouvrit les yeux. À l'autre extrémité de la pièce, le monsieur en veste et cravate montrait un bout du journal au vieux en tenue de l'UNPA, qui secouait la tête.

– Vous vous rendez compte? disait le monsieur. Vous vous rendez compte?

– Qu'est-ce qu'il y a? demanda un garçon à casquette graisseuse, les doigts glissés dans les bretelles d'une salopette d'ouvrier.

– "Trois peintures spéciales", lut le monsieur sur le ton emphatique d'une publicité à la radio. "Antignis, protège le bois du feu; Oscurit, pour obscurcir les vitres; Mutinite, pour le camouflage"... non, mais, vous vous rendez compte? Maintenant, il y a de la peinture contre les bombes? Comment peut-on tirer profit de cette tragédie?

– Des requins qui se font des couilles en or sur le dos des gens, dit le garçon. Ah, mais maintenant c'est fini, maintenant ça va être notre tour, quand...

"Pas de politique", murmura quelqu'un dans l'ombre et sur un ton si autoritaire que tous se figèrent d'un coup.

– On est plus sous le fascisme... murmura le garçon, mais il alla s'asseoir quelque part.

De Luca ferma les yeux. Toute cette agitation le distrayait et il ne voulait pas se perdre juste à ce moment parce que ce truc auquel il pensait dehors tout à l'heure, un instant avant l'alerte, avait refait surface, mais juste un instant et puis ça avait disparu de nouveau, noyé par la voix de la grosse femme qui murmurait avec une autre femme, une dame élégante avec un chapeau à plume, recroquevillée sur elle-même, raide, comme si elle avait peur de se salir.

– Moi, j'ai toujours eu du lait, en fait je suis comme ça de nature, on a même parlé de moi dans le *Carlino*, on était quatre, "Les nourrices bolonaises, des femmes à la production lactifère maximale…".

Sur un ton emphatique, elle aussi, comme si elle le lisait dans le journal.

De Luca serra les paupières jusqu'à remplir l'obscurité d'une pluie de lueurs blanches. La chose importante avait de nouveau disparu, mais il ne voulait pas perdre la carte, aussi la revit-il de nouveau devant lui, le carré au milieu et les cercles autour, à droite et à gauche, piqués de flèches en un réseau de liaisons qui s'était presque refermé tout seul.

De la pointe violacée de son crayon, il traça une croix sur le Trafiquant et une autre sur Franchino, morts, piste close, puis une autre sur Albertino, disparu, et une sur le consul Martina, hors de portée. Il hésita, main levée, aussi bien dans la réalité qu'en imagination car, sans s'en apercevoir, il l'avait levée, la pointe du crayon mental immobilisée au-dessus du cercle qui contenait le comte Valentino, puis il le barra, mais d'un seul trait.

On verra.

Sur la case de Herbert Gales, par contre, il traça une vraie croix, bien que de manière moins décidée. Affaire résolue, à côté, il écrivit "Kanun albanais", résolue, oui, mais pas par lui, qui avait bien quand même quelques doutes sur cette explication si complète, crédible et articulée.

Ne restaient que deux cercles libres.

Vera Gales, la gamine aux bas noirs.

Et le Corps Sans Tête, sur lequel il avait trébuché au début de toute cette histoire.

Oui, bon, d'accord, pensa De Luca, mais après, il lui vint sans crier gare la chose importante à laquelle il avait commencé à penser, elle lui explosa dans la tête comme une bombe, littéralement, avec la lumière aveuglante d'une munition au phosphore.

C'était la grosse femme qui l'avait déclenchée.

Parce qu'elle était en train de laisser son adresse à la dame élégante, au cas où elle aurait eu besoin de lait pour les enfants, même grands elle les prenait au sein, dans les limites de la décence, bien entendu, hein, sans problème, "demandez autour de vous, il y a un tas de gens qui me réclament parce qu'ils ne se fient qu'à moi".

La voilà, l'idée.

De Luca ouvrit grand les yeux. S'il n'avait pas été aussi écrasé entre la chair de la femme et les briques, il aurait bondi sur ses pieds pour courir hors de l'abri, impulsivement. Mais là, en fait, il eut le temps de penser que ce jour-là, à présent, il était tard, que la pharmacie de Lorenza était fermée à cette heure et donc il valait mieux attendre sans défier les bombes.

Et alors, il resta à trembler comme un animal en cage, jusqu'à ce qu'arrive le hurlement de la sirène de fin d'alerte, qui fit se presser tous les présents vers la sortie tandis qu'elle hurlait encore, parce que l'heure du couvre-feu se rapprochait trop.

Comme animal en cage aussi, il avait dû paraître plus effrayé que concentré parce que, avant de s'en aller, la grosse femme lui serra encore une fois le bras, maternelle.

– Vous avez vu qu'il n'y avait rien à craindre ? On est encore là !

Et elle lui sourit, les yeux mi-clos, avec cette tendresse qu'on réserve aux enfants.

Il Resto del Carlino, vendredi 30 juillet 1943, XXI, Italie, empire et colonies, 30 cent.
LA NOUVELLE CHAMBRE SERA ÉLUE DANS LES QUATRE MOIS SUIVANT LA FIN DE LA GUERRE. Tous les partis interdits durant la période des hostilités – NOUVEAU APPEL À SE MÉFIER DES FAUSSES RUMEURS EN CIRCULATION. Ces rumeurs, dont l'origine n'est que trop identifiable, ont eu le pouvoir d'alarmer, certes pour peu de temps, les habitants de la ville, et de les arracher à la sérénité nécessaire de ce travail qui est aujourd'hui le premier devoir de tous les citoyens. FAITS ET COMMENTAIRES (large espace blanc).
Rubrique de Bologne (photographie) telle que l'a saisie hier l'objectif photographique, la très centrale via Rizzoli, qui représente le pouls de la vie citadine, donne une vue claire du retour à une parfaite normalité de la circulation à Bologne.
Radio : 20 h 30, radio Familles.

Il arriva tellement en avance que la pharmacie était encore fermée. Il n'avait pas pris de petit-déjeuner et aurait voulu aller au bar à côté pour trouver ce qui ressemblait le plus à un café, mais là aussi, c'était encore fermé. Alors, il s'assit sur la balustrade du portique, balançant ses jambes, le regard perdu sur une inscription à la peinture rouge sur le mur, “Nous voulons des pâtes et de l'huile, Badoglio et le roi à la cave, le Duce à la guillotine”, jusqu'à ce qu'il voie Lorenza arriver à bicyclette.

– Trois hypothèses : ou bien tu es tombé du lit, ou bien tu as très mal à la tête et tu as besoin d'un cachet, ou alors tu ne résistes pas à l'envie de me voir.

– C'est la troisième, la bonne.

Lorenza rit, ouvrit la porte de la pharmacie et De Luca l'aida à y faire entrer la bicyclette. Ils s'embrassèrent dans l'arrière-boutique, puis Lorenza passa sa blouse par-dessus la petite robe imprimée et la boutonna jusqu'au cou, comme elle faisait toujours.

– Sérieusement, pourquoi tu es là ?

– Il faudrait que j'aie une conversation avec ton chef.

– Montuschi ? Tu penses, il doit déjà être en Allemagne.

– Non, je voulais parler du *dottor* Ravenna.

– Il n'est pas encore arrivé. D'habitude, il est toujours le premier sur place, mais aujourd'hui... il a dû faire un long détour, la via Rizzoli est bloquée.

– Bloquée ?

Lorenza haussa les épaules.

– Il y avait un blindé des carabiniers au milieu de la rue. Un lieutenant m'a dit qu'ils attendaient un cortège de femmes mais, vu que j'étais seule, ils m'ont laissée passer. Tu es jaloux que je parle avec les officiers des carabiniers ?

– Très.

– On retourne au Lido, dimanche ? Si tu me dis non, j'irai avec le lieutenant, il est mignon.

– Oui, dit De Luca, mais il était distrait.

L'énervement de l'attente s'était fondu dans une envie de boire quelque chose de fort et de chaud qui lui faisait gargouiller l'estomac.

– Tu viens prendre un petit-déjeuner avec moi ?

– Je ne peux pas, je suis seule.

– Ça t'ennuie si j'y vais ?

– Bien sûr que non, vas-y, vas-y...

Entre-temps, le café d'en face avait ouvert. Le San Pietro était un bel établissement avec deux grandes vitrines à l'angle de la via Indipendenza et de la via Altabella, mais il était surtout fréquenté par des intellectuels et des artistes de la haute société, et travaillait tard, comme le lui expliqua le garçon qui était encore en train de faire monter la pression dans la Victoria sur le comptoir.

De Luca s'assit à une table devant une des vitrines, attiré par le fait que le garçon lui avait confirmé sans mot dire, d'un signe de tête, que oui, ils avaient du café-café, vu la clientèle. Il appuya sa nuque contre la vitre, disposé si nécessaire à attendre longtemps, mais il sursauta car quelqu'un avait cogné sur le verre derrière son oreille, quoique discrètement. C'était le *dottor* Ravenna. De Luca lui fit signe d'entrer mais le docteur secoua la tête, indiquant quelque chose vers la porte qui donnait sur la via Indipendenza, avec tant d'insistance que De Luca alla voir. Il y avait un petit écriteau, élégant comme l'établissement, avec un cadre ondulé imprimé autour de l'avis: “Entrée interdite aux juifs”, en italique.

– Entrez quand même, l'invita De Luca. Vous êtes avec moi, je m'en occupe.

– Je préférerais pas, rétorqua Ravenna, lèvres serrées. Je ne me sentirais pas à l'aise. Si vous venez au Majani, je vous offre un vrai chocolat.

De Luca soupira. Il lança un coup d'œil à l'aigle aux ailes déployées sur la chaudière à cylindre de la Victoria, c'était une machine à pompe, de celles qui faisaient aussi la crème. Mais bon, il pensa à son enquête et, avec un autre soupir, referma la porte dans son dos et suivit le *dottor* Ravenna de l'autre côté de la rue, jusqu'au petit bâtiment Art nouveau au patio rond.

– Je ne sais pas vous, mais moi, cet endroit me réjouit, dit Ravenna en s'asseyant à une table. Peut-être à cause de cette terrasse dehors avec sa balustrade de fer forgé, mais il me semble être encore avant la guerre. Lorenza m'a dit que vous vouliez me voir.

Ils étaient assis là aussi devant une vitrine et De Luca jeta un coup d'œil de l'autre côté de la rue, sur celle du café San Pietro, où le garçon avait dû finir de mettre sous pression sa Victoria.

– Oui, mais ce n'était pas si pressé. J'allais venir dans pas longtemps.

– Quand la questure réclame quelqu'un comme moi, il accourt.

– Je voulais vous poser une question concernant le traitement de la syphilis.

Le docteur se recula en se raidissant contre le dossier rembourré du fauteuil, puis se pencha au-dessus de la nappe blanche de la table.

– Demandez donc, murmura-t-il, mais je ne voudrais pas que vous me mettiez dans l'embarras par rapport à Lorenza, nous travaillons ensemble depuis longtemps et je ne voudrais pas…

De Luca plissa le front quelques instants avant de comprendre et un rire lui échappa.

– Mais non, qu'est-ce que vous imaginez? Ce n'est pas pour moi!

– Je vous en prie, monsieur le commissaire, nous sommes entre hommes du monde. Mais si cette personne à laquelle vous vous référez, pas vous, bien sûr, mais si cette personne avait contracté quelque maladie sexuellement transmissible, il faudrait qu'elle informe sa fiancée, parce que…

– Vous n'avez pas compris. Il ne s'agit pas de quelqu'un en particulier. C'est une information qui concerne une enquête que je suis en train de mener.

Ravenna hocha la tête, quoiqu'il eût l'air encore un peu soupçonneux.

– Je peux vous en poser d'abord une, de question?

– Je n'ai pas la syphilis.

– Mais non, bien sûr. Je voulais vous demander si vous savez quand on abrogera les lois raciales. Maintenant le fascisme, c'est fini, non? Quel sens ça aurait?

De Luca haussa les épaules.

– Je ne sais pas quoi vous répondre. Je ne m'occupe pas de politique, je ne suis qu'un policier.

Le docteur grimaça, déçu. Un garçon arriva et il commanda deux chocolats, puis De Luca eut l'idée de lui demander s'ils avaient du café, ils en avaient, et il changea la commande. Quand ils furent seuls, le docteur se pencha de nouveau sur la table.

– Posez votre question.

– Je sais que vous avez certains types de clientèle particulièrement fidèles. Par exemple, les prostituées viennent pour le *dottor* Montuschi.

Ravenna hésita, mais le petit sourire rassurant de De Luca le convainquit.

– Oui. Il y aurait bien le médecin des bordels, mais comme beaucoup de ces dames connaissent Montuschi pour des raisons professionnelles, c'est-à-dire pour ce qui concerne les bordels et non la pharmacie, elles se fient plus volontiers à lui, même si je considère que cette confiance est mal placée, et elles viennent chez nous.

– Les juifs, en revanche, viennent parce qu'ils ont confiance en vous.

Le docteur se raidit à nouveau contre le dossier.

– Ce n'est pas un délit. Je veux dire, les lois n'impliquent pas…

– Ce n'est pas ce que je veux dire. Et de toute manière, peu m'importe. Je veux seulement savoir si, parmi vos clients, il y a une certaine personne.

– Comment s'appelle-t-elle ?

– C'est ce que je voudrais apprendre de vous. C'est un homme dans les cinquante ans, un peu plus d'un mètre quatre-vingts, soixante-quinze kilos. Distingué, élégant, bien qu'un peu impécunieux. Un beau costume, avec un gilet, mais un peu usé.

– Boiteux ?

– Oui ! s'exclama De Luca, et si fort que le serveur sursauta et manqua laisser échapper le plateau de ses mains. Vous le connaissez ?

– Goldstein.

Oui, pensa De Luca, il le cria intérieurement, *oui, oui !*

– Goldstein… et puis ?

– Je ne sais pas… je lui gardais en réserve du Neosalvarsan pour la syphilis, justement, j'écrivais son nom sur le paquet, ça me suffisait. Ce n'était pas un type très loquace, à part la dernière fois que je l'ai vu.

– Quand ?

– Je dirais… la semaine dernière, il y a dix jours.

Oui.

– Et qu'est-ce qu'il a dit, à cette occasion ?

– Il m'a dit au revoir. Il tenait à me faire savoir que, malgré les apparences, il était un homme disposant de bonnes ressources financières, il assurait avoir plus de cinquante mille lires dans une banque suisse et qu'il avait finalement trouvé le moyen de récupérer son argent.

– Rien d'autre ?

– Rien d'autre.

Cette fois, ce fut De Luca qui s'appuya au dossier du fauteuil, mais seulement pour réfléchir. Il prit la tasse de café et en but une gorgée. Ce n'était pas du vrai, mais il ne s'en aperçut pas.

– Vous seriez en mesure de me décrire sa tête ?

– Sa tête ?

– Oui, en somme, son visage.

– Les tempes dégarnies, cheveux gris, lunettes… je ne suis pas très physionomiste. Il avait des joues, je ne sais pas comment dire… – Il fit un geste des mains sur les côtés du visage, comme s'il voulait recueillir quelque chose dans ses paumes. – … tombantes, voilà.

– Il était de Bologne ?

– Je ne sais pas. Je ne le voyais que depuis quelques mois.

– Très bien, mais l'accent ? Bolonais, émilien, d'ici, en somme ?

– Allemand.

– Allemand ?

– Je ne suis pas policier, je n'y avais pas pensé, mais il avait un accent un peu… il parlait très bien l'italien, mais un peu à l'allemande, voilà.

De Luca finit le café qui lui laissa dans la bouche un goût amer, plus amer que la normale.

– En tant qu'israélite et syphilitique, vous auriez dû l'enregistrer et le signaler à la questure.

– C'est justement en tant que syphilitique et israélite qu'il venait me voir, rétorqua Ravenna. Vous voulez me dénoncer ? s'enquit-il, et son ton était plus amer, lui aussi, qu'effrayé, mais De Luca ne le remarqua pas non plus.

Goldstein, peut-être allemand. Juif.

Le docteur s'était assombri. Il faisait tourner sa petite cuillère dans le chocolat, en spirale, et quand il arrivait au milieu, il repartait en sens inverse.

– Vraiment, vous ne savez pas quand on va abroger les lois ? Parce qu'il va falloir que j'entame une action en justice, je n'ai pas été aussi habile que certains de mes coreligionnaires qui, pour leur activité, ont trouvé un paravent aryen, comme on dit, hein ? Moi, la pharmacie, j'ai dû la céder pour un quignon de pain, et tant pis pour les juifs qui seraient si forts en affaire. Mais j'ai été obligé. Montuschi l'a prise parce que c'est un ponte du fascisme, et comme depuis des années, on me dit qu'en tant que juif je suis un ennemi du fascisme, alors voilà que je suis automatiquement un antifasciste, et maintenant qu'ils ne sont plus là… non ?

– Je ne sais pas, dit De Luca, qui n'avait entendu que la fin du discours, mais maintenant c'était le docteur qui ne l'écoutait pas, perdu qu'il était dans la spirale dense et noire de son chocolat.

– Et dire que j'ai fait la marche sur Rome. J'ai donné mes alliances en 1935, l'or pour la patrie… et au lieu du Sabbat, je faisais le Samedi fasciste, en chemise noire. Vous aussi ?

– Moi, je suis un policier, dit De Luca.

Le docteur hocha la tête, toujours absorbé, lécha la cuillère sans toucher le reste du chocolat, murmura “c’est bon”, et se leva.

– Je dois retourner au travail, annonça-t-il.

– Moi aussi, répondit De Luca.

Dehors, sous le patio rond, entre les colonnes Liberty, De Luca salua le pharmacien, distraitement, et il serait parti vers la place en direction de la questure, si Ravenna n’avait dit, un peu surpris :

– Je lui dis au revoir de votre part, à Lorenza.

– Mais non, voyons.

Quand ils entrèrent dans l’officine, Lorenza était devant le comptoir, un crayon à maquillage à la main, et souriait. À côté d’elle, il y avait une femme dans une robe si moulante qu’elle semblait dessinée sur ses formes généreuses, le sein pressé vers le haut par les boutons d’un corset très décolleté, à peine caché par un foulard.

– Une cliente de Montuschi, murmura le docteur.

La femme sourit à De Luca, fit deux pas sur ses talons hauts, vers la sortie, puis se tourna à peine sur un côté, faisant saillir le postérieur et tira sur un bord de la jupe, découvrant une jambe tendue comme une de ces pin-up dessinées par Boccasile sur les couvertures de *Le Grandi Firme*.

– La ligne est bien droite ? demanda-t-elle, en clignant de l’œil.

Puis elle lâcha la jupe et sortit dans un balancement de hanches, tandis que De Luca fixait la ligne de la couture des bas qui ondulait sur les jambes grassouillettes, de la cuisse au talon. Lorenza fit le geste de lui remonter le menton pour lui fermer la bouche, mais il n’avait regardé que parce qu’on le lui avait demandé.

– Celle de gauche, un peu moins, observa Lorenza. Mais je me suis bien débrouillée, là.

– Comment ça ? demanda De Luca.

Lorenza regarda le docteur et rit avec lui.

– Wanda est dans la troisième catégorie, à via delle Oche, expliqua Ravenna. Elle ne peut pas se permettre d'avoir de vrais bas, par les temps qui courent. C'est de la Setalina.

– Comment ça ? répéta De Luca.

– Qu'est-ce que t'as ? Les cuisses de cette fille t'ont monté à la tête ? Setalina, il y a la publicité dans le journal.

– C'est une teinture qui se peint directement sur les jambes et simule des bas de soie, plus ou moins sombres suivant la quantité, expliqua Ravenna.

– Mais il faut faire la ligne de la couture, ajouta Lorenza en montrant le crayon. La grosse Wanda vient si souvent se faire soigner ses *candida albicans* que maintenant j'ai appris et qu'elle n'a confiance qu'en moi.

De Luca serra le bras de Lorenza et l'embrassa sur la joue parce qu'il savait que, devant le pharmacien, elle aurait eu honte de se laisser embrasser sur les lèvres. Il serra aussi la main du docteur, murmura "merci" et s'en alla.

Il était presque sorti, déjà au milieu du rideau de bambou en pensant *Goldstein, allemand, juif*, quand une phrase de Lorenza qui parlait avec le docteur l'arrêta.

– Elle m'a même donné un conseil, elle m'a dit, faites attention l'été, mademoiselle, parce que avec la chaleur et la sueur, ça déteint et si vous vous touchez les jambes, vous vous tachez les mains.

De Luca s'immobilisa, se retourna, et sa bouche était bien entrouverte à présent et aurait pu être refermée à la main, et il ne réussit à dire rien d'autre que "comment ça ?".

– Allô, commissaire ? Oui, c'est Tirabassi. Ma vie est devenue plus intéressante depuis que je vous connais, mais après les deux corps brûlés je m'attendais à quelque chose de plus qu'une enveloppe de faux bas. En tout cas oui, je ne suis pas chimiste mais je peux vous confirmer que le pigment vendu sous le nom de Setalina que vous m'avez apporté correspond à la substance trouvée sous les ongles de l'homme sans tête. Bon travail, commissaire, et à la prochaine. J'y compte, avec vous j'ai pris de bonnes habitudes.

– Allô, commissaire De Luca ? Ici l'adjudant Damiano, le planton m'a dit que vous me cherchiez. Oui, il m'a donné votre note, j'ai contrôlé, il n'existe aucun israélite de nationalité allemande dénommé Goldstein sur la liste des juifs de Bologne et de sa province, j'en suis sûr parce que je l'ai moi-même mise à jour récemment. D'autres Goldstein ? Oui, deux ou trois, mais vous m'aviez demandé... D'accord, je vérifie tout de suite. Si vous permettez, je vous rappelle, vous savez, j'ai une blessure de guerre qui me rend fou par cette chaleur, si je peux m'éviter l'escalier, je serai content. Merci beaucoup, et à bientôt.

– Allô, De Luca ? Mon garçon, mais tu ne me dis rien ? Je dois l'apprendre par le collègue des Affaires générales que tu as résolu l'affaire de la tête de l'écluse ? Oui, je sais, tu es scrupuleux, tu veux tout vérifier, très bien, mais sois gentil, viens voir ton chef et mets-moi au courant de tout, on est d'accord ? Je t'attends, alors, salut.

– Commissaire De Luca ? Adjudant Damiano. Alors, il y a deux Goldstein, l'un est italien, né à Bologne, et l'autre est autrichien, je ne l'avais pas vu avant parce que j'avais pas fait attention à cette histoire que l'Autriche et l'Allemagne, bon, peu importe. Il y en avait un troisième, un Polonais, mais il s'est expatrié en Amérique l'année dernière... L'Autrichien ? Donc, laissez-moi vérifier... arrivé à Bologne le 27 avril 1943, en provenance de Parme, d'abord au château de Montechiarugolo, puis assigné à résidence, puis libéré sans obligations. Oui, je l'ai ici, le fichier, mais... Ah, vous montez vous, vu que vous n'avez pas de problèmes de jambe? Tant mieux pour vous commissaire, merci, je vous attends.

– Intéressant.

Courbé comme un vautour, les bras tendus et les mains serrant les coins du bureau de Cesarella, tête à angle droit et cou baissé, comme un vautour justement, Fratojanni observait la carte que De Luca avait dessinée sur une feuille avec les flèches et les cercles tracés par un vrai crayon, réellement humecté sur ses lèvres.

– De Luca, mon garçon, depuis quand on fait des schémas? Si tu veux faire le designer, va dessiner des radios pour Ducati, ici, on est à la questure, on écrit des rapports.

Le rapport, il l'avait écrit, quatre pages tapées à la machine avec deux doigts, qui se trouvaient dans une chemise posée à côté du dessin, sur le bureau, et que le Petit Singe n'avait même pas ouverte.

Fratojanni le fit, il le parcourut rapidement, lunettes sur le front et les feuilles collées au visage comme s'il avait voulu les flairer, puis il répéta "intéressant". Il fit un geste circulaire du bout du doigt au-dessus du schéma.

– Il ne manque que quelques connexions pour fermer le cercle, dit-il.

– Voilà, justement, intervint Cesarella, ça manque, donc...

Mais Fratojanni poursuivit comme s'il ne l'avait pas entendu.

– Et le plus inquiétant, pour moi, c'est justement ça.

Il tapa du doigt sur les noms superposés de Gales et de Goldstein, et Cesarella se pencha sur le bureau pour regarder.

– Tous les deux provenant du camp d'internés civils de Montechiarugolo, près de Parme, dit De Luca.

Fratojanni hocha la tête.

– C'était déjà une coïncidence anormale qu'il y ait dans la même zone deux corps décapités indépendamment l'un de l'autre…

– Anormale mais acceptable, avança Cesarella.

– Mais qui proviennent aussi du même endroit et tous deux internés civils, ça non, ça n'est pas acceptable, c'est vraiment étrange. Dommage, je croyais avoir clos l'affaire de la tête avec une enquête digne du célèbre commissaire De Luca et, en fait…

Fratojanni soupira, déçu. Cesarella dit “et moi, j'étais déjà prêt à passer à la presse la nouvelle que nos bureaux…”, mais ce n'était qu'une pause due au soupir, parce que Fratojanni tapa du bout du doigt sur le cercle de Goldstein, en se tournant vers De Luca.

– Vous avez demandé d'autres informations à Parme, j'imagine. Je reviendrai à la charge auprès des amis de l'Office des Étrangers pour qu'ils répondent sans trop tarder et de manière exhaustive.

– Entre-temps, il y aurait quelque chose que je pourrais faire, annonça De Luca.

Il s'était adressé à Cesarella qui s'était laissé aller dans le fauteuil et lissait sa mèche en arrière pour se donner une contenance, l'air vexé.

– Et quoi ?

– Je voudrais parler avec la fille. S'ils étaient dans le même camp, peut-être que l'oncle connaissait Goldstein et que la fille sait quelque chose à ce sujet.

– Peut-être que lui aussi avait un compte en suspens avec les Albanais et, comme ça, l'affaire est de nouveau close. Qu'en dit le collègue ?

Fratojanni était retourné s'asseoir sur le Chesterfield, coincé entre les boutons qui piquaient le siège et le dossier, genoux pliés à angle aigu en raison de sa position trop basse. Il leva la tête des feuillets qu'il avait gardés et continuait à étudier.

– Je peux venir, moi aussi ? demanda-t-il. Si ce que vous pensez est vrai, alors cette gamine s'est fichue de moi et ça me met vraiment en colère.

Il ne semblait guère en colère, mais De Luca avait appris à le connaître et, de fait, ses doigts serraient trop fort les feuilles.

– Allez-y donc, dit le Petit Singe, recroquevillé dans son fauteuil. Ne vous gênez pas.

– Comment procédons-nous ? J'ai pratiquement fait toute ma carrière au bureau. Je n'ai même pas emmené de pistolet.

– On doit seulement lui parler, à cette fille, pas l'arrêter.

– Si je découvre qu'elle s'est fichue de moi, et comment qu'on l'arrête !

Après le dernier bombardement, le palais Faccetta Nera s'était un peu vidé. Le podestat l'avait utilisé pour les réfugiés, surtout ceux qui venaient du Nord, mais maintenant que Bologne devenait aussi une "zone sujette à évacuation", comme l'écrivait *Il Resto del Carlino*, de nombreuses familles étaient parties à la campagne. Mais il en restait quand même beaucoup, des gens qui campaient comme ils pouvaient, et malgré les ordonnances municipales, il y avait toujours du linge étendu aux fenêtres qui colorait la façade à losanges concentriques, serrés et hypnotiques, de style africain, donnant sur via Roma.

Ils demandèrent Vera Gales au chef d'immeuble, qui haussa les épaules et écarta les bras dans un geste qui englobait tout le bâtiment, puis ils la décrivirent et il hocha la tête avec un petit sourire, "ah oui, Rita", et Fratojanni murmura "ça commence bien".

Ils montèrent jusqu'au troisième dans une cabine de verre et de bois qui ressemblait à un four et, quand ils sortirent de l'ascenseur, De Luca se sentait tellement trempé de sueur qu'il avait l'impression que la veste blanche de son costume lui collait à la peau.

À chaque palier les appartements étaient identiques, quatre pièces donnant sur un long couloir, avec les toilettes au fond et dans chaque chambre une famille, à part la dernière, où se trouvait la fille. Ils en furent informés, quand ils frappèrent à la première porte, par une dame en peignoir qui commençait déjà à se plaindre, poing levé comme pour cogner quelqu'un, quand De Luca lui montra sa carte, et alors, elle se calma aussitôt, avec un sourire mauvais.

– Bien, il était temps ! C'est celle du fond.

De Luca frappa et entra sans attendre. Un ventilateur tournait au plafond et Vera était assise au-dessous dans un fauteuil d'osier. Elle portait une combinaison noire très courte, avec un ourlet de dentelle dont elle jouait entre ses doigts, une jambe allongée et l'autre relevée, le pied calé au bord du siège. Elle avait encore des bas mais plus clairs, d'un gris lourd, avec le talon et la pointe plus sombres. De Luca chercha les hématomes sur la cuisse et les vit, nets et violacés, les deux jambes, et cette fois elle ne remarqua pas son regard car elle gardait les yeux fermés, le visage tendu vers le souffle d'air qui descendait du ventilateur et faisait bouger ses cheveux sur le front. Elle devait attendre quelqu'un d'autre, parce qu'elle ouvrit les yeux avec, sur ses lèvres de fillette, un sourire léger qui disparut dès qu'elle vit De Luca.

– La chaleur n'autorise pas à offenser la décence, attaqua Fratojanni.

Vera le regarda à son tour quand il surgit dans le dos de De Luca, grand, raide et renfrogné, et elle retrouva le sourire, et même ce regard indécent qui semblait les défier. Elle souleva la jambe qui touchait le sol et la croisa avec l'autre, la tenant d'une main à la cheville, comme pour se couvrir, en même temps qu'elle remontait la combinaison sur sa cuisse dans un mouvement si sensuel, un mouvement de défi, que De Luca sentit son estomac crispé d'une émotion sale, dont il eut honte.

Il n'y avait qu'une chaise dans la pièce, en plus d'un lit, d'une table de chevet et d'une coiffeuse en fer émaillé, munie d'une cuvette et d'un miroir. De Luca prit la chaise et la plaça devant la fille, laissant Fratojanni debout près de la porte fermée, mais ça c'était son interrogatoire, et puis il voulait effacer au plus vite ce trouble qui le gênait.

– Comment tu t'appelles ?

– Vera Gales.

– Ici, on te connaît sous le nom de Rita.

– C'est mon deuxième prénom. Vera Rita Gales.

– Et tu es née où ?

– À Malte.

– Et quel âge as-tu ?

– Vingt et un ans.

– Et donc tu es née en…

La fille perdit le sourire. Elle le retrouva aussitôt, mais il était plus incertain. Elle resserra davantage les jambes, tirant la cheville avec sa main, et on voyait que sa langue bougeait nerveusement derrière ses dents, comme pour compter. De Luca lança un coup d'œil satisfait à Fratojanni, qui approuva d'un signe de tête et murmura "bravo".

– 1922, dit De Luca.

– Oui.

– Je ne te crois pas.

Il tendit la main, paume en l'air, et fit un signe avec les doigts, grattant l'air. La fille soupira et alla fouiller dans le sac à main posé sur la table de nuit. Elle prit un passeport qu'elle remit à De Luca, le lui jetant presque entre les mains, et retourna s'asseoir dans la position qu'elle avait auparavant, mais sans tirer sur la combinaison, la laissant relevée jusqu'à la culotte.

De Luca évita de la regarder. Il croisa les jambes et étudia le document. C'était un passeport Nansen, de ceux qu'on remettait aux réfugiés et apatrides, rectangle de carton plié en deux contenant la photo de la fille avec cette même expression de défi qu'elle avait en l'observant à présent. Il tâta les œillets qui trouaient les coins de la photographie, éprouva la consistance du carton en le frottant entre ses doigts et passa même le bout de l'index sur l'écriture emberlificotée qui indiquait les nom, prénom et date de naissance. Vera Gales, La Valette (Malte), 16 décembre 1926.

– À part qu'il n'y a pas écrit Rita et que tu n'aurais pas dix-sept ans, si je le donne aux collègues du bureau des passeports, ils me diront probablement qu'il est faux.

De Luca se retourna et tendit le document à Fratojanni, qui avait pâli.

– J'y avais juste jeté un coup d'œil, murmura-t-il, je suis un idiot.

– Ça arrive, dit De Luca.

La fille changea de position. Elle croisa les jambes et s'appuya au dossier, le dos droit et le sein tendu, comme il l'avait vue la première fois. Une bretelle de la combinaison avait glissé, mais De Luca ne l'avait même pas remarqué.

– Comment tu t'appelles vraiment ?

– Veronica.

– Veronica comment ?

– Karagiannis.

– Née à Malte ?

– À Chypre. C'est l'oncle qui m'a fait changer de nom. Sinon ça paraissait bizarre et les gens posaient trop de questions sur nous.

– C'était vraiment ton oncle ?

Veronica sourit, ou plutôt continua à sourire, mais il y avait quelque chose de plus ambigu, d'encore plus indécent, si possible, dans le pli de ses lèvres.

– Quel idiot.

– Ça arrive, répéta De Luca. Au château de Montechiarugolo, tu y es allée pour de bon. Avec l'oncle.

Ce n'était pas une question. Falsifier un passeport Nansen, c'était une chose, simuler une détention entière, une autre.

– Apatrides, sujets étrangers d'un pays ennemi surpris en Italie par la guerre. Camp de concentration et ensuite assignés à résidence à… où exactement?

– Langhirano, dit Veronica, et ce devait être vrai, car elle avait esquissé un sourire avec une vague mais sincère expression de nostalgie.

– Quand vous étiez au camp, ou aussi au village, ton oncle et toi, vous avez rencontré un homme qui s'appelait Goldstein?

– Non, rétorqua-t-elle.

Trop vite.

– Un juif dans les cinquante ans, grand, élégant, qui boitait.

– Non.

Trop vite.

– Un homme qui aimait les femmes.

– Non.

Encore plus vite.

De Luca se tourna vers Fratojanni, qui avait les lèvres serrées, les bras croisés très serrés eux aussi, l'air furieux. "Quel idiot", murmura-t-il entre ses dents, et il arrêta De Luca, qui allait répéter "ça arrive", d'un geste de la main décidé, carrément violent pour quelqu'un comme lui.

– Il faut que je prenne l'air, déclara-t-il, et il sortit de la pièce.

De Luca prit la chaise, la tourna et s'y installa à cheval. Veronica redressa encore plus le dos, tendant la poitrine, sa position de bataille. Elle tendit une jambe, agrippant la chaise de De Luca avec les doigts du pied nu, mais il ne baissa pas le regard et le garda sur elle, sur son visage, pas sur l'épaule découverte de la combinaison qui était descendue presque jusqu'au sein et resta ainsi, immobile, même quand Veronica poussa le pied en avant, lui touchant l'étoffe du pantalon et lui provoquant une érection si forte et soudaine qu'il en eut mal. Veronica s'en aperçut et sourit encore plus.

– Toi, tu connais la police, constata De Luca, il a suffi que je fasse le geste et tu m'as donné tes papiers. Tu sais à quel point on peut être salauds avec une fille comme toi. En tant que mineure, je peux te faire envoyer chez les sœurs, et si ce sont celles auxquelles je pense, ça ne te plairait pas.

La pale au plafond ronflait, lui collant les cheveux sur la tête, lui gelant la sueur dans le dos, et il aurait voulu se déplacer de là-dessous, mais il ne pouvait pas bouger. Veronica avait déjà marqué un point.

– En tant qu'apatride, et cetera, et cetera, je peux te faire renvoyer à Montechiarugolo, et même, tu sais, aux Tremiti. Tu aimes la mer ? San Domenico est parfaite, une île minuscule, au milieu de l'Adriatique.

Inébranlable, immobile. Le bourdonnement du ventilo, l'air sur la tête, Veronica avait tendu encore plus la jambe, baissant le pied jusque-là où il arrivait, peu, mais c'était déjà assez. Elle sourit, parce qu'elle avait marqué un deuxième point.

– Comment se fait-il que tu connaisses le comte Valentino ?

Cette fois, ce fut lui qui marqua le point car le sourire de Veronica, un instant, se troubla. Elle se raidit, perdant le contact avec De Luca qui en profita pour se lever et tourner la chaise, la tirant plus en arrière.

– Tu connais le comte Valentino Morri della Valentina, non ?

– Non.

– Nous t'avons vue monter dans sa voiture, l'autre jour, après ta déposition à la questure. Une Fiat 500 rouge.

Veronica ne dit rien, et De Luca non plus. Juste le bourdonnement du ventilo. Normalement, le point suivant aurait été à celui qui garderait le silence le plus longtemps, mais De Luca était le policier, et il avait d'autres armes.

– Les sœurs, le camp de concentration… ou bien je peux te faire arrêter. Je te mets au trou pour exercice illégal de la prostitution.

– Je ne suis pas une putain.

– Ah non ?

De Luca pointa le doigt sur la table de nuit, où était posé le sac à main. Pour prendre son passeport, Veronica avait sorti quelques affaires, dont une boîte blanche à rayures rouges.

– Tu peux m'expliquer pourquoi une brave fille mineure aurait besoin d'avoir dans son sac les préservatifs du Chevalier Goldoni ?

– Parce que je ne suis pas une brave fille, rétorqua Veronica.

– Et moi, je suis un policier, et tu sais à quel point je peux être salaud, tu es une fille à demi-nue, seule dans une chambre, sous un pseudonyme et avec une boîte de Hatu, ça suffit pour que je t'arrête pour prostitution. Avec tout le reste, tu sais comment ça va finir ?

Elle le savait certainement, mais elle semblait ne pas en avoir peur, parce qu'elle continuait à le regarder, paupières mi-closes sur ses yeux légèrement obliques, avec un sourire indécent, le sein dehors, petite, menue et sensuelle. Mais, d'une manière ou d'une autre, il avait dû l'atteindre, parce que Veronica allongea de nouveau une jambe vers lui mais elle n'arriva pas jusqu'à la chaise et laissa retomber son pied sur le sol.

De Luca sourit. Maintenant, il pouvait baisser le regard sans danger et, quand il le fit, un frisson glacé grimpa dans son dos, lui mangeant la peau jusqu'à la nuque.

Deux choses. La première, c'était la tache sombre à l'entrejambe de sa culotte blanche. Une traînée grise mais nette comme une empreinte. L'autre était le pied que Veronica appuyait sur le carrelage. S'il n'avait pas évité jusque-là de lui regarder les jambes de près, il se serait probablement déjà aperçu que les orteils n'étaient pas voilés, mais peints.

– Qu'est-ce qu'il y a ? demanda Veronica, qui avait noté son regard bizarre.

Il n'avait pas remarqué l'auréole sur l'émail blanc de la bassine. La boîte qui s'y trouvait, avec le pinceau jeté à côté. De Luca se leva et prit la boîte.

Setalina : c'était écrit sur le couvercle.

Setalina.

Veronica s'était retournée sur la chaise, agrippée au dossier pour le regarder.

– Qu'est-ce qu'il y a ? demanda-t-elle, plus surprise qu'inquiète. Qu'est-ce qu'il y a ?

– Il y a que je ne t'arrête pas pour prostitution. Je te fous au trou pour le meurtre de Goldstein.

La lèvre de Veronica commença à trembler. De Luca ne dit rien parce qu'il savait que c'était le moment de ne pas souffler mot, même pas un. Il avait tenté un gros coup, car il était sûr que la Setalina étalée sur les jambes de Veronica était la même que celle sous les ongles de Goldstein, et il était sûr que Tirabassi lui confirmerait que les doigts de l'homme étaient compatibles avec les hématomes sur les cuisses de la fille, mais cela démontrait seulement qu'elle le connaissait et, au maximum, prouvait un rapport sexuel un peu violent. Et Veronica était sûrement capable de beaucoup de choses, mais peut-être pas de tuer ainsi un homme comme Goldstein.

Mais c'était ça qu'il fallait faire, balancer un truc énorme, son instinct de flic le lui disait, et de fait Veronica avait écarquillé ses yeux mi-clos, avec deux larmes de petite fille sur les joues, et elle avait ouvert la bouche, enfin, non pas entrouverte pour un sourire ou une réponse chuchotée, mais vraiment ouverte, pour pleurer encore ou pour parler, ce qui était justement ce qu'attendait De Luca.

Fratojanni, qui venait à peine de rentrer, fit un pas en avant et balança une baffe à la fille, si forte qu'elle tomba de la chaise.

– Elle s'est vraiment foutue de ma gueule, cette… pute, dit-il en frottant sur sa veste la paume de la main qui lui brûlait. Et moi qui croyais avoir fait une enquête digne du commissaire De Luca !

– Je suis un crétin.

Oui, t'en es un, pensa De Luca. Il pensait que Fratojanni avait fait une enquête à la noix, *non*, se dit-il, *à la con*, ou plutôt *carrément une enquête de merde*, en avalant tout rond les déclarations d'une gamine si peu fiable et certainement impliquée, sans les vérifier, juste pour démontrer qu'il était un policier aussi bon, et même meilleur que lui. Et puis, comme si ça ne suffisait pas, il avait entravé, *non, fait merder*, son interrogatoire, parce que maintenant Veronica se taisait en massant son œil rougi, en sanglotant de temps en temps comme une petite fille, et sans plus sourire, mais fermée comme une huître, paupières réduites à deux fentes et lèvres serrées. Habillée d'une robe à pois blancs et bleus, les jambes encore noircies de Setalina, maintenant elle avait vraiment l'air d'une femme, malgré ses ballerines.

Oui, pensa De Luca, *t'es un crétin*. Non, pire, *un con*.

Mais il ne dit rien. Ils avaient garé la 1100 de la division des Affaires générales et réservées devant les portiques à architraves de l'immeuble, Fratojanni était en train de fouiller ses poches à la recherche des clés et De Luca attendait, appuyé à une colonne, plongé dans ses pensées. Veronica était entre eux. Fratojanni avait insisté pour que De Luca lui passe les menottes mais il n'en avait pas sur lui et, de toute manière, ce n'était pas nécessaire, c'était juste une preuve de plus que c'était un crétin. *Non, plus que crétin, il est...*

– Je le connais, celui-là!

De Luca se détacha de la colonne, parce que c'était lui qu'on montrait. Quatre hommes, jeunes, qui s'approchaient en s'écartant les uns des autres sous le portique. Le plus proche avait une salopette d'ouvrier, avec un béret enfoncé sur le front et un mouchoir rouge autour du cou. C'était lui qui le pointait du doigt.

– Je le connais celui-là... c'est un fasciste!

Instinctivement, De Luca jeta un coup d'œil à l'œillet de sa veste mais l'insigne n'y était plus depuis un moment.

– Oui, oui... c'est un fasciste! dit un autre, un gros en chemise blanche ouverte sur sa poitrine.

– Du calme, les gars, dit De Luca. Je suis de la police.

Il tendit la main vers la poche du pantalon pour prendre sa carte, mais ils s'approchaient beaucoup trop, alors il fit un pas en arrière et c'est dans la poche de sa veste qu'il la glissa, sa main, pour toucher le pistolet.

– C'est un fasciste! C'est un porc fasciste! cria un autre, et puis quelque chose en dialecte que De Luca ne comprit pas.

Fratojanni s'avança, les clés de la voiture pointées comme une arme.

– Police! Les rassemblements de plus de trois personnes sont interdits! Circulez!

Le plus proche de lui, le garçon en chemise blanche, lui décocha un coup de poing en plein visage qui fit voler clés et lunettes, l'envoyant cogner contre le capot de la 1100. De Luca sortit son pistolet mais un des quatre, un trapu qui se trouvait derrière l'homme en salopette et qui gardait un bras baissé, collé à une jambe, derrière la cuisse, sortit à découvert et frappa De Luca avec un bâton. Le coup le cueillit au coude, raidissant le bras qui tenait le pistolet sous l'effet d'une secousse électrique et lui arrachant un gémissement aigu.

Le quatrième homme, celui qui était le plus en arrière, traversa le groupe en courant, bras levé, et frappa à la tête De Luca, qui n'en réchappa que grâce au bras engourdi qu'il avait réussi à lever, et au pistolet d'abord et à son chapeau ensuite qui l'un et l'autre atténuèrent le coup, car ce n'était pas le fait d'un simple bâton, mais d'une barre de fer.

Normalement, alors que le sang commençait à couler de son front, il aurait dû s'évanouir, ou tomber à terre assommé, mais il y avait quelque chose qui le maintenait debout, avec une décharge d'adrénaline grésillant en lui comme un réveil.

La peur.

Parce qu'il avait très bien compris, à la manière dont ils le regardaient, avant même le premier coup de barre, qu'ils voulaient le tuer.

Il avait toujours son pistolet, et même s'il n'était pas capable de presser la détente, parce qu'il ne sentait plus sa main, le seul geste de le brandir les arrêta tous, un instant, lui donnant le temps de se mettre à courir.

Quelques mètres plus loin, au coin, il y avait le Palais du Gaz. Il espérait trouver quelqu'un à l'entrée, soldats ou carabiniers, mais il n'y avait personne. Alors, il continua à courir le long de la via Riva del Reno, mais il ne pouvait pas s'en sortir ainsi, car il sentait derrière lui les pas des hommes qui voulaient le tuer, rapides et cadencés, alors que les siens, il ne les percevait même pas et il ne s'était même pas aperçu non plus qu'il avait perdu son pistolet.

Alors il bifurqua vers le canal, traversa la rue, mais l'homme à la barre de fer l'avait déjà rattrapé, il sentait son souffle dans son dos, la main qui lui agrippait le col de la veste tandis qu'il se jetait vers le parapet, tellement tendu en avant que la veste glissa sur ses bras tendus en arrière et le type ne réussit qu'à lui déchirer la chemise dans le dos de la pointe de la barre avant que De Luca ne vole par-dessus l'obstacle et ne tombe dans le canal.

On était en juillet, l'air était brûlant, mais l'eau froide lui coupa le souffle et, quand il arriva au fond, car l'été, de l'eau, il n'y en avait pas tant que ça, il cogna du derrière contre les pierres du canal, si fort que tout l'air qu'il avait en lui jaillit en un jet mousseux qui lui brûla les poumons.

Il mit une éternité avant de commencer à agiter les bras pour revenir à la surface et, en attendant, il avalait et toussait, sans comprendre pourquoi il lui fallait si longtemps pour faire à l'envers le trajet qu'il venait d'effectuer en une seconde.

Il sentit le soleil avant même de sentir l'air sur son visage, mais il sentit aussi qu'on l'agrippait pour le tirer de l'eau, des mains lui serraient la chair et la chemise, se glissaient sous ses aisselles, le prenaient au collet, et alors il commença à se débattre, en proie à la panique, pour les écarter de lui, ces mains, essayant de retourner sous l'eau, terrorisé qu'elles puissent l'écharper, l'étrangler, le mettre en morceaux, le pêcher comme un poisson et l'achever à coups de bâton, mais elles étaient trop, et trop fortes.

Il se retrouva sur le béton trempé et glissant de savon, à se débattre sur le dos comme une carpe, au milieu de pieds nus de femmes, retenu par des mains de femmes, tandis que des voix de femmes répétaient "calmez-vous, monsieur, calmez-vous".

Il ne parvenait pas à comprendre, et il ne comprit qu'à l'hôpital, quand on le lui raconta, qu'il était tombé près d'un groupe de lavandières qui travaillaient sur une barcasse de ciment sous la rive du canal, et qu'elles lui avaient sauvé la vie en l'essorant hors de l'eau exactement comme on fait avec le linge.

Il Resto del Carlino, samedi 31 juillet 1943, XXI, Italie, empire et colonies, 30 cent.
LES ESPACES BLANCS DANS LES JOURNAUX. *Le public s'arrête, étonné et curieux, pour regarder les journaux qui paraissent avec des espaces blancs et des passages coupés. Le public n'a pas à s'étonner : ces espaces blancs signifient que le journalisme est revenu à sa fonction d'information et de commentaire conforme à la conscience professionnelle. C'est le devoir du journaliste de penser, d'écrire, d'informer ; c'est le devoir de l'autorité gouvernementale d'empêcher que paraissent des nouvelles et des commentaires qui, selon elle, nuiraient à l'intérêt public. Mais, pour ces espaces blancs, personne ne doit donc s'étonner et personne ne doit tendre à dramatiser.*
Rubrique de Bologne : NOUVELLES DU RATIONNEMENT. *La ration de graisse pour le mois d'août reste ainsi composée : huile 2 dl, beurre 150 g et graisse 50 g. 100 g de viande bovine, dont 25 % d'os.*
Radio : 13 h 10, Hymnes et chants de la Patrie en armes.

Après sa sortie de l'hôpital, où il était resté en observation pour la nuit, il passa toute la matinée aux archives de l'Ovra, à regarder des photographies.

Auparavant, au Maggiore, tandis que le médecin lui désinfectait sa coupure à la tête, plus à cause de l'eau du canal que pour le coup de barre, Cesarella était venu lui dire deux choses.

Muet comme une carpe. Ne parler à personne de ce qui s'était passé. De Rome, le nouveau chef de la police avait appelé le questeur de Bologne qui l'avait appelé lui, et le mot d'ordre était : minimiser. Le Petit Singe le lui dit en scandant les syllabes avec les mains, trois doigts levés et les deux autres, index et pouce, joints, à la Mussolini. La dernière chose qu'ils voulaient, c'était qu'il y ait tout un bordel sur un policier agressé par des communistes pour motifs politiques, juste là, maintenant, quand ils disaient que la situation s'était stabilisée dans tout le pays.

De Luca ouvrit la bouche pour parler mais l'alcool sur la blessure fit son effet à cet instant et, de toute manière, Cesarella ne le lui permit pas.

– Je m'en fous qu'ils t'aient pris pour un autre ou que tu aies baisé la femme de quelqu'un ou Dieu sait quoi, au maximum il y aura un entrefilet dans le *Carlino*, sans noms, et l'histoire se termine là.

L'autre chose c'était : disparaître. Il ne scanda pas les syllabes, il les souffla entre ses lèvres, sur le bout des doigts qu'il fit flotter en l'air, légers, comme pour mieux le disperser.

– De Luca, mon garçon, pendant un moment je veux que tu ne te montres plus nulle part. Alors, ou tu te prends un congé et tu vas où tu veux, on est en août après tout, ou bien tu restes enfermé au bureau en quarantaine, comme Rassetto.

Ça brûlait, sous les cheveux. De Luca leva une main pour se gratter, instinctivement, mais le docteur s'empressa de l'arrêter, parce qu'il savait qu'il l'aurait fait.

– Fratojanni ? demanda-t-il.

Cesarella rit et se mit une main devant le visage, les doigts ouverts comme pour tenir un ballon.

– Il a un œil comme ça. J'ai l'impression que l'envie de jouer aux enquêteurs lui est passée.

– Et la fille ?

– Disparue. Mais tu vois, mon garçon, pendant un moment tu dois l'oublier toi aussi, l'envie d'enquêter. Deux options : congé ou quarantaine avec Rassetto. Mais avant, va à l'Ovra regarder leur fichier, qui est plus complet que le nôtre. Parce que ce n'est pas possible qu'on agresse comme ça quelqu'un de chez nous sans payer pour ça.

Le type à la barre de fer, De Luca l'avait bien en tête. Il avait vu son visage de près, avant qu'il lui porte le coup, et il avait été frappé par la froideur de ses traits larges et détendus. Il cherchait à tuer, c'était clair, et on aurait dit que rien ne lui importait à part atteindre ce résultat, comme s'il l'avait déjà fait plusieurs fois. Routine. Routine d'assassin.

Le cheveu frisé, rougeaud, blond, les yeux bleus, avec juste une petite cicatrice sur la joue droite pour contredire cette image d'enfant grandi trop vite. De Luca savait comment faire pour ne pas s'étourdir de visages comme il arrivait à tous les témoins, alors il se concentra sur ces éléments, les cheveux, le teint, les yeux et la cicatrice, feuilletant rapidement les fiches dans les tiroirs que l'adjudant Jovine extrayait du meuble et lui mettait au fur et à mesure sur la table.

Photos signalétiques de face, de trois quarts et de profil de tous les subversifs, agitateurs, défaitistes ou fabricants de rumeurs, communistes, socialistes, anarchistes ou en tout cas antifascistes, condamnés, fichés, objets d'un avertissement ou signalés par l'Ovra de Bologne, et ils étaient beaucoup, mais parmi toutes les fiches de carton couleur crème, il n'y avait pas le frisé à la cicatrice.

– Vous voulez un verre d'eau, *dottore*? Ou bien je vous fais apporter quelque chose du bar d'en bas, un petit vermouth, un petit Cinzano, un petit blanc, pour nous ils en ont toujours. Mais si vous me permettez un conseil, *dottore*, le caporal-chef Cicirinella est de Naples et sa maman lui a appris à faire le café comme vous ne l'avez jamais goûté, qu'est-ce que vous en dites, on se le prend, un petit café?

– Oui, dit De Luca, mais l'adjudant Jovine avait déjà crié "Peppineddu, café!" de sa voix rauque de fumeur de Nazionali.

C'était un Palermitain flegmatique et élégant, aux cheveux ondulés luisants de brillantine et les yeux toujours un peu mi-clos sous le V renversé de ses sourcils noirs et marqués, comme le V plus étroit de sa moustache. Il gardait la tête un peu inclinée en arrière, la pomme d'Adam saillait à angle droit du cou, et il portait sans transpirer le veston croisé gris, parce qu'il y avait trois ventilateurs dans le bureau qui refroidissaient l'air comme avant un orage.

– Vous avez vu comme on est bien, ici, *dottore*? On n'a pas à se plaindre, grâce à Dieu, on était comme ça et on reste comme ça, exception faite de quelques détails.

Du pouce, il montra dans son dos la tache plus claire sur le mur derrière le bureau, là où aurait dû figurer le portrait de Mussolini, juste sous le crucifix. Il avait une cigarette entre les doigts mais en tira une autre du paquet jaune qui dépassait de la poche de sa veste. Il ne l'offrit pas à De Luca parce qu'il l'avait déjà fait plus tôt et le commissaire lui avait dit qu'il ne fumait pas.

– Parce que nous, on fait pas de politique, malheureux, on fait notre métier, nous, nous sommes des policiers. On nous changera de nom, mais on sera encore là, parce que des policiers comme nous, tous les gouvernements en ont besoin. J'ai pas raison, *dottore*?

De Luca ferma les yeux, se massant les paupières.

– Je ne suis pas *dottore*, dit-il.

L'adjudant Jovine s'alluma la nouvelle cigarette avec la précédente, qu'il écrasa dans un cendrier sur le bureau, aspira une bouffée et ôta une miette de tabac de sa lèvre.

– Je sais, je sais… vous êtes un *ventottista*, un "vingt-huitiste", vous êtes entré dans la police à un moment où le diplôme n'était pas nécessaire. Octobre 1928, deuxième groupe du cours pour aspirants vice-commissaires adjoints, vous voulez que je vous dise les notes que vous avez eues?

Il ricana, les yeux mi-clos et la tête en arrière, soufflant un anneau blanc qui se dispersa aussitôt dans le tourbillon des ventilateurs, disparaissant par la fenêtre ouverte. C'était pour cela qu'il n'y avait pas d'odeur de tabac dans la pièce, qui paraissait pourtant jaunâtre de nicotine, les bureaux, les classeurs, les murs, jusqu'aux taches d'humidité du plafond.

– Vous avez aussi un dossier sur moi ? demanda De Luca.

Ricanement et tête en arrière. Jovine retira un autre débris de sa lèvre, sans rien dire.

– Vraiment ? Ben, en somme… il doit être plutôt ennuyeux, non ?

– Qu'est-ce que vous faites ? Vous essayez les petits trucs avec moi, *dottore* ? En tout cas, oui, il est assez ennuyeux. Disons que vous êtes du genre qu'on ne comprend pas si vous partez en vacances à la mer ou à la montagne.

De Luca aurait voulu lui demander ce que ça signifiait, mais le caporal-chef Cicirinella arriva avec le café. Le commissaire ouvrit les narines pour tenter d'en capter l'odeur, mais le vent mécanique l'emporta et il regretta de ne pas l'avoir senti avant, quand la cafetière gargouillait dans l'autre pièce. Le caporal en versa une tasse à De Luca et une à Jovine, qui y mit quatre cuillères de sucre bien tassé.

C'était un bon café, rien à dire. Et un vrai. Mais il ne parvint pas à le savourer car quelque chose lui était venu en tête. Dans son schéma de cercles et de flèches, il y avait une case qu'il n'avait pas encore abordée.

– Vous n'avez pas que des fichiers sur les policiers, j'imagine ?

– Vous plaisantez, *dottore* ? Nous avons des fichiers sur tout le monde.

– Sur le prince Morri aussi ?

Jovine lécha la cuillère, puis desserra sa cravate et défit les boutons de sa veste. Avec un soupir de bien-être, il allongea les jambes et, un instant, De Luca crut qu'il allait aussi retirer ses chaussures.

– Vous le trouvez comment, le café ?

– Excellent. Mes compliments à Cicirinella.

"Peppineddu, bravo !" cria l'adjudant, puis il porta la tasse à ses lèvres et aspira une gorgée de café brûlant.

– Vous devriez présenter une demande à l'Office politique de la questure qui, à son tour, présentera une demande à la division Police politique qui nous transmettra la demande à nous, et puis ça repartira dans l'autre sens, Ovra, Pol Pol, Office et vous.

– Je disais ça comme ça, entre collègues.

Jovine était un type qui aimait se montrer informé sur tout. De Luca l'avait compris quand l'adjudant lui avait récité son C.V. Il ne pouvait le connaître par cœur, il avait dû le lire quand il avait été averti de sa venue, il l'imaginait, il entendait sa voix rauque qui criait "Peppineddu ! Le dossier de ce De Luca !"

Et, de fait, l'adjudant sourit en aspirant une autre gorgée de café et il rejeta encore plus la tête en arrière tandis que sa pomme d'Adam montait et descendait sur son cou.

– Mais après je vous demanderai un service, qu'est-ce que vous en dites ?

– Si je peux.

– On a bien un dossier sur le prince, mais celui-là aussi est ennuyeux.

– Pourquoi ?

– Parce ce que la famille Morri Della Valentina qui, autrefois, possédait la moitié de Bologne et, peu à peu, en a perdu beaucoup mais qui en a encore pas mal, est toujours restée dans son coin, et pareil pour le prince Romolo, malheureux. Ami des fascistes, ami des Savoie, il a aussi un cousin prêtre chez les antifascistes, à la Démocratie chrétienne, je crois, ami veut dire qu'il donne de l'argent à tout le monde, mais il ne s'est jamais mêlé de politique. Lui aussi, c'est un type qu'on ne sait pas s'il va en vacances à la mer ou à la montagne.

Alors, c'était ça que ça voulait dire. De Luca haussa les épaules, en pensant plus à lui-même qu'au prince. L'adjudant avait fini le café. Il gratta le sucre avec la cuillère.

– Pour le reste, les trucs habituels des princes, malheureux, une collection de voitures, des vêtements sur mesure, de la bonne cuisine, du marché noir naturellement, des belles femmes.

– Moi, c'est plus son fils qui m'intéressait, dit De Luca.

L'adjudant sortit une autre cigarette du paquet et la tapota à la verticale sur le bureau pour compacter le tabac. Il l'alluma comme l'autre, en plissant les yeux à cause de la fumée.

– Voilà, celui-là, il est plus amusant. Le prince héritier Valentino est un petit débauché mais il trimbale un mystère que, même nous, nous n'avons pas réussi à percer.

– Je croyais que l'Ovra savait tout.

L'adjudant serra les lèvres dans une grimace ambiguë.

– Presque tout. Nous avons à notre solde une domestique du prince et un ami assez proche, mais comme il ne présente pas un véritable intérêt politique, les chefs disent que ça ne vaut pas la peine d'insister beaucoup.

– S'il y avait un mystère, moi, j'insisterais.

– *Dottore*, vous faites quoi, vous jouez encore avec moi, malheureux ?

L'adjudant se pencha en avant, s'appuyant sur ses jambes croisées, et baissa la voix, plus par pose qu'autre chose.

– Le prince héritier était allé étudier dans un collège à Londres, avant la guerre, naturellement, mais il a dû faire les cent coups parce qu'on l'a viré. Alors le prince l'a mis en Suisse, mais là aussi, du balai. Je sais ce que vous pensez, *dottore*, mais non, ce n'est pas un pédéraste, nous lui avons même envoyé un petit gars qui travaille pour nous mais non, il semble qu'il aime les femmes, même si, malheureux, il n'est ni marié ni fiancé.

De Luca pensait à beaucoup de choses à la fois, mais oui, il avait aussi pensé à ça.

– Je sais que, ces derniers temps, il se fait accompagner d'une gamine mineure…

– C'est possible, mais nous, ça fait un moment que nous avons suspendu la surveillance, vous savez, vu qu'il n'y a pas d'intérêt politique pour le prince héritier.

– Lui aussi, c'est quelqu'un dont on ne sait pas où il va en vacances ?

– Non, le petit prince est fasciste, très fasciste. Il est très ami d'un hiérarque dont il partage le vice.

L'adjudant Jovine se passa un doigt sous le nez, en élargissant les narines, et aspira aussi fortement, pour que l'idée soit claire.

– Cocaïne ? demanda quand même De Luca, et l'adjudant hocha la tête en lissant ses moustaches que le geste avait ébouriffées.

– Vous me le rendez, ce service, maintenant ?

– Une dernière question. Et ce serait qui, cet ami hiérarque qui a le même vice ?

– Le consul Martina, vous savez, celui de la Milice du Ravitaillement, malheureux. Maintenant, on me dit qu'il s'est enfui.

– Vous avez aussi un dossier sur lui ?

L'adjudant Jovine se leva et fit coulisser un tiroir du fichier des photographies. Il le posa sur la table, devant De Luca, et en tira une fiche. Il la garda en main, la faisant tourner entre ses doigts.

– Il y a quelque temps, nous avons arrêté deux frères, deux carbonari qui avaient levé le coude au bistrot, malheureux, vous savez comment ça se passe, ils chantaient de ces chansonnettes frondeuses, *Oh vent, emporte-le avec toi* et *Rien qu'une heure je te voudrais*, peccadilles du genre Offense au Duce, une nuit au violon et un avertissement, mais le plus jeune il faisait chier, vraiment, malheureux, vraiment beaucoup, alors…

L'adjudant coupa l'air avec la fiche, comme si c'était un bâton, puis recommença à la faire tourner entre ses doigts.

– Nous avons un brigadier qui a cette vilaine habitude de cogner fort dans le dos, malheureux, il doit bien y en avoir aussi avec la main un peu lourde chez vous, non ?...

"Peppineddu ! Le dossier de Martina !" cria ensuite l'adjudant. Puis il mit la fiche devant De Luca qui n'eut même pas besoin de regarder les photographies parce que, même entre les doigts de l'adjudant, il avait vu qu'elles représentaient une personne complètement différente du frisé à la cicatrice.

– Ça, c'est le frère qui a survécu et, vu que vous n'avez reconnu personne, peut-être que vous pourriez le reconnaître, lui, et nous rendre un service, parce que le professeur Boni a bien écrit "arrêt cardiaque consécutif à une tuberculose", mais par les temps qui courent, on ne sait jamais, et si on pouvait sortir qu'il s'agit d'une famille aux violents sentiments antinationaux, hein ?

– Je ne peux pas, dit De Luca.

– C'est un service entre collègues, hein ? Nous sommes tous policiers, hein, malheureux ?

– Je ne peux pas, répéta De Luca.

Jovine le regarda par-dessous ses paupières, longuement, puis cria "Peppineddu ! Pas de dossier !"

– Alors nous en avons fini ici, dit-il en reboutonnant son veston. Je suis désolé que nous n'ayons pas pu nous être plus utiles l'un envers l'autre comme il est d'usage entre collègues. Mais vous voulez un avis, *dottore* ? Je vous le donne gratuitement, ne vous inquiétez pas. Voilà, comme je ne crois pas que vous ayez jamais donné de l'huile de ricin ou giflé quelqu'un, ou bien ceux qui voulaient vous tuer vous ont vraiment pris pour quelqu'un d'autre, malheureux, ou bien ils en avaient après vous pour les raisons qui font tuer les policiers.

Parce que vous avez fait chier, ou que vous faites chier. Portez-vous bien, *dottore*.

Et il sourit tandis qu'il tendait la main, non plus pour un salut romain mais droit vers lui, le V de ses moustaches étroites surmontant un sourire qui était passé du sournois au méchant.

Ou bien en congé, avait dit le Petit Singe, ou bien en quarantaine avec Rassetto. De Luca, qui n'avait pratiquement jamais pris de vacances, choisit la deuxième option.

Mais c'était une vraie quarantaine. Massaron venait le prendre le matin en voiture et le ramenait chez lui le soir, peu avant l'heure du couvre-feu, avec les papiers prêts sur le tableau de bord au cas où ils rencontreraient une patrouille, mais aussi le pistolet chargé sur les cuisses, sous un journal.

Le travail au bureau, c'était de la paperasse pour laquelle une personne aurait suffi et ils étaient deux, Rassetto se trouvant en plus d'un grade inférieur. De Luca avait beaucoup de temps pour penser et c'était ce qui l'avait convaincu de laisser tomber l'idée du congé, peut-être quelque part avec Lorenza ou même seulement à la maison avec elle. Mais en l'espace de quelques heures, travailler aussi s'était avéré un piège.

Il était parti du schéma de l'enquête, auquel il avait ajouté une autre flèche qui avait relié Valentino Morri Della Valentina au consul.

Cocaïne.

Il commençait à avoir une idée du contenu éventuel de cette mallette récupérée sans perdre une seconde par le consul Martina, qui avec la même hâte s'était préoccupé d'emmener avec lui le Trafiquant.

Cocaïne.

– Ça aurait été bien de le demander à cette ordure, observa Rassetto qui suivait les raisonnements à voix haute de De Luca, si on ne les avait pas transformés en charbon, lui et son petit ami.

– Ça aurait été bien de le demander au consul Martina.

– Si ce n'était pas un lâche qui s'est chié dessus au premier coup de trompette du roi. Si on avait fait comme ça à la Marche sur Rome, tu sais comment aurait fini la révolution fasciste ?

Mais De Luca ne l'écoutait pas. Il suivait ses propres pensées qui sautaient d'une connexion à une autre, les Maisons Morri où se trouvait le Trafiquant, qui était un expert de contrebande, qui avait une mallette qui intéressait le consul Martina, qui était un cocaïnomane ami du prince héritier, dont le père possédait les Maisons Morri.

On aurait dit un jeu de l'oie, il sautait d'une case à l'autre pour se retrouver toujours au point de départ, sans pouvoir rien y faire.

– Mais moi, je m'en fous, parce qu'on va revenir, dit Rassetto, et par chance c'était la fin naturelle de son discours sinon De Luca l'aurait interrompu.

– D'où vient la cocaïne ?

– De Milan. Tu t'en souviens, de Riccardino.

– Je m'en souviens, c'est moi qui l'ai arrêté il y a deux ans.

Riccardino, c'était son nom. Il était représentant en lingerie féminine pour une entreprise milanaise, mais c'était une couverture pour un trafic de stupéfiants qui fournissait la Bologne chic. Il avait été vendu par un tuyau anonyme d'un médecin qui se procurait la morphine avec de fausses ordonnances, auquel Riccardino faisait concurrence. De Luca avait arrêté le représentant, puis était remonté à la source et avait aussi arrêté le médecin.

De Luca abaissa ses bretelles. Le ventilateur était cassé et, à force de rester enfermé dans cette pièce, on aurait dit qu'elles aussi lui tenaient chaud. Il commença à rouler les manches de sa chemise.

– Tu te souviens du collègue de Milan qui s'occupe des stupéfiants ?

– Biondo, répondit Rassetto qui avait une mémoire implacable. Le commissaire Biondo.

– C'est ça, le *dottor* Biondo disait que, à part les fausses ordonnances qui sont des broutilles, le gros de la morphine et de la cocaïne venait de Suisse, où les lois sont moins restrictives. C'est bien ça ?

– C'est ça.

– Avant la guerre, c'était plus facile, maintenant c'est plus difficile mais ce ne sont plus que quelques familles siciliennes qui vivent à Milan qui les font passer dans les paniers des contrebandiers, c'est bien ça ?

– C'est ça.

– On achète à eux, en bref. Et tu te souviens de ce qu'il disait qu'il fallait, le collègue de Milan ?

Rassetto sourit et se frotta le bout des deux premiers doigts.

– Du pognon, murmura-t-il en traînant sur les mots pour imiter l'accent sicilien. Beaucoup, beaucoup, beaucoup de pognon.

– Voilà. Alors, d'après moi, le Trafiquant va prendre la cocaïne à Milan avec la couverture et l'argent du consul et du prince héritier qui ensuite la revendent dans leurs milieux.

– Ça se tient, décida Rassetto après un instant de réflexion. Et les deux autres ? Le juif sans tête et l'Albanais sans corps, qu'est-ce qu'ils viennent faire là ? Et la gamine maltaise ?

Je ne sais pas, pensa De Luca, et il le dit entre ses dents :

– Je ne sais pas.

Voilà pourquoi c'était un piège, cette quarantaine au bureau. C'était pire, c'était une cage. Insupportable maintenant qu'il lui semblait avoir enfin une direction à suivre.

Alors il remonta ses bretelles, se leva et prit sa veste sur le dossier de la chaise.

– Allons-y.

– Où ?

– Chez le prince Romolo Morri Della Valentina. Son fils, ce serait mieux, mais je ne sais pas où le trouver et, pour commencer, ça pourrait être utile de parler avec son père.

Pendant un instant, le sourire de loup de Rassetto disparut.

– T'es pas fou ? Si le Petit Singe nous chope, on est morts.

– On est des policiers, non ?

Rassetto glissa les pouces derrière ses propres bretelles, écartant les jambes sous le bureau.

– Non. Toi, tu es le célèbre commissaire De Luca, le protégé du chef, moi je suis juste un flicard. Et si moi, on me chasse de la police, moi, oui, je serai mort, et pour de bon.

Le palais Della Valentina se trouvait au milieu de la via Santo Stefano, peu avant la place, avec sa grande porte de bois massif encaissée sous le portique, éraflée par ce qui semblait être des traces d'éclats de bombes. D'autres criblaient le crépi du mur extérieur, mais seul cet immeuble était concerné, le reste de la rue était intact et propre, comme s'il n'avait explosé qu'une seule munition, juste là-devant, c'est tout.

À l'intérieur aussi, c'était pareil. À chaque fois qu'il entrait dans un vieil immeuble du centre de Bologne, De Luca s'étonnait de découvrir un jardin derrière la porte d'entrée, une petite forêt même, un cœur vert insoupçonnable de l'extérieur, au milieu du gris rougeâtre de la pierre et des briques.

Celui-là, en revanche, semblait avoir subi un bombardement, d'une seule petite bombe qui avait creusé des trous dans le gravier des allées, ébouriffé les buissons et rendu branlants les bancs de fer forgé, cassant les vitres de la galerie. Même le grand tilleul au centre était incurvé comme s'il avait été blessé.

Mais il suffisait de les regarder un peu mieux pour comprendre que ces entailles et ces trous, vieux et profonds comme des cicatrices, n'étaient pas des blessures d'éclats, mais des marques du temps. Le palais des princes Della Valentina n'avait pas été frappé par les bombes de fin juillet, il était seulement décrépit.

Derrière le tilleul, ensuite, ça changeait radicalement. Plus de mauvaises herbes dans le gravier, de branches ou de plâtras, la dernière partie du jardin devenait un potager. Entretenu, carré, divisé en parcelles par des pierres blanches alignées comme les cailloux du Petit Poucet.

Dans celles des tomates, un homme était agenouillé. Gros et massif, avec un foulard noué aux coins sur sa tête chauve. De Luca ne vit que son dos jusqu'à l'instant où il fut assez près pour que l'autre se retourne. Il portait un tablier de jardinier et avait des moustaches si épaisses qu'elles lui couvraient la lèvre supérieure, en tournant autour de l'inférieure comme deux cornes renversées.

– Je cherche le prince Della Valentina, annonça De Luca.

– Et vous êtes qui ?

– Commissaire De Luca, police criminelle.

Il y avait une odeur puissante et désagréable qui prenait à la gorge. De Luca fronça le nez quand il la remarqua.

– C'est de la merde de cheval, dit l'homme. C'est bon pour les tomates.

Il en avait un plein seau, qu'il recommença à répandre à la pelle en l'écrasant sur la terre remuée.

– Vous n'avez pas compris, dit De Luca. Je suis fonctionnaire de police et je dois parler au prince. Allez le chercher, s'il vous plaît.

Normalement, il l'aurait tutoyé et n'aurait pas ajouté "s'il vous plaît", car cela l'avait énervé que l'homme lui tourne le dos comme s'il n'avait jamais existé, mais malgré la noirceur de sa moustache, il était clair qu'il avait un certain âge et il y avait en plus en lui quelque chose qui ne collait pas.

Et, de fait, l'homme dit "le prince, c'est moi", planta la pelle dans le seau et se redressa en s'essuyant les mains sur le tablier.

– Que voulez-vous ?

– Excusez-moi. Je vous ai vu comme ça et j'ai pensé...

– C'est mon hobby, expliqua le prince. On devrait dire "passe-temps", mais les temps changent, non ? On peut utiliser les mots étrangers maintenant, anglais même, vous ne croyez pas ?

– Oui, rétorqua De Luca instinctivement.

Puis, toujours d'instinct, il prit le seau et la pelle que le prince lui tendait.

– Donnez-moi un coup de main, mettez-en par là, sur les courgettes. Moi, j'ai à faire ici.

De Luca regarda autour de lui, sans savoir que faire, mais le prince lui montra le lopin voisin, d'où émergeaient des petites fleurs jaunes. Il y entra, s'enfonçant dans la terre noire, et quoiqu'il essayât de le faire sur la pointe des pieds, il s'était déjà sali l'ourlet du pantalon.

– J'ai commencé avec le potager de guerre. Je m'en fichais complètement, je ne l'ai fait que parce que Monzoni, vous savez, le Fédéral, a beaucoup insisté, alors ils m'ont fait creuser un trou, on y a mis quelques salades et le photographe du *Carlino* est venu, "même le prince avec un ardent zèle fasciste", mais ensuite je me suis pris de passion. Il y a une philosophie profonde dans les légumes, vraiment. Vous ne la répandez pas, cette merde ?

De Luca se pencha, raide et les jambes écartées. Il versa quelques pelletées, hésitant entre réagir à l'absurdité de cette situation ou y céder. Il décida d'y céder.

– Je suis venu parler de ce qui s'est passé il y a deux semaines dans une de vos maisons.

– Laquelle ? J'en ai encore beaucoup par-ci par-là.

– De l'autre côté de la via Riva di Reno, à l'écluse. Une ferme.

– Ah oui ? Bof. Et qu'est-ce qui se serait passé dans cette ferme ?

– Nous avons trouvé le corps d'un homme sans tête.

– Ah oui, c'est vrai. Ça me concerne ? Ce sont des maisons abandonnées, n'importe qui peut y faire ce qu'il veut.

– Dans la maison voisine, toujours votre propriété, nous avons trouvé un entrepôt de produits alimentaires. Un *ammasso*, comme on dit. Illégal.

– Je pourrais vous faire la même réponse, mais je préfère être sincère. J'ai prêté la maison au Trafiquant en échange de ravitaillements divers, café, beurre, jambon. Pas les légumes, parce que c'est moi qui m'en charge.

– Rien d'autre ?

– Vous êtes vraiment un détective. Des cigarettes Macedonia, ma passion avec les cigares toscans, mais ceux-là, mon tabac me les procure encore. Vous voulez me dénoncer pour avoir acheté au marché noir ?

– Non. Mais je voudrais vous poser quelques questions. Attention, des questions sérieuses, avec des réponses sérieuses.

Peut-être le moment était-il venu de retourner en arrière pour prendre l'autre option et, de fait, le prince considéra le regard de De Luca, un regard dur de flic, et il hocha la tête.

– Mettez-moi aussi la merde sur les radis et rentrons. Je vous offre un cognac du Trafiquant et je répondrai à toutes vos questions.

La bibliothèque du prince avait une pièce secrète. Derrière un rayonnage, il y avait un petit salon avec trois fauteuils autour d'une table basse sur un tapis. Très intime, une niche entourée par d'autres étagères de bois qui, toutefois, étaient presque vides, à part quelques vieux volumes couchés sur le côté, et le tapis aussi était usé, effilé aux coins. À l'appel du prince, qui avait agité une clochette, une vieille dame en tablier de cuisinière s'était présentée et, à en juger par le silence qu'on percevait le long des couloirs, ce devait être la seule personne, à part eux, dans le palais.

De Luca était assis dans un fauteuil aux ressorts en désordre, avec à la main un verre pansu pris sur un plateau. Le prince aussi en avait un, et il en humait le contenu en appuyant son nez sur le bord. De Luca n'essaya même pas, convaincu que l'odeur de merde de cheval qu'ils avaient amenée avec eux recouvrirait tout.

Le prince avait retiré son tablier de jardinier mais avait gardé le mouchoir à quatre nœuds sur la tête. Ce n'était pas un oubli, parce que, de temps en temps, il s'en servait pour essuyer la sueur sur sa tête chauve. Quoique la porte en fût grand ouverte, le cabinet secret était un four.

– Certains préfèrent le cognac français, d'autres l'espagnol, moi je suis pour le Baralis qu'on fait à Acqui Terme.

Il tourna la bouteille pour mettre en vue l'étiquette et tenta d'imiter le gentilhomme qui y était dessiné, en s'étalant dans le fauteuil jambes croisées et verre en main, avec le même sourire.

De Luca bougea sur son siège, impatient, car en plus le prince avait un demi-cigare toscan entre les doigts encore éteint, mais il craignait qu'il l'allume.

– Je voudrais vous poser quelques questions sur votre fils, dit-il.

Le prince haussa les épaules. Il plia un côté de sa moustache avec le pouce vers la bouche et se mit à en sucer la pointe.

– Mon fils est un débauché.

La table était munie d'un tiroir. Le prince le tira et en sortit une boîte d'allumettes.

– Je crois qu'il est plus que ça, dit De Luca d'un ton décidé. Je crois qu'il finance un trafic de stupéfiants.

Le prince laissa échapper un sourire qui se transforma en rire, lequel se termina en toux. Il continua de ricaner tandis qu'il serrait les lèvres autour du cigare en aspirant pour l'allumer.

Pourquoi riez-vous ?

Le prince souffla sur le bout rouge du toscan, puis tira deux autres bouffées. L'odeur forte du tabac, celle pesante du crottin et aussi celle, âpre, de la sueur fusionnèrent ensemble comme l'avait craint De Luca, mais ce dernier avait autre chose à penser.

– Pourquoi riez-vous ?

– Vous savez comment ça se passe dans les vieilles familles nobles, commissaire, il y a des générations qui vivent sans travailler de ce qu'elles ont hérité, puis il y a celles qui font des dettes parce qu'il n'y a plus rien à hériter et, à la fin, arrive celle qui doit se mettre à travailler parce qu'elle n'a hérité que des dettes.

– Et vous appartenez à cette dernière génération ?

– Mais non, que dites-vous ! Mes petits-enfants, peut-être. Ou les petits-enfants de mes petits-enfants, grâce à Dieu. Mais moi, j'ai fait une chose.

L'air de la pièce était devenu irrespirable, mais De Luca avait vraiment autre chose à penser. Il se pencha en avant, les coudes sur les genoux, plongé dans le nuage de fumée émis par le prince.

– Il y a quelque temps, je suis allé voir mon médecin pour calculer combien d'années il me restait à vivre. En tenant compte de l'âge, de l'état de santé, des excès présents et passés, de tout.

Ses yeux brillaient de satisfaction, plus lumineux encore que la pointe du toscan.

– Puis je suis allé voir mon comptable et je me suis fait calculer le montant de mon patrimoine, maisons, domaines, rentes, tout, y compris les voitures et la collection d'incunables du Quattrocento, poursuivit-il en montrant dans son dos les étagères où ne subsistaient plus que les quelques volumes couchés sur le côté, y compris une plume d'or que m'a offerte Sa Majesté, tout. Et puis – braise dans les yeux et au bout du cigare – j'ai divisé l'argent par le nombre d'années, pour voir combien j'allais devoir dépenser tous les mois pour arriver à la fin sans qu'il reste une lire à mon fils.

Maintenant, oui, De Luca sentait l'odeur âcre du cigare, et aussi tout le reste, dense et lourd, mais peu lui importait.

– Pourquoi ? demanda-t-il.

– Parce que j'aurais voulu le déshériter, mais je n'ai pas confiance. Valentino a de bons amis, et il pourrait attaquer le testament en justice. En revanche, comme ça, c'est mieux. J'ai presque réussi, vous savez ? La guerre m'a un peu ralenti, mais dès que nous reviendrons à la normale, je finirai l'argent qui reste et je pourrai mourir en paix. Vous savez quel âge j'ai ?

– Non, je voulais dire, pourquoi... pourquoi êtes-vous si remonté contre votre fils ?

– Parce que c'est un débauché, dit le prince.

La dame au tablier de cuisinière frappa sur le montant des étagères. Elle s'approcha du prince et lui parla rapidement à l'oreille. Le prince secoua la tête et elle s'en alla.

– Je peux ouvrir la fenêtre ? s'enquit De Luca.

Il n'arrivait plus à respirer et ses yeux le brûlaient, mais ce n'était pas seulement pour ça. Il avait vu que, pendant qu'elle parlait au prince, la dame avait eu un mouvement du menton vers la fenêtre.

Le prince hocha la tête et De Luca alla l'ouvrir en grand, en se soulevant sur la pointe des pieds pour regarder au-dehors, le plus bas possible.

Au-delà du toit du portique, on voyait la rue et, garée en face, une Fiat 500 amarante.

– Je crois que le prince héritier est là dehors, annonça De Luca.

– Je sais. De temps en temps, il vient parce qu'il veut me parler mais moi, je ne le laisse pas entrer. Il financerait quelque chose, vous dites, mais il ne pourrait même pas financer cette voiturette ridicule qu'il a.

– Mais pourquoi vous le haïssez tant ?

– Parce que c'est un débauché, dit le prince, et à sa manière de prononcer ce mot, De Luca s'aperçut que la bouteille de cognac était presque finie.

La dame frappa de nouveau sur le bois de la bibliothèque, discrète mais insistante.

– Je ne veux pas le voir, aboya le prince, mais la dame secoua la tête et montra De Luca.

– C'est lui qu'ils veulent, dit-elle.

– Moi.

– Oui, vous. Au téléphone. Vous pouvez prendre l'appel d'ici.

Il y avait un vieil appareil en forme de chandelier derrière le fauteuil du prince. La dame décrocha le combiné de la fourche latérale, le porta à l'oreille pour vérifier qu'il fonctionnait et le passa à De Luca qui allait répéter "moi ?", incrédule, mais à la place prit en main la tige du téléphone pour approcher le cône du microphone de sa bouche.

– Allô ?

– Allô, De Luca, mon garçon, comment ça ? Moi, je te dis de rester enfermé en quarantaine et toi, tu vas m'emmerder les princes ?

Le Petit Singe parlait bas, mais De Luca le connaissait assez pour comprendre qu'il était en colère, et pas qu'un peu.

– Mais comment…

– Comment j'ai su que tu étais là, mon garçon ? C'est un petit oiseau qui me l'a dit. Ou, plutôt, c'est un collègue de l'Ovra qui l'a su d'un petit oiseau à lui.

De Luca chercha du regard la dame, mais elle n'était plus là. Il se demanda comment il avait pu l'oublier, l'adjudant Jovine lui avait bien dit pourtant qu'ils avaient un espion chez le prince, une domestique, en plus.

– J'ai envoyé Massaron te prendre en voiture, mon garçon. Maintenant tu viens en courant et, après, on va régler nos comptes.

Il descendit sans même dire au revoir au prince, qui ronflait ivre dans son fauteuil, en se suçotant la moustache, un bras sur l'accoudoir et une main sur la tête, les doigts écartés sur son mouchoir de paysan. Le mégot du toscan était tombé sur le tapis et avait fait un trou, mais il y en avait d'autres et, maintenant, il était éteint.

Sur le seuil de l'immeuble, sous le portique, De Luca vit la Fiat 500 amarante garée un peu plus loin. La capote était baissée et, à l'intérieur, un homme gardait la tête renversée, appuyée au siège, le bras pendant au-dehors sur la portière. De Luca n'arrivait pas à le voir, de là où il était, par-derrière, il ne distinguait qu'une couronne de cheveux roux au sommet du crâne, la manche de la veste en lin blanc, et sur le poignet la montre d'or luisant au soleil.

Il était de l'autre côté de la chaussée, il traversa donc rapidement et s'avança avec précaution sous le couvert des colonnes. Il ne savait pas ce qu'il ferait quand il l'aurait rejoint ni ce qu'il lui demanderait, mais il voulait lui parler, le regarder en face, faire quelque chose.

Il était arrivé assez près pour l'entendre tambouriner sur la portière et siffloter une chansonnette entre ses dents, lèvres entrouvertes, quand la voiture de Massaron déboucha dans la rue, derrière lui.

De Luca eut à peine le temps de voir la poitrine de l'homme reflétée dans le rétroviseur, la cravate fantaisie et la chemise jaune sous la veste ouverte, que le klaxon de la Balilla résonnait, puissant et féroce comme une alarme aérienne.

– Commissaire! cria Massaron en se penchant à la fenêtre.

Le prince héritier Valentino Morri Della Valentina pivota sur son siège. Un instant, son regard croisa celui de De Luca, puis il se retourna brusquement, démarra, faisant grincer l'embrayage, et tandis que De Luca se lançait en avant, d'instinct, mains tendues pour agripper il ne savait même pas quoi, la voiture s'éloigna en vrombissant sur la via Santo Stefano.

De Luca contempla la tache amarante qui disparaissait sur la place, en se mordant la lèvre au sang.

Parce que, maintenant, il aurait su quoi lui demander, et c'était une chose importante.

Encadrée dans le miroir du rétroviseur, reflétée sous cet angle, sur la cravate fantaisie du prince héritier, De Luca avait aperçu une épingle en or.

En forme de clé de violon.

Avec un brillant au milieu.

Rassetto avait raison, il était le chouchou du chef. Un autre aurait été durement puni, parce que le Petit Singe les lui avait répétés, ces deux mots, "disparaître" et "minimiser", cette fois sans scander les mots à la Mussolini, mais avec un sifflement dans la voix qui semblait celui d'un serpent et faisait peur.

Mais De Luca était le chouchou du chef et, au lieu d'être suspendu, au lieu d'être envoyé donner la chasse aux voleurs qui profitaient des alertes ou de se voir infliger une procédure, il se retrouva obligé de partir en congé. Mais pour de bon.

– Disparaître, dit encore le Petit Singe, et, cette fois, il scanda les syllabes avec les doigts en cercle, en poussant en avant les mâchoires, comme le Duce.

La famille de Lorenza avait une maison sur les collines de Bologne. Une petite villa pas encore occupée par les réfugiés, encastrée entre les arbres, avec une terrasse naturelle d'où on voyait San Luca à gauche et, dessous, enfermée dans une bassine de vapeur chaude qui la diluait comme un mirage, presque tout Bologne.

De nuit, à part quelques points lumineux échappés au black-out, la ville disparaissait dans le noir, simple tache à peine un peu plus claire, mais de jour, à l'avoir ainsi sous les yeux, De Luca avait l'impression de devenir fou.

Là en bas, entre les toits rouges et les rues qui les sillonnaient, droites et nettes comme des rides, il y avait la gamine maltaise, le prince avec l'épingle en clé de violon de l'Albanais sans corps, peut-être aussi le consul Martina, caché dans quelque trou, et lui, en revanche, loin, qui serrait les dents, dévoré par cette fièvre qui le mangeait de l'intérieur.

– C'est beau, hein? disait Lorenza, en se serrant contre lui sous la pergola couverte de lierre, et alors De Luca se secouait pour répondre "oui, oui" et, pendant un instant, ce n'était pas un mensonge.

Le premier jour, il l'avait passé au téléphone, parce que, quoique petite, la villa du Philosophe et de la Poétesse était une demeure de riches et possédait une ligne, avec un bel appareil de type moderne, en bakélite noire, à la base lourde et carrée, avec le combiné sur la fourche au-dessus du disque avec les chiffres et les lettres.

Aussi avait-il appelé le bureau, où il avait trouvé Corradini auquel il avait demandé de prendre la liste des consommateurs de stupéfiants signalés à la préfecture, parce qu'il lui était venu une idée.

Non, pas tous, seulement ceux qui faisaient usage de cocaïne.

Non, même pas tous ceux-là, seulement les riches et les gens aisés, ceux de la Bologne bourgeoise.

Non, pas tout à fait tous, seulement les informateurs. Il devait y en avoir deux ou trois. Le secrétaire de l'Œuvre nationale Balilla s'était enfui après le 25 juillet, d'accord, mais le fils du professeur ?

Voilà, celui-là.

Brûlé par cette fièvre qu'il aurait calmée en allant arpenter les rues, monter des escaliers et frapper aux portes, il avait rappelé et re-rappelé et re-re-rappelé, jusqu'au moment où il s'était assis pour attendre à côté de la table sur laquelle se trouvait le téléphone, ne l'abandonnant que le temps d'aller manger sous la pergola, parce que Lorenza ne cessait de lui dire qu'elle était à table.

Puis, enfin, la sonnerie.

Oui, le fils du professeur avait accepté de collaborer, même si "accepter" n'était pas le mot juste.

Oui, il continuait à consommer de la cocaïne.

Oui, il avait du mal à la trouver et oui, ça coûtait cher, comme d'habitude et peut-être un peu plus.

Bien, pensa De Luca en reposant le combiné sur la fourche.

Règles du marché, la loi de l'offre et de la demande. Si la cocaïne ne se trouvait plus facilement et si le prix n'avait pas baissé, ça voulait dire que la mallette du consul Martina, qui, vu ses dimensions, devait en contenir beaucoup, n'était pas arrivée dans la rue. Donc, ou bien il l'avait revendue dans une autre ville ou il la gardait encore par-devers lui.

Il appela de nouveau Corradini, enrôla aussi Rassetto, et ils se partagèrent les numéros des questures, en prenant chacun celles où ils avaient des amis pour accélérer les choses. Ils y passèrent toute la journée et une grande partie de celle du lendemain, et ne joignirent certes pas toutes celles d'Italie, mais celles qui étaient utiles, oui.

Aucune variation sensible de l'offre de cocaïne.

Cette mallette, très probablement, était encore entre les mains du consul Martina.

À la villa, avec De Luca et Lorenza, il y avait aussi le Philosophe et la Poétesse. Lui, c'était un bel homme de haute taille, qui portait une courte barbe blanche en contraste avec un visage bronzé et rugueux qui semblait brûlé par le soleil comme celui d'un paysan alors qu'il passait ses journées enfermé avec ses livres. Elle, avec ses cheveux courts à la garçonne, mince et androgyne dans les pantalons et les chemises de lin de son mari, paraissait encore plus jeune que sa fille, et pas seulement parce qu'elle l'avait eue tôt. Toujours pieds nus, elle bougeait et s'asseyait, douce et flexible, d'une manière qui eût été affectée et prétentieuse comme une caricature théâtrale d'intellectuelle si elle n'avait pas été, au contraire, complètement naturelle.

En ce moment, par exemple, elle était assise dans un fauteuil d'osier sous la pergola, une jambe levée balançant sur un accoudoir et le coude sur l'autre, menton posé sur le dos de la main, dans une torsion de studio de photographe où elle semblait parfaitement à l'aise. Elle tenait entre le médius et l'annulaire une petite Eva très blanche, tournait le poignet à chaque bouffée avant de se remettre à regarder De Luca qui racontait son enquête au Philosophe.

Ils étaient nombreux autour de la table sous la pergola, devant la ville qui semblait prendre feu dans le soleil couchant. Ce soir-là, pour dîner, étaient arrivés Maria, Giovannino, qui était en uniforme de bersaglier parce qu'il avait été rappelé sous les drapeaux, mais dirigé aussitôt sur une caserne en ville, et le Gros, et ils avaient amené avec eux un ami des parents de Lorenza, un type très maigre, perdu dans une veste trop grande. Il s'était présenté à De Luca sous le nom d'Armando en lui serrant la main sans force et, malgré le visage si marqué qu'il était impossible de lui attribuer un âge, il avait les yeux d'un jeune homme.

Ils avaient dîné tôt, de deux poulets apportés par le Gros, puis Lorenza s'était levée pour débarrasser et avait fait signe à Maria de l'aider.

– Allez, c'est au tour des femmes de faire la vaisselle.

– Moi, je suis une femme et je ne me lève pas, avait déclaré la Poétesse.

– Tu es ma mère et tu serais exemptée de toute façon.

– Moi, en revanche, je suis un homme et je vous aide, avait annoncé le Gros.

Alors le Philosophe avait interrogé De Luca sur son enquête et lui, il s'était laissé prendre par le récit, ajoutant ses hypothèses sur la mallette à coins métalliques du consul Martina.

Puis la Poétesse avait aspiré une bouffée de son Eva et, en soufflant la fumée, avait laissé tomber “j'ai l'impression que cette histoire n'intéresse personne”.

– Moi, au contraire, dit le Philosophe, ça m'intéresse de ne pas être discourtois, c'est moi qui lui ai posé des questions.

– Ce n'est pas ce que je voulais dire. C'est un polar, ça nous passionne tous, c'est évident. Je parlais de tes chefs...

Elle l'avait toujours tutoyé, la Poétesse, du premier jour où ils avaient été présentés.

– ... comment ils s'appellent, le juge, le questeur, celui-là... le Petit Singe, il me semble que tes morts et tes trafics, ils s'en fichent éperdument. Je me trompe ?

La Poétesse sourit, interrogative, le menton sur le dos de la main dans une de ses positions si tordues et si naturelles que De Luca s'était obligé depuis longtemps à ne pas les trouver sensuelles, bien qu'elles le soient.

– Non, c'est-à-dire je ne pense pas... c'est juste qu'il se passe tant de choses et nous avons toujours à faire mais...

– Voilà, c'est ça. Il y a la guerre, il y a les bombes, les morts au front, les morts à la maison, des morts partout, deux de plus, deux de moins, quelle différence ça fait ?

– D'abord, ils sont quatre…

– Oui, d'accord, et ceux du dernier bombardement, plus de cent soixante, et peut-être autant en Russie et en Sicile, ou plus encore. Quel sens ça a de donner la chasse aux assassins dans un monde d'assassins ?

Tout le monde regardait De Luca, qui se sentait embarrassé comme pour un examen. Et, en effet, c'en était un, le Philosophe l'observait de biais en se caressant la barbe, l'étudiant en droit avait les bras posés sur la table comme sur un banc de l'université, Armando, surtout, penché sur la table mais attentif, avec ces yeux qui le fixaient du fond de leurs orbites creusées. La Poétesse le fixait, sensuelle et provocante.

– Ce n'est pas une question que je dois me poser, répondit De Luca. Je suis policier. Je défends la loi.

– Voilà… dit Armando.

Il n'avait pas encore parlé, pas un mot de toute la soirée, mais sa voix était sortie claire et nette.

– La loi. Vous savez d'où je viens, moi, monsieur le commissaire ?

Oui, il le savait. Lorenza le lui avait dit quand Armando était allé à la salle de bains pour se rafraîchir, il venait de Rome et rentrait dans sa famille à Milan, il s'était arrêté à Bologne pour faire une étape mais elle le lui avait dit à mi-voix et s'était interrompue quand il était revenu, il soupçonnait donc que tout n'avait pas été dit.

– Je viens de Santa Maria della Pietà. Vous savez de quoi il s'agit ? C'est un asile de fous. J'ai été interné par la police comme "psycho-asthénique à constitution paranoïde" mais, en réalité, c'est parce que je parlais mal de Mussolini et de la guerre. Ils ont dit que le pacifisme est le signe d'une faiblesse de la pensée critique. Ils n'arrivaient pas à me coller au trou comme antifasciste, ils m'ont enfermé chez les fous. Malade mental par délire politique. Je suis un des fous du Duce, et on est plutôt nombreux dans ce cas, vous savez comment ça fonctionne, non ?

Oui, il savait ça aussi.

– Moi, je ne l'ai jamais fait.

– Ce n'est pas la question. C'est que je me suis retrouvé enfermé pour des choses que maintenant je pourrais écrire dans le journal. Hier, c'étaient des Offenses au Duce, l'assignation à résidence ou l'asile comme anti-Italien, aujourd'hui c'est un éditorial patriotique du *Corriere della Serra* !

Il haletait. La voix toujours nette et aiguë, mais dépourvue de souffle. La lumière avait commencé à descendre rapidement et, dans l'air gris, les joues creusées et les orbites profondes d'Armando faisaient ressembler toujours plus son visage à une tête de mort.

– Un meurtre est un meurtre, en tous les cas, et il doit toujours être puni, avança De Luca. Là-dessus, la loi ne change pas.

– Ah oui ? répliqua Armando, avec un sourire décharné et mauvais, un sourire de tête de mort, effectivement. J'aurais deux ou trois amis qui auraient été heureux de le savoir, mais on dit qu'ils se sont pendus aux barreaux de leurs cellules.

Plus personne ne souriait, pas même la Poétesse, qui semblait se repentir de sa provocation.

– Qu'est-ce qui se passe ? demanda Lorenza.

Elle avait un plateau couvert de verres propres, le Gros déboucha une bouteille qu'il avait apportée et commença à verser le vin tandis que Maria le distribuait. La Poétesse prit le paquet de cigarettes et le tendit à Armando qui, avant d'en tirer une, suivit du doigt l'arabesque du logo imprimée sur le carton blanc.

– Attention, si vous fumez comme ça et que l'avion passe… comment on l'appelle, Pluto, Pippo ? Pippo, voilà, il voit la lumière et lâche une bombe.

– Moi, je suis un policier, dit De Luca.

Il fixait la ville au-delà de la terrasse, toujours plus noire, et se parlait quasiment à lui-même, mais sur un ton si décidé que les autres s'arrêtèrent pour l'écouter.

– J'ai dû le dire un million de fois ces jours-ci, mais je le répète. Je suis un policier. Je suis entré dans la police d'État quand il y avait le fascisme, sous la tutelle du ministre de l'Intérieur fasciste, conformément au Texte unique de 1931 et au code Rocco*, lois de l'État qui jusqu'à maintenant était fasciste. Je sers l'État, insista De Luca en scandant le dernier mot, c'est mon métier, qui reste identique même quand l'État change.

– Pourquoi, il va changer ? lança le Philosophe. Pour moi, rien ne change. Et, en fait, on a mis un militaire au gouvernement, pas un philosophe.

– Il va changer, il va changer, intervint Giovannino, ou c'est nous qui le changerons.

Il voulait être sérieux mais le verre lui avait laissé un cercle rouge autour des lèvres, comme à un enfant, ce qui fit rire les autres, y compris De Luca, qui n'en pouvait plus de cette tension.

Armando sourit, mais plus froidement.

– Bavardages de salon, dit-il. Bavardages d'intellectuels, comme il se doit parce que c'est ce que nous sommes tous. Presque tous.

Il regarda De Luca, qui ne comprit pas s'il faisait allusion à lui, le commissaire, ou à soi-même. Ou aux deux.

– … Mussolini n'est plus là, le fascisme n'est plus là, nous pouvons nous vouvoyer et nous serrer la main sans que personne ne nous engueule… Moi, je suis même sorti de l'asile, je peux écrire un éditorial dans le journal.

---

* Le code Rocco désigne le code pénal et le code de procédure pénale, tous deux adoptés en 1930 et entrés en vigueur en 1931, le Texte unique organise la Sécurité publique. La plus grande partie de ces textes fascistes sont toujours en vigueur en Italie. (*NdT*)

Il suffit de changer bien peu pour que rien ne change. Maintenant, je vais vous dire une chose, monsieur le commissaire, je dis que pour changer vraiment tout, il faudrait un bain de sang et quelquefois, même ça, ça ne suffit pas. Mais vu comme les choses changent, il y a un mois seulement vous auriez dû m'arrêter.

– Aujourd'hui aussi, rétorqua De Luca.

Ça voulait être une blague et comme, dans l'obscurité, on ne voyait pas l'expression de son visage, il allait le signaler mais le Gros déboucha une deuxième bouteille, dont le bouchon, plus dur, lui échappa des doigts avec une détonation sèche comme un coup de fusil.

Tout le monde sursauta, "allons !" dit le Philosophe, et Giovannino donna une claque au Gros dans le cou, sous la nuque, qui résonna encore plus fort, tandis que Maria riait, et la Poétesse dit "tu nous as fait mourir de peur".

Armando, lui, était resté immobile, sans sursauter sur sa chaise comme les autres, son sourire gelé dans un effort qui faisait trembler ses lèvres.

Puis il commença à claquer des dents, avec un gémissement long et ténu, comme un miaulement. Il plongea son visage dans ses mains et fondit en larmes.

Il y avait un peu de lune, quelque part, qui permettait de distinguer la silhouette du monastère de San Luca, dans le lointain, les bords bleuâtres des nuages et le doux profil de Lorenza qui était assise sur les genoux de De Luca, le front appuyé à la tempe de l'homme et les doigts lui caressant les cheveux, sur la nuque. Tout le reste, les toits, les rues ou les Deux Tours, on pouvait seulement le deviner de mémoire, perdu au fond de la cuvette noire de la ville immergée dans le crissement assourdissant des grillons.

– Maman ne voulait pas t'offenser.

– Je ne suis pas offensé. C'étaient des bavardages de salon, non ?

– Personne ne pense que tu as fait quelque chose de mal. Moi, je ne le pense pas.

– Je sais.

Il sentait sur sa bouche l'haleine tiède de Lorenza. Elle sentait le vin.

– Tu fais ton métier.

– Oui.

De Luca inclina la tête pour l'embrasser mais elle bougea avec lui, le front sur la tempe, les lèvres très proches, son haleine chaude de vin mais encore distante, elle voulait maintenir un espace pour parler.

– Papa dit qu'il y a autre chose. Quand tu racontes tes histoires, tu y mets une fougue, une fièvre, tes yeux brillent comme… lui dit qu'on y voit “le Sens de la Vérité et de la Justice”, il le dit en philosophe, c'est pour ça que tu lui plais comme tu es.

– Merci.

Il essaya de l'embrasser mais elle s'éloigna encore. Elle écarta même un peu la tête.

– Mais maman dit que ce n'est pas vrai. Elle dit que c'est parce que tu es un égoïste. Non, attends, un égocentrique. Obsédé par une idée fixe, arriver au bout, comprendre, découvrir, à n'importe quel prix… comme ça tu peux oublier tout le reste, les difficultés quotidiennes, les responsabilités d'une vie normale, la politique aussi.

– Heureusement qu'elle ne voulait pas m'offenser, dit De Luca.

Lorenza l'étreignit et lui donna un baiser. Elle appuya de nouveau le front contre sa tempe et, cette fois, leurs lèvres s'effleurèrent.

– Moi, je ne suis pas une personne égocentrique. Maman dit que je suis une fille à mille lires par mois… tu te souviens de la chanson ?

Elle la chantonna sur la bouche de De Luca, “si je pouvais avoir mille lires par mois”, un filet de voix qui lui glissait sur les lèvres et se perdait dans le crissement des grillons. Elle était très douce, et De Luca la serra plus fort.

– Moi, je veux une personne normale, pas un égocentrique prêt à me sacrifier pour des concepts philosophiques ou des obsessions. Je ne veux pas un surhomme, je veux un comptable. Je veux quelqu'un qui fait son métier, rien que cela, et qui pour le reste m'aime moi, rien que moi. Moi.

– Oui, dit De Luca.

– Eh bien, alors, dis-le-moi. Tu ne l'as jamais fait.

– Mais ce n'est pas vrai, je…

– Si, c'est vrai, quand on est une femme, on fait attention à ce genre de choses. Dis-le-moi. Maintenant.

Les grillons, les nuages, l'air frais des collines et la ville invisible, De Luca n'avait jamais été particulièrement romantique mais il pensa que si vraiment il ne l'avait pas fait jusque-là, alors c'était le bon moment.

Il décolla son visage de celui de Lorenza, approcha la bouche de son oreille et lui murmura “je t'aime”.

Tous les matins, le Philosophe se faisait apporter le journal de Bologne.

De Luca se leva tard et, quand il s'assit sous la pergola pour boire son café, il trouva *Il Resto del Carlino* sur la table. Il était ouvert à la rubrique locale, l'horaire des magasins d'alimentation, les bombes non explosées à désamorcer, les dégâts au réseau téléphonique, des colonnes serrées et abondantes de caractères soulignés, qu'il ne regardait même pas, distrait par la vision de la ville. Il cherchait les Deux Tours que, la veille au soir, il n'avait pas réussi à voir.

Puis un souffle de vent venu des collines tourna les pages du journal, le ramenant à la première.

De Luca baissa le regard sur le titre qui faisait cinq colonnes à la une et resta à le fixer si longtemps que, quand il se décida à le boire, son café, il était froid.

Il Resto del Carlino, samedi 5 août 1943, XXI, Italie, empire et colonies, 30 cent.
L'ÉTAT FRAPPE CEUX QUI SE SONT ENRICHIS EN PROFITANT DES CHARGES EXERCÉES SOUS LE FASCISME. *La mesure prise par le gouvernement Badoglio relative aux fortunes rapides accumulées par des hommes politiques répond pleinement à la volonté du pays qui attendait cette intervention réparatrice.*
Radio : 22 h 25, *les chœurs de la Montagne.*

– De Luca, mon garçon, tu veux donner la chasse aux hiérarques voleurs ? Mais ça, c'est un truc dit comme ça, pour contenter les gens, qu'est-ce que tu crois, qu'ils vont le faire vraiment ? Bon, si c'est la seule manière d'éviter que tu me fasses du dégât, parce que toi, rester tranquille sans bouger, tu n'y arrives pas, hein ? Pardon, mais tu n'étais pas en congé ? Ta fiancée va être contente… oui, allez, bon, comme ça on se tient prêts au cas où ce truc démarrerait vraiment, qu'est-ce que tu crois. Un bureau, une équipe et une voiture ? Tu es fou, mon garçon, une bicyclette et un employé, peut-être un comptable qui t'aide à faire les comptes. Au revoir et bon travail, mon garçon, allez.

Le bureau n'était pas grand, un four dans un entresol de la questure avec une fenêtre trop haute d'où ne filtrait pas un souffle d'air, mais au moins il était équipé d'un téléphone.

L'employé était un petit vieux proche de la retraite, même si, avec son air minable, ses crayons rouges et bleus dans la poche et ses manchettes de lustrine sur les bras pour protéger sa chemise, il semblait qu'il avait depuis longtemps passé la limite d'âge mais qu'il l'avait oubliée. Mais il était fort, très fort, et heureusement, parce que De Luca n'était pas très doué pour les comptes, il savait quoi chercher mais ni où ni comment.

Le comptable Pini, employé civil de la questure, le comprenait au vol, même s'il n'en avait pas l'air. Il écoutait De Luca en gardant les lunettes levées sur son front, comme s'il devait concentrer son regard sur lui, en suçant un bonbon à la menthe qui lui durait toute la journée, il le laissait répéter et re-répéter les mêmes choses puis, soudain, levait une main pour l'interrompre, disait "j'ai compris", glissait une feuille dans la machine à écrire et dressait une liste des documents à demander. Il tapait très vite.

Avant de commencer, sur la base des informations fournies par l'Office politique, De Luca avait compilé une liste de noms sur lesquels enquêter, en faisant attention à ne pas y glisser quelque intouchable qui aurait pu tout bloquer dès le départ, c'était surtout à ça qu'avaient servi les conseils de l'Office politique.

Le nom du consul Amedeo Martina était le premier.

"Ta fiancée va être contente."

En réalité, Lorenza n'avait rien dit. De Luca lui avait raconté avoir été rappelé au travail par la questure pour une affaire urgente, évidemment pas de sa propre initiative et, du moment qu'il rentrait à la villa tous les soirs, comme avait commencé à le faire la moitié de Bologne, qui se vidait à l'heure du couvre-feu par peur des bombes, ils se voyaient même plus que d'habitude. Et régulièrement, comme un couple qui travaille, car Lorenza, qui se sentait coupable de laisser seul le pauvre Ravenna, retournait à la pharmacie.

Au début, deux ou trois fois, Cesarella l'avait fait accompagner par Massaron, en voiture, mais c'était un service qui commençait à coûter et, vu qu'on avançait dans le mois d'août et qu'en conséquence il semblait que plus rien ne se passait, il avait laissé De Luca se déplacer seul.

"Il faut juste que tu fasses un peu attention, mon garçon."

Et lui, il faisait bel et bien attention, parce qu'il était bien d'accord avec le collègue de l'Ovra, ceux qui avaient essayé de le tuer ne l'avaient pas fait pour des motifs politiques et pouvaient essayer de nouveau. C'est pourquoi il gardait toujours son pistolet en poche et faisait de longs détours en jetant des coups d'œil derrière lui, pour vérifier qu'il n'était pas suivi. Le fait de dormir ailleurs que chez lui, c'était utile aussi.

Tous les matins, Lorenza et lui descendaient des collines à bicyclette, côte à côte, comme deux fiancés adolescents, se séparaient porte San Mamolo et se revoyaient là peu avant le coucher de soleil.

Aller en descente, avec la chaîne qui bourdonnait, et retour en montée, en poussant sur les pédales.

Dîner et coucher tôt.

Comme un comptable.

De Luca s'y serait pris autrement. Il aurait travaillé jour et nuit, sans manger ni dormir sinon le strict nécessaire, comme toujours, arpentant les rues pour frapper aux portes dès l'aube, mais ce travail était vraiment un boulot de comptable, il fallait aller chercher des informations dans des bureaux qui faisaient des horaires de bureau justement, quand ils les faisaient, attendre à côté du téléphone d'être rappelé, tout lâcher à l'alerte aérienne de dix heures et demie, toujours pour rien, et fermer la baraque à temps pour le couvre-feu.

Et puis, ils étaient deux et, même si le comptable Pini était allé prendre une machine à calculer dans son vieux bureau de la préfecture, fermé parce que bombardé, et qu'il était capable de passer des heures à taper sur les touches jaunes et noires de sa Numeria sans même aller au cabinet, malgré son âge, ils étaient tout de même deux, un et demi vu les maigres capacités de De Luca, avec beaucoup de noms sur lesquels enquêter, même si lui ne s'intéressait qu'à un seul.

C'est pourquoi, si pour prendre le Monstre de la Balduina, il lui avait fallu une semaine, trois jours pour arrêter les Assassins de via dell'Impero et une seule nuit pour découvrir les Amants Diaboliques de Villabianca, pour résoudre l'affaire du Corps Sans Tête et de la Tête Sans Corps, il mit presque un mois.

Il voulait démontrer, non, plutôt comprendre, non, non, démontrer vraiment, car il en était convaincu, que le consul de la Milice volontaire de sécurité nationale Amedeo Martina s'était illicitement enrichi et avait investi son argent dans un trafic de cocaïne. De trente à cinquante mille lires, en calculant que la mallette pouvait contenir entre dix et quinze kilos de cocaïne au prix en vigueur d'environ trois mille lires le kilo.

Au début de chaque semaine, De Luca d'un côté de l'unique table du bureau et le comptable Pini de l'autre faisaient le résumé de ce qu'ils avaient découvert, De Luca avec en main un carnet sur lequel il prenait des notes, le comptable avec tous les registres et les dossiers ouverts devant lui, l'un sur l'autre, qu'il ne regardait jamais parce qu'il les connaissait par cœur.

Oui, le consul s'était enrichi illicitement, et beaucoup même. Fils de paysans, il était entré dans la Milice du Parti, où il était resté bloqué au grade de chef d'équipe jusqu'à ce qu'un hiérarque de Tarente dont son père avait été le métayer le prenne sous sa protection et l'emmène en Éthiopie, dans la guerre de 1936.

Le consul n'était pas un guerrier et, de fait, à la différence de presque tous les autres de son bataillon de Chemises noires, il n'avait récolté aucune médaille. Mais là, au bureau de compagnie où il s'était embusqué, il avait appris à jouer avec les entrées et les sorties de l'approvisionnement, et le comptable Pini avait les yeux qui brillaient d'admiration tandis qu'il expliquait à De Luca comment il faisait disparaître des lots entiers de chaussures, de cigarettes et de boîtes de viande, dont avait sûrement aussi bénéficié le hiérarque qui, au retour, s'était acheté une villa sur le Golfe, où il avait pris sa retraite.

Le consul, en revanche, avait continué de passer d'un endroit à un autre, Gênes, Pavie, Turin, Florence, Naples, et toujours dans l'administration, un grade après l'autre, chef de manipule, centurion, senior, consul, jusqu'à ce qu'il arrive à Bologne, peu après le début de la guerre, comme responsable de la section Ravitaillement de la MVSN.

Le comptable avait abattu une main sur la pile de documents qui prouvaient les vols du consul qui, avec les années, étaient devenus de plus en plus évidents, couverts seulement par un sentiment toujours plus effronté d'impunité, et là, l'admiration dans les yeux du comptable avait laissé place à un regard de suffisance apitoyée.

Mais il y avait quelque chose qui ne collait pas.

Parce qu'il avait beau s'être enrichi, le consul Martina n'était pas riche.

Il circulait avec l'Aprilia de la Milice, vivait à la caserne et, s'il portait toujours l'uniforme, il recourait aux services d'un tailleur de Bologne qui n'était certes pas parmi les meilleurs.

Pourquoi ? Pourquoi voler sans profiter de l'argent ?

Il y a des gens qui font des choses parce qu'ils ne peuvent pas s'en empêcher, et en disant cela, le comptable s'était lissé les manchettes mais il aurait aussi bien pu caresser sa Numeria, toutefois ce n'était pas le genre du consul de faire les choses par passion.

"Au contraire de nous", avait-il ajouté, mais seulement avec les yeux.

Et de fait, à ce moment-là, s'était fait entendre la sirène de l'habituelle alerte aérienne, mais aucun des deux n'avait bougé.

– Tu es absent, lui disait Lorenza, assise sur ses genoux sous la pergola, après le dîner.
– Mais non, répondait De Luca, et il l'embrassait.

Pendant un moment, ils avaient cherché des biens dissimulés, des propriétés sous prête-nom, des comptes courants quelque part, n'importe quoi qui servirait à cacher de l'argent.

Le comptable Pini leur donnait la chasse en comptable, en fouillant les papiers, parce que De Luca, lui, avait eu une intuition, un truc de policier, il avait fait le tour des bureaux, à l'étage du dessus, il avait investi dans deux bouteilles procurées par le Gros, une pour l'Office politique, et l'autre pour la brigade qui s'occupait des jeux de hasard, et là il avait compris où était passé l'argent du consul.

Chevaux, scopone, poker, canasta, teresina, tresette, même les dés, le consul Martina était un joueur impressionnant, du point de vue du vice autant que de la déveine. Il pariait, pointait, jouait et perdait toujours. Il accumulait les dettes et, quand la pression devenait trop forte, il se faisait transférer ailleurs et recommençait à zéro.

Confirmé par un camarade de cours de la questure de Turin, par un autre collègue très gentil de celle de Florence et aussi par ceux de Bologne, qui l'avaient chopé dans un tripot clandestin à peine quelques mois plus tôt.

Mais alors, si le consul n'avait pas non plus une lire, tout comme le prince héritier, qui l'avait mis, l'argent de la cocaïne ?

– Tu es absent.
– Mais non.

Tant qu'il y était, il fit un saut au service des écoutes, où il y avait un adjudant avec barbe et moustache bouclées comme un roi des cartes Modiano, qui lui dit qu'il avait bien fait, il n'imaginait même pas à quel point les gens parlaient au téléphone, surtout maintenant qu'ils croyaient que les contrôles avaient disparu avec le fascisme, qu'est-ce que tu crois, ses gars aux écouteurs continuaient à glisser leurs fiches dans les standards, comme autrefois.

– Mais certaines conversations, moi, je ne les ai même pas données à l'Ovra, avoua l'adjudant Donati, qui avait encore le portrait de Mussolini dans la corbeille à papier. Parce que je veux bien qu'on soit policier, mais des idées, on en a nous aussi, non ?

Ainsi prit-il le numéro du consul, qui était muet depuis qu'il s'était enfui, mais le commissaire avait raison, mieux valait ne rien négliger.

Puis le comptable Pini avait découvert une chose.

Parmi les documents qu'ils avaient recueillis, il y avait deux paniers d'osier, du genre pour faire les courses, remplis de papiers que De Luca était allé saisir à la Maison du Faisceau de la via Manzoni, directement dans le bureau du consul, encore vide et abandonné comme tous les autres. Il les avait rapportés au bureau, accrochés au guidon de la bicyclette, de chaque côté, pour l'équilibre, et le comptable avait entrepris de les examiner, un à un, jusqu'à ce qu'il tombe sur une demande de remboursement.

Un supplément cabine single que le consul avait dû payer sur un navire postal de la marine militaire qui allait en Albanie. Motif du déplacement : politique. “Apporter le salut et le réconfort de l'Italie entière aux combattants d'Outre-mer par l'intermédiaire d'un vieux camarade du bataillon CN en poste là.”

Le comptable avait trouvé étrange qu'un homme comme le consul risque le limogeage juste pour aller saluer les camarades de son ancien bataillon, aussi avait-il cherché à approfondir.

Les comptables aussi, avait-il expliqué à De Luca, ont des amis et des camarades de cours, et de fait un de ses collègues de la préfecture de Bologne, à présent à la retraite, avait un fils qui travaillait au sous-secrétariat aux Affaires albanaises, qui lui avait répondu tout de suite, dans les limites des délais de la poste militaire, naturellement, et de fait la lettre visée par la censure militaire venait juste d'arriver.

Le consul Martina était resté quelques jours auprès de son bataillon, où il avait même tenu un discours, puis il s'était rendu à Tirana.

Là, le 22 mars 1943, il avait exercé les pouvoirs que lui conférait une procuration pour retirer l'argent déposé sur un compte courant.

Trente mille cinq cent quarante lires.

Le comptable Pini n'avait certes pas le sens du suspense et, s'il avait gardé pour lui le nom de celui qui avait signé la procuration pour liquider le compte, c'était seulement parce qu'il était à la fin du document, mais De Luca l'avait compris dès l'instant où il avait prononcé le mot Tirana.

Herbert Gales.

– Oui, vraiment, tu es absent.

– Excuse-moi.

De Luca additionna les éléments.

D'abord physiquement, en grattant sur le carnet avec la plume du stylo des chiffres que le comptable Pini avait déjà calculés de tête depuis un moment. La contenance possible de la mallette, le prix moyen de la cocaïne sur le marché de gros, l'argent retiré du compte de Gales, et le compte, oui, y était.

Ensuite mentalement, en se caressant le menton humide de sueur, le regard perdu dans les fissures du plafond, et là, non, le compte n'y était pas.

À partir de fin mars, le consul Martina avait à sa disposition plus de trente mille lires, mais il les avait gardées sous son matelas, ou bien il y avait gardé la mallette qui, jusqu'à présent, selon ses informateurs, n'avait pas été mise sur le marché.

Puis il lui vint une idée.

Il courut de nouveau à l'étage du dessus, au bureau des Jeux de hasard, où le collègue s'attendait à une autre bouteille, et peut-être même de grappa, mais bon, ça allait malgré tout.

– Tu sais, ce bordel de la via dell'Orso, le joli, tu vois, la Manolita, c'est ça. Oh mon Dieu, pour jouer, on joue toujours un peu dans les bordels, mais ceux-là, ils y allaient à fond, un truc de tripot de la haute, et de fait quand on a fait une descente, il y avait un tas de fric sur la table. Ce qui en était resté, naturellement, parce que dès que nous avons frappé, "police, ouvrez", il y a eu une débandade générale que le brigadier Dinaccio, il est même tombé et s'est cassé un doigt. En tout cas, il y avait ce type sous la table qui pleurait, tu imagines, dès que nous avons vu ses papiers, c'était un consul de la Milice, un gros bonnet, connu, on n'allait pas le mettre au trou, non ? Mais lui, il pleurait sur son argent. Au procès-verbal, il n'y a rien, naturellement, mais c'est arrivé fin mars, le 25. Oui, il pleurait pour son argent, le couillon. Combien ? Il disait plus de trente mille lires. Tu te rends compte ? Trente mille !

– Excuse-moi.

Il savait quoi chercher et où le trouver.

Il avait eu une autre intuition, une de ses intuitions de flic, en faisant une opération de comptable. Il avait ajouté une tête sans corps et un corps sans tête, ou plutôt les avait superposés, et il lui était venu à l'esprit ce qu'ils pouvaient avoir en commun. L'intuition de policier était arrivée en pensant au consul, parce que c'est une déformation de flic de penser que les personnes, les suspects, les délinquants, font toujours les mêmes choses.

Et, de fait, parmi les papiers saisis à la Maison du Faisceau, il y avait d'autres demandes de remboursement, toutes relatives à la période du 20 au 23 juillet 1943.

Un remboursement kilométrique pour véhicule personnel, Bologne-Côme, Côme-Milan, Milan-Bologne, et un autre pour un séjour de trois nuits en pension complète à l'hôtel Eden de Maslianico, province de Côme, pour le consul Martina et trois collaborateurs, sans autre précision. Il y avait aussi la demande de remboursement pour les repas consommés le long du trajet aller et celui du retour, casse-croûte à emporter pour quatre personnes.

Motif: politique.

Ces derniers temps, le téléphone fonctionnait par à-coups, aussi De Luca envoya-t-il un télégramme à la police de la frontière avec la Suisse, et il eut la réponse deux jours plus tard, car en temps de guerre les passages n'étaient pas nombreux et devaient même être autorisés.

Parmi les noms fournis par De Luca, il y en avait deux qui avaient traversé la frontière à Maslianico le 21 juillet, pour rentrer en Italie le 22. Le télégraphiste s'était trompé en écrivant l'un d'eux, mais ce n'était pas important.

"Della Valentina Morri Valentino et Saccani Egisto."

Le prince héritier et le Trafiquant.

De Luca n'avait pas d'amis ni de camarades de cours dans la police cantonale, et le comptable Piva n'en avait pas non plus parmi les fonctionnaires des banques suisses, mais De Luca était quand même sûr que c'était là que le prince héritier et le Trafiquant étaient allés retirer cinquante mille lires d'un compte courant.

Avec une procuration légale.

Signée par Eli Goldstein.

Il Resto del Carlino, jeudi 2 septembre 1943, XXI, Italie, empire et colonies, 30 cent.

LE PAPE CONDAMNE LES RESPONSABLES DE LA GUERRE ET BÉNIT CEUX QUI HÂTERONT LA PAIX.

Chronique de Bologne : *Un lecteur nous signale qu'à Casalecchio et à Ceretolo, il y a des villas qui disposent de nombreux logements habités par peu de gens qui occupent un nombre réduit de pièces, alors que de nombreuses personnes ne réussissent pas à être évacuées parce qu'elles ne trouvent pas d'habitations* – VENTE EN GROS DE BAS MORCEAUX. *Pour demain, vendredi, est invité à procéder aux achats le groupe n° 3 de 9 h à 11 h.*

Radio : 13 h 25, *théâtre pour enfants*.

– Allons-y, j'écoute, messieurs.

Le juge Del Gobbo n'avait jamais utilisé la deuxième personne du pluriel, même quand on lui faisait remarquer, discrètement, que quelqu'un dans sa position aurait dû respecter les consignes du Parti, qui exigeaient qu'on emploie le *voi*, "vous", plutôt que *lei*, la troisième personne du singulier correspondant à l'usage traditionnel. Il n'utilisait pas même le *voi* quand il parlait avec des Méridionaux ou des Romagnols qui y recouraient suivant leur propre usage, indépendamment des directives du Parti avant même qu'il en existe un, de Parti.

Du reste, il n'utilisait pas non plus *lei* quand il s'adressait à quelqu'un qu'il ne pouvait pas simplement tutoyer, il recourait à une formule comme "Son Excellence voudra bien courtoisement m'expliquer".

Et, de fait, il avait dit "messieurs" parce que, assis sur le sofa devant lui, se tenaient trois personnes, le Petit Singe, Fratojanni et De Luca, et quand Cesarella avait désigné ce dernier, le juge s'était appuyé sur le dossier du fauteuil, ses mains bien soignées ouvertes sur les bras du siège, il avait croisé les jambes et ajouté "le commissaire voudra bien m'expliquer", sans "courtoisement", parce que De Luca n'était pas assez important.

Ils n'étaient pas au Palais de Justice, dans le bureau du juge d'instruction Mariano Del Gobbo, mais au Grand Hôtel Baglioni, dans un petit salon privé, parce que quand De Luca avait commencé à raconter son histoire à Cesarella, le Petit Singe avait eu peur. Il avait voulu parler tout de suite avec un magistrat, mais de manière informelle, peut-être à domicile, et Fratojanni, appelé comme consultant politique, avait approuvé.

Moins de formalité, moins de responsabilité.

Le juge Del Gobbo était riche et avait une belle maison via Ugo Bassi, mais elle avait été endommagée par le bombardement. Ainsi donc, il avait été "évacué", mais au Baglioni, où il avait pris une chambre. S'il devait mourir de nuit écrasé par une bombe, disait-il, autant que ce soit dans un lit du meilleur hôtel de la ville.

– Le consul de la Milice volontaire de sécurité nationale Amedeo Martina et le prince héritier Valentino Morri Della Valentina ont convaincu par tromperie deux personnes de leur remettre d'énormes sommes d'argent pour acquérir de la cocaïne, et puis ils les ont tués et dépecés.

Il l'avait préparée, cette phrase. Il en avait étudié beaucoup durant le trajet entre la questure et le Baglioni, plus longues, plus courtes, plus ou moins exhaustives, mais pour finir il s'était rabattu sur celle-là. Assez captivante, avec ces deux meurtres, pour un juge curieux comme Del Gobbo, mais claire dès le début sur le poids spécifique des protagonistes, pour ne pas perdre de temps à poursuivre inutilement.

C'était la bonne phrase, car le juge se redressa sur son siège et dit :

– Je vous en prie, poursuivez.

– Le premier homme s'appelait Herbert Gales, citoyen britannique d'origine albanaise. Profitant de sa condition d'ex-interné civil, ils se sont fait signer une procuration pour retirer son argent de la banque, chose que le consul Martina a faite à Tirana, en Albanie, le…

De Luca avait un dossier sur les genoux et allait y fouiller, mais le juge lui fit signe de la main que peu importait et il continua.

– Entre-temps, Herbert Gales a été tué par strangulation, dépecé et enterré dans un champ, propriété de la famille Morri Della Valentina, mais des chiens errants en ont déterré la tête qui a été par la suite retrouvée.

Il s'étendait trop sur les détails, et tortueusement, il le comprit à la manière dont le juge avait plissé le front. Alors il toussa dans son poing fermé, pour faire une pause et lui donner le temps de se concentrer de nouveau.

– Le commissaire souhaiterait un verre d'eau? demanda le juge, puis il tapa dans les mains et un serveur arriva.

De Luca serra les dents, impatient, parce qu'il ne voulait pas perdre trop de temps. Et puis, maintenant il était lancé et ne pourrait faire autrement que parler.

– Mais il y a eu un imprévu. Le consul Martina est un joueur invétéré, et à Bologne, à peine rentré d'Albanie, il est allé se fourrer dans un tripot clandestin et y perd tout l'argent de Gales, environ trente mille lires.

Le juge rit, suivi un instant plus tard par Cesarella et puis par Fratojanni, qui se limita à secouer la tête en ricanant. Ce n'était pas la réaction à laquelle De Luca s'attendait et elle aurait pu aussi bien être dangereuse, car elle pourrait tout faire tourner en eau de boudin mais il continua quand même.

– Il leur faut encore de l'argent, ils convainquent donc une autre personne de le leur donner. C'est un juif apatride, Eli Goldstein, également interné libre, qui vit petitement parce qu'il ne peut pas accéder à son argent, conservé dans une banque suisse, à Genève. Lui aussi signe une procuration et, comme ils n'ont plus confiance dans le consul et ne veulent plus l'envoyer seul pour récupérer les fonds, cette fois il est accompagné par toute la bande, composée du prince héritier, d'un trafiquant du marché noir bien connu et d'une autre personne.

Sur l'identité de la quatrième personne, il hésitait entre Franchino et la fille, le gamin avec le Trafiquant ou Veronica avec le prince héritier, et il n'était pas certain de la nécessité de les citer maintenant.

– Le prince héritier et le Trafiquant passent la frontière à Maslianico et retirent cinquante mille lires tandis que les deux autres attendent à l'hôtel, puis ils vont à Milan où, grâce aux contacts du Trafiquant, expert en trafics illicites et en contrebande, ils acquièrent une quantité de cocaïne qui va de dix à quinze kilos.

Le juge siffla. Cesarella avait déjà noté son intérêt et commencé à hocher un peu la tête, avec des coups d'œil approbateurs à De Luca. Fratojanni avait retiré ses lunettes et en polissait les verres à l'aide d'un mouchoir, avec un sourire admiratif.

– Juste après, ils tuent aussi Goldstein, avec la complicité d'une fille déjà amie de Gales. Ils entreprennent de le dépecer et ont déjà découpé sa tête quand ils sont interrompus.

– Par quoi ? demande le juge.

De Luca n'avait pas l'intention de faire une pause pour soigner son effet, sa gorge était vraiment desséchée. Il se versa un verre d'eau de la carafe posée sur la table basse par le serveur, le plus vite qu'il put, mais le juge demanda encore, impatient :

– Interrompus par quoi ?

– Par le bombardement du 24 juillet. Vous vous rappelez? Nous n'y étions pas habitués et, aux premières vraies bombes, toute la ville s'est enfuie, terrorisée. Je ne peux pas en être certain, mais j'imagine que c'est ce qu'ont fait ceux qui étaient en train de dépecer le pauvre Goldstein. Dans leur hâte, ils ont emporté ce qui pouvait entraîner le plus vite l'identification. La veste et, oui, la tête.

Maintenant on avait du temps. Le juge De Gobbo réfléchissait en caressant sa barbiche, très soignée comme ses mains, et De Luca put se verser un autre verre d'eau, qu'il but avec calme, la savourant, parce qu'elle était pleine de glaçons et encore froide. Cesarella et Fratojanni, en revanche, fixaient le juge, dans l'expectative.

– Deux questions, déclara soudain Del Gobbo. Je suis certain que le commissaire doit avoir beaucoup d'indices, sinon de preuves, pour corroborer une histoire aussi captivante et suggestive.

L'épingle à cravate de Gales, la Setalina sous les ongles de Goldstein, toutes les traces des mouvements bancaires et des voyages, dans la chemise il y avait même le dessin avec les flèches et les cercles. De Luca abattit la main sur elle, comme pour confirmer. Fratojanni se pencha plus loin que Cesarella, qui se trouvait au milieu du canapé, prit le dossier sur les genoux de De Luca et commença à feuilleter les documents. De temps en temps, il levait la tête et la secouait en regardant De Luca avec une admiration sincère.

– Deux questions auxquelles le commissaire voudra bien courtoisement répondre.

"Courtoisement." Lui aussi devait être admiratif.

– La première, c'est : où se trouve la mallette avec la cocaïne ? C'est le consul qui l'a ?

– Non, je ne crois pas. Personne ne se fie plus à lui et je suis convaincu que, s'il l'avait eue, il l'aurait déjà jouée. Je crois que c'est le prince héritier qui la détient.

– Et là vient la deuxième question. Qu'est-ce que le commissaire imagine faire ?

– Je souhaiterais souligner un instant la délicatesse de la situation, dit Cesarella. Parce que si le consul

Martina est un fasciste en fuite et, en plus, sous le coup d'une enquête pour enrichissement illicite, laquelle, soit dit en passant, était la seule formellement autorisée par moi, le prince héritier Della Valentina, en revanche, est le rejeton d'une famille noble, très, vraiment très proche de la Couronne et par les temps qui courent...

– Mandat d'arrêt pour le consul et le prince héritier, dit De Luca d'un ton décidé en comptant sur ses doigts. Et pour la fille. Mandats de perquisition de tous les lieux dont disposent les Della Valentina, y compris la maison du prince héritier Romolo.

– Voilà, intervint Cesarella, c'est justement ce que je...

– Accordé pour le consul et la fille, coupa le juge. Pour le reste, je me réserve de décider après lecture d'un rapport détaillé que je voudrais avoir au plus vite. Entretemps, j'invite le *dottor* Cesarella à faciliter par tous les moyens les enquêtes de son commissaire.

Tout le monde se leva, à part Fratojanni, qui continuait à secouer la tête devant la chemise ouverte sur ses genoux.

– Mais vous vous rendez compte ? Ce crétin se faisait rembourser les frais de déplacement pour aller acheter une valise de cocaïne !

– Ce n'est pas le premier voleur qui s'accroche à des miettes, dit le juge, et ce ne sera pas le dernier. Bon travail, messieurs, j'attends de vos nouvelles.

– La Poche. Ou le Feu.

C'était de l'argot de flic et De Luca le connaissait bien. La Poche, c'était un vieux truc du temps de Giolitti, quand les délégués de police glissaient un couteau à cran d'arrêt dans les poches des socialistes, ce qui permettait de les arrêter pour port d'arme prohibée, et de fait, socialistes, anarchistes et communistes allaient aux meetings les poches des vestes cousues. Le Feu consistait à provoquer un petit incendie dans un lieu pour lequel on n'avait pas de mandat de perquisition, de manière à faire irruption et pouvoir le perquisitionner. Il existait aussi la variante du Feu et de la Poche ensemble, entrer dans un endroit avec une excuse et y mettre ce qu'on voulait y trouver.

Tous deux, Corradini et lui, s'appuyaient au comptoir de l'Osteria del Sole, avec des verres de vin comme excuse pour garder à l'œil la petite porte de la maison d'en face. De Luca n'avait pas touché le sien, mais Corradini en était déjà au deuxième, à jeun, ce pour quoi il parlait à voix haute.

– Quand Son Excellence le prince héritier sort, on le fait se cogner à un gamin qui lui glisse quelque chose dans la poche. Au fond de l'impasse, on la lui trouve et on finit la fouille chez lui. Sinon, on lui glisse un tract antifasciste sous la porte et on monte sous prétexte d'en chercher d'autres. C'est-à-dire, non, pas antifasciste, je voulais dire anti-Badoglio.

Il n'y avait plus personne dans le bistrot. En plus des discours de Corradini, De Luca et lui avaient tellement l'air de flics, avec leur veste, leur cravate et leur chapeau, que les clients avaient terminé en vitesse leur verre et s'en étaient allés, les laissant seuls à fixer la rue par la vitrine.

– Sinon, on passe directement à Rienafoutre. On entre et voilà. On est la police, non ? On a toujours fait comme ça. Et ne me dites pas que c'est ce qu'on faisait avant, qu'il n'y a plus le régime fasciste, nous sommes toujours sous la loi martiale !

– Ce sont des trucs qui marchent pour les ouvriers, les gens du peuple, les factieux connus ou les délinquants, rétorqua De Luca, pas avec les princes. Si c'est un coup d'épée dans l'eau, on envoie en l'air toute l'enquête.

– Et alors, qu'est-ce qu'on fait ici ?

– On fait les policiers. On attend que le prince héritier sorte et on le suit.

Corradini haussa les épaules. Il tapota du doigt son verre pour se le faire remplir par la dame qui se tenait derrière le comptoir, bras croisés, puis se remit à regarder au-dehors.

Le 13 du passage dei Ranocchi était une petite porte de bois lépreuse dans une rangée de maisonnettes nues, sans portique, plus adaptées comme cachette que comme demeure d'un prince, même sans-le-sou. Et, de fait, De Luca était convaincu que c'était là que Valentino, le prince héritier, gardait la mallette de cocaïne, et il était sûr que, s'il avait eu la possibilité d'entrer, il aurait conclu l'affaire définitivement. Au lieu de cela, ils restaient là dehors, à attendre, bien que De Luca commençât à prendre en considération la Variante Silencieuse du Rienafoutre, comme l'appelait Rassetto. Attendre que le prince héritier soit sorti pour entrer en cachette dans l'appartement et, une fois la mallette dénichée, décider quoi faire. Que Della Valentina fût chez lui, ils le savaient par la Fiat 500 amarante grimpée sur le trottoir au coin entre le passage et la via Degli Orefici.

Puis, quand Corradini finit son troisième verre, voilà que surgit la fille.

Si elle ne s'était pas arrêtée devant la porte, peut-être qu'ils ne l'auraient pas reconnue, car elle était complètement différente. Sans bas noir, sans robe de femme à pois blancs et bleus, ses cheveux bouclés en chignon et non pas lâchés autour du visage, on aurait dit une fillette qui rentrait de l'école. Seules les ballerines n'avaient pas changé.

Si elle avait continué tout droit dans le passage, ils ne l'auraient même pas remarquée, parce qu'elle les avait vus en premier, tous les deux tellement flics dans le bistrot vide, mais elle s'était arrêtée sous l'effet de la surprise, hésitant à avancer ou à reculer, et ainsi, ils l'avaient repérée.

– C'est elle! dit De Luca, et il s'élança au-dehors, suivi par Corradini, qui avait déjà posé une piécette de cinq centimes sur le comptoir à chaque tournée, pour être prêt, même si de toute manière il s'en serait bien fichu, de partir sans payer.

Entre-temps, Veronica avait tranché pour un pas en arrière, pivoté sur les pointes comme une danseuse et commencé à courir. Elle tourna au coin, fonçant au milieu des étals vides de la vieille poissonnerie, et peut-être que, si elle avait appelé à l'aide, les femmes en train de se disputer le dernier bout de morue, voyant deux énergumènes courant derrière une fillette, seraient intervenues, mais De Luca avait déjà crié "halte! police!"

Elle était très rapide, si petite et légère, et elle réussit à faire toute la rue jusqu'à l'entrée de la via Drapperie avant que Corradini réussisse à l'agripper par les épaules et, emporté par son élan, à l'écraser contre le mur devant eux. Le choc les étourdit l'un et l'autre, mais Veronica se dégagea aussitôt de ses bras et s'élança. Corradini aboya un juron, l'agrippa par le chignon, ramassa au vol la ballerine que la fille avait perdue et lui donna une bonne claque sur le derrière, de haut en bas, qui lui arracha un hurlement.

"Stop", dit De Luca à Corradini, et "police" à deux militaires en permission qui s'approchaient, et "tu es en état d'arrestation" à Veronica, mais c'était tout ce qui lui restait comme souffle après la course et il se plia en deux, mains sur les genoux, pour aspirer de l'air, bouche grand ouverte.

– Où est la mallette? demanda-t-il, dès qu'il réussit à parler.

Veronica pleurait silencieusement, comprimée entre les mains de Corradini qui tenait ses petites épaules. Les yeux baissés et les lèvres serrées, juste un peu secouée par les sanglots.

– Je n'en ai pas après toi, tu ne m'intéresses pas, dit De Luca. Je pourrais même te laisser partir mais tu dois me dire où est la mallette avec la drogue. Chez le prince héritier ? demanda-t-il en montrant dans son dos le passage dei Ranocchi. Elle est là-dedans ?

La fille leva les yeux qui, dans son visage libéré des cheveux, semblaient encore plus près du nez à la grecque, cessa de pleurer et sourit. Œil mauvais et lèvres mauvaises, le pied nu sur le genou comme une cigogne, appuyée en arrière contre Corradini qui devait la pousser pour s'en décoller. Il y avait une boulangerie dans la rue, deux portes avant, dont une femme et un homme étaient sortis avec une miche de pain qui émergeait d'un sac en papier. Ils les regardaient, curieux et inquiets, aussi De Luca fit-il un signe à Corradini qui lâcha un instant la fille pour lui lancer des menottes, en la rattrapant aussitôt.

– Alors, je t'arrête pour les meurtres d'Herbert Gales et d'Eli Goldstein. À quoi j'ajoute la complicité pour ceux du Trafiquant et de Franchino. Je te fais filer la perpétuité, ce qui signifie que tu vas rester en taule toute ta vie, tu ne sortiras même pas quand tu seras vieille.

Il fit tinter les menottes et cela suffit à faire fuir le couple avec leur pain. Veronica, elle, devint encore plus mauvaise, yeux et lèvres serrés comme des fentes.

– Tu veux que je te parle de l'oncle ? demanda-t-elle, d'une voix de petite fille. Valentino l'a étranglé avec une corde, expliqua-t-elle avec un geste des mains, en tirant la langue au coin de sa bouche, pendant qu'on était ensemble dans cette vieille maison, et puis il l'a découpé. Il aime faire des trucs, il m'a dit que ça lui a toujours plu, de faire mal, même quand il était petit. Si tu veux, je te le dis, de toute manière je dirai que ce n'est pas vrai, je dirai que vous m'avez frappée.

Corradini la poussa en avant, parce que, à force de s'appuyer, elle en était arrivée à le plaquer contre le mur. De Luca le regarda parce qu'il semblait sur le point de frapper la fille d'un revers de main sur la nuque et c'était vrai, il avait déjà levé la main, mais il se contint.

– Ou bien tu veux que je te parle du juif? C'est moi qui l'ai emmené dans la vieille maison, Vale lui est arrivé par-derrière et il l'a étranglé lui aussi, expliqua-t-elle en tirant encore la langue, mais de l'autre côté. Il avait les mains sur mes jambes et il a serré si fort qu'il m'a laissé des marques. Et puis on a eu peur des bombes et on s'est enfuis.

À ce moment, comme si elle l'avait appelé, le hurlement de la sirène déchira l'air. Le visage de Veronica se troubla, plus sous l'effet de la surprise que des mains de Corradini qui, d'instinct, lui avait serré les épaules plus fort. Elle essaya de reprendre son sourire mauvais, fixée sur De Luca qui, lui, avait sursauté, elle l'avait à peine esquissé qu'arrivait le deuxième hurlement de l'alerte et, au troisième, son expression était déjà passée de la surprise à la terreur.

– Ouh là! s'exclama Corradini, et il voulut bouger, mais De Luca leva main.

– Où est la mallette?

Corradini regarda le ciel, dans lequel résonnait le dernier hululement. Il n'y en avait pas eu un seul, avertissement générique, avion de passage, mais bien trois, c'était le bon, "*qual bòn*" comme disaient les Bolonais, formation de bombardiers piquant sur la ville.

– Commissaire... c'est pas une fausse alerte. Ils arrivent vraiment!

– Où est la mallette?

– Il faut y aller, c'est le bon.

"*L'è qual bòn*", il l'avait dit en dialecte, Corradini, parce que le silence dans lequel semblait être tombée toute la ville, si total, irréel et lourd, comme à la campagne après un coup de tonnerre, faisait vibrer les nerfs sous la peau.

– Personne ne bouge. Dis-moi où est la mallette!

Veronica aussi avait peur. On aurait dit que ses lèvres s'étaient nouées et que ses yeux s'étaient encore plus rapprochés du nez, mais elle ne disait rien.

Puis le tonnerre arriva vraiment. Un de ceux qui augmentent dans le lointain et se rapprochent, toujours plus forts, toujours ronds, un orage qui courait à toute vitesse au-dessus de leurs têtes, si bien qu'ils levèrent le nez, De Luca compris, alors qu'il aurait voulu insister sur sa question mais l'air autour de lui vibrait si fort qu'il lui semblait perdre l'équilibre.

Tous les chiens de la ville se mirent à hurler, tous ensemble.

Le premier grondement, encore lointain, les fit sursauter, mais sans bouger de place, écrasés sur leurs jambes fléchies parce que les pavés de la rue avaient tressailli sous leurs pieds, quoique le mouvement fût à peine perceptible. Les sifflements qui griffèrent l'air comme des ongles insistants sur un tableau noir les bloquèrent encore plus, paralysés dans une terreur absolue. Puis un immeuble au bout de la rue explosa dans une détonation qui remplit en coup de vent la rue de poussière.

Corradini hurla et lâcha la fille qui fila. De Luca se lança à sa poursuite, plus par instinct qu'autre chose, tandis qu'une deuxième explosion faisait trembler la terre, mais cette fois pour de bon.

Veronica passa quasiment entre les jambes d'un homme en tablier de boulanger qui sortait de la porte ouverte la plus proche et se glissa à l'intérieur. De Luca la suivit, battit des paupières pour habituer sa vue à la pénombre de la boulangerie déserte et vit que Veronica sautait derrière un comptoir. Il la rejoignit et se coucha sur elle, qui tremblait comme un lièvre, nous plus pour s'en saisir, ce qui avait été l'instinct initial, mais pour l'emmener.

– Allons-y, allez! cria-t-il, quoiqu'il ne réussît pas à entendre sa voix couverte par une détonation très proche, dans la rue, qui fit exploser la vitrine de la boulangerie, lançant des éclats qui allèrent se planter dans le mur au-dessus d'eux.

De Luca serra Veronica, la couvrant, mais l'instinct de la fille était plus sauvage et efficace que le sien, car elle se dégagea de lui et se glissa au-delà du comptoir, courant quasiment à quatre pattes. Elle prit une autre porte, dégondée par le déplacement d'air, qui donnait dans les profondeurs de l'immeuble, et De Luca la suivit dans un escalier, qu'il parcourut à moitié sur une hanche, agrippé à la rampe pour ne pas perdre complètement l'équilibre.

C'était un petit sous-sol presque vide, avec juste quelques corbeilles d'osier dans un coin et un tas de sacs de farine empilés au milieu. Vive comme une souris, encore presque à quatre pattes, Veronica se glissa sous les corbeilles et De Luca la rejoignit.

Là-dedans, recroquevillés contre les briques nues du mur, dans une obscurité fraîche et humide de cave, il semblait que le bombardement était plus lointain et eux plus en sécurité, comme dans un abri. Veronica se serrait dans les bras de De Luca, qui la tenait avec force, entre autres parce que, le temps passant, il la sentait se tendre vers la porte, prête à fuir dès que ce serait possible.

– Où est la mallette ? lui demanda-t-il dans l'oreille qui était contre sa bouche, crissante de poussière.

– Quelle mallette ? rétorqua-t-elle, tremblant toujours, mais beaucoup moins.

– Ne fais pas l'idiote. Celle que vous êtes allés prendre à Milan.

– Je n'ai jamais été à Milan.

Une détonation plus proche leur fit rentrer la tête, lui entre ses épaules et elle contre sa poitrine à lui. Ils se serrèrent plus fort, car il avait aussi senti de nouveau cette tension en elle, comme le giclement soudain d'un poisson, vers la porte. Il s'aperçut que Veronica avait pris quelque chose, une forme pointue qui, dans l'obscurité, lui parut un caillou, alors il la secoua. Dans la fuite, il avait perdu les menottes de Corradini, mais il lui agrippa les poignets, serrant fort.

À ce moment, un fracas au-dessus de leurs têtes fit trembler tout le bâtiment, jusqu'à la cave. Un coup sourd qui arrivait d'en haut, puis un autre qui descendait vers eux et à la fin le dernier, qui défonça le plafond du sous-sol, l'inondant de poussière et de lumière, tandis qu'une masse gonflée et noire envahissait leur espace, le saturant de ferraille et de gravats.

Veronica hurla et De Luca serra les paupières avec tant de force qu'il fallut un peu de temps avant que des étincelles rouges cessent de danser devant ses yeux.

Une bombe.

Elle avait défoncé les étages de l'immeuble et s'était plantée tête la première au milieu des sacs de farine.

Sans exploser.

Veronica cessa de hurler et, d'un bond, jaillit des paniers, tenue par De Luca par les hanches, comme une danseuse. Elle toucha le dos de la bombe d'une main et la retira comme si elle brûlait.

– Elle est dans la voiture ! hurla-t-elle, si fort que, sur le moment, De Luca ne comprit pas ce qu'elle avait dit.

– La mallette est dans la voiture ! La Fiat 500 rouge ! Elle est dans le coffre !

– Dans la voiture ? répéta De Luca, ahuri, et il le redit encore, à personne d'autre qu'à lui-même, car Veronica avait déjà foncé dans la pénombre enluminée de poussière et de farine, le laissant seul avec la bombe.

De Luca fonça lui aussi au-dehors, un instant après s'être rendu compte de la situation. Les sirènes sonnaient la fin de l'alerte, mais la rue était encore vide, barrée à mi-chemin par les décombres d'un immeuble qui s'était écroulé. On aurait dit qu'il y avait de la brume, une brume si dense et rugueuse qu'elle brûlait les yeux et faisait tousser.

De Luca remarqua la présence de Corradini à sa toux justement, il le vit émerger du nuage noir d'un incendie, il vacillait, sans veste ni cravate, le plâtre le blanchissant comme un fantôme. Il le prit par un bras, le tira fort et dit "allons-y", parce qu'il n'avait qu'une chose en tête, De Luca, ce n'était pas le danger des murs qui pouvaient s'écrouler d'un instant à l'autre, ce n'était pas Corradini sous le choc ni même la mort qu'il avait vue en face avec la bombe non explosée, c'était la mallette pleine de cocaïne enfermée dans le coffre de la Fiat 500 amarante garée dans le passage.

Alors, il commença à courir le long de la via Degli Orefici, tirant Corradini par la manche comme un enfant, il arriva au coin et là, s'immobilisa d'un coup.

La Fiat était au milieu de la rue, écrasée et tordue comme un lézard piétiné. Ce devait être l'effet du déplacement d'air car, bien qu'il fût impossible d'en dire la couleur, elle n'était pas brûlée, seulement serrée par une force surhumaine qui lui avait détaché le capot et l'avait planté à l'arrière, dans le coffre dégondé qui ressemblait ainsi à une bouche ouverte avec la langue tirée dans un hurlement muet.

La mallette n'était pas là. De Luca la chercha du regard et trouva ce qui en restait. Déchirée en deux comme une enveloppe de capote, elle avait répandu son contenu tout le long de la rue, celui-ci se mélangeant et se perdant dans les morceaux de vitre, le crépi et la poussière de brique.

– Venez nous aider !

Il y avait deux militaires en permission qui creusaient à main nue dans les décombres d'une maison qui avait glissé en avant comme un château de sable creusé par en dessous par une vague. Eux aussi avaient l'air de fantômes blanchis par le plâtre, et Corradini, qui s'était secoué, se joignit à eux et lança au loin des gravats avec une furie forcenée.

De Luca était resté immobile, comme si c'était lui, maintenant, qui était sous le choc. Il fixait les morceaux chiffonnés de la mallette et ne s'était pas aperçu que l'immeuble écroulé dans le passage dei Ranocchi était précisément le 13.

Puis un des militaires jura bruyamment, De Luca se retourna et, cette fois, il n'eut pas besoin de voir l'épingle à cravate en forme de clé de violon pour comprendre que ce corps ensanglanté qui émergeait au milieu des éclats de bois et des briques cassées était le prince Valentino Morri Della Valentina.

Quelques jours plus tard, les carabiniers du poste de Peschiera del Garda arrêtèrent le consul Martina.

Il avait été reconnu par un caporal-chef qui passait par hasard à bicyclette, vers le soir, et qui avait remarqué ce petit homme pensif, assis sur un banc du petit port, il semblait hypnotisé par les reflets du soleil couchant sur l'eau du lac et en même temps il tremblait, comme s'il avait en lui quelque chose qui ne voulait pas se calmer.

Le caporal-chef s'était mis dans l'idée que l'individu voulait s'ôter la vie en se jetant du quai, c'était déjà arrivé une fois, aussi lui avait-il demandé ses papiers.

En réalité, à part le tremblement, l'homme était très tranquille, il s'était mis à rire quand le caporal-chef lui avait exprimé ses soupçons, il était juste en train de prendre l'air en attendant d'aller dîner dans l'humble pension où il séjournait et il continua à sourire en montrant une carte d'identité toute neuve, avec le même sourire que sur la photo et un nom quelconque.

Mais c'était justement à la photographie que le caporal-chef l'avait reconnu, ou plus exactement à ce sourire, identique à celui de la photo signalétique accrochée au mur du poste. Cheveux noirs coiffés en arrière et nez en bec de corbeau.

Maintenant, l'ex-consul de la Milice Amedeo Martina était dans la caserne de Peschiera, en attente de son transfert à Vérone et, de là, à Bologne.

Mais il y avait un problème.

D'après des informations prises, avait précisé l'adjudant du poste quand De Luca l'avait appelé après l'arrivée du phonogramme qui informait la questure de l'arrestation, le susdit ex-consul fréquentait non pas assidûment mais avec une certaine intensité significative une certaine villa dans un certain village sur le lac. L'adjudant l'avait dit sans plus de détails, comme si De Luca aurait dû savoir de quoi il s'agissait, et il s'étonna presque de devoir le préciser : le détachement du bureau qui assurait la liaison entre les troupes allemandes et italiennes de la zone. Les Allemands, en somme.

Oui, bien sûr, c'est évident, nous sommes en Italie et c'est nous qui commandons, pas eux, mais à Vérone on lui avait demandé d'attendre, le temps qu'ils recueillent d'autres informations, et c'est ce qu'ils faisaient, qu'il soit tranquille, le commissaire, ils le savaient que l'individu était accusé de quatre homicides, ils le gardaient sous clé, il n'allait pas s'échapper.

Le même discours lui fut tenu par Cesarella, quand De Luca surgit dans son bureau avec en main le phonogramme des carabiniers, et pratiquement avec les mêmes mots.

– Évidemment qu'on est en Italie, mon garçon, c'est nous qui commandons, pas les Allemands, mais pourquoi se presser ? Nous attendons des informations supplémentaires, de toute manière le consul est en cellule, non ?

– Nous pouvons demander d'accélérer le transfert.

– Et pourquoi donc ? Ton affaire est pratiquement close. Le prince héritier est mort, il n'y a plus de drogue et le consul est à l'ombre. Qu'est-ce que tu veux, ton nom dans le journal ?

– Mais non…

– Et alors ? Passe tout au magistrat, et bien le bonsoir. Qu'il s'en occupe, lui, de coincer le consul, vu que, pour ce qui est de faire payer le prince héritier, paix à son âme, c'est le Seigneur qui y a pensé, avec une bombe alliée. Écoute-moi, mon garçon, mets-toi l'âme en paix.

Il essaya. Au bureau, assis devant le ventilateur, les mains croisées sous la nuque et les pieds sur le bureau, il essaya de penser que le Petit Singe avait raison, qu'il était arrivé au bout de son enquête, qu'il avait découvert tout ce qui s'était passé et toutes les personnes impliquées, qu'il avait fait son devoir, son métier, son obsession, oui, bon, il avait fait le flic et maintenant, suffit.

Ce n'était plus son affaire.

Et il y avait même laissé des plumes. Il ne voyait plus Lorenza depuis des jours et, quand il s'était souvenu de l'appeler, après le bombardement, il l'avait sentie en colère parce qu'elle, elle avait téléphoné tout de suite, à la questure, pour savoir comment il allait, mais elle ne l'avait pas trouvé et elle était restée dans l'angoisse jusqu'au soir, quand il l'avait appelée.

Et puis Corradini, qui s'était fait muter dans une autre équipe, et quand De Luca était passé lui dire bonjour, il ne lui avait même pas serré la main et avait grogné "tu as failli me faire tuer", entre les dents, en le tutoyant.

Suffit, donc. Ce n'était plus son affaire.

Et alors, pourquoi continuait-il à y penser ? Parce qu'il voulait lui mettre lui-même les menottes, au consul, en le regardant en face ?

Non. Ou disons, pas seulement.

Il y avait quelque chose qui ne collait pas.

Un détail qui avait continué à lui trotter dans la tête, même après qu'il avait tout digéré, la mort du prince héritier, la drogue répandue dans tout le passage, l'odeur acide du métal de la bombe qui aurait pu le déchiqueter et dont il n'avait pas parlé à Lorenza, toutes les émotions qui, à un certain moment, avaient explosé en lui et l'avaient fait se précipiter aux toilettes pour vomir.

Ce qui lui était revenu, c'était le visage de la fille. Non, pas le visage, les yeux, ces yeux noirs et proches qui, quand elle mentait, restaient opaques et indifférents ou brillaient de satisfaction, méchants, et qui, en revanche, quand il lui avait demandé où était la drogue qu'ils étaient allés prendre à Milan, avaient eu une lueur, authentique et naturelle, de véritable surprise.

"Je n'ai jamais été à Milan."

Ce devait être vrai, et alors quelque chose clochait. Parce que en réfléchissant aux voyages attestés du consul, De Luca s'était convaincu que c'était Veronica qui y était allée, avec eux. D'abord parce que le prince héritier avait plus d'autorité que le Trafiquant pour imposer la présence de quelqu'un et aussi parce que quelqu'un devrait rester de garde à l'entrepôt de la ferme, et d'habitude, c'était le rôle de Franchino.

Il poserait la question au consul, quand celui-ci arriverait à Bologne, histoire de se mettre l'âme en paix.

Mais ensuite, en y réfléchissant, il lui était venu à l'esprit une autre chose, qui peut-être aussi clochait.

Quand il avait décrit la mallette aux bords renforcés emportée par le milicien hors de la ferme, Massaron l'avait appelée "un sac". Puis il avait dit "mallette", et quand De Luca le lui avait demandé, il avait continué à l'appeler ainsi, décrivant avec les mains une espèce de petite valise marron, probablement en cuir, et aux dimensions calculées avec le comptable Pini.

Mais, au début, il avait dit "un sac".

Ainsi De Luca détacha ses mains de derrière sa tête, se redressa sur la chaise et appela Massaron, qui cette fois avait presque réussi à taper une ligne sans coincer les caractères de la machine à écrire.

Une mallette ou un sac?

Au nombre des qualités de l'agent de première classe Massaron ne figurait pas la mémoire, en tout cas pas la mémoire visuelle. De Luca savait comment traiter les témoins oculaires, aussi lui posa-t-il une série de questions et, à la fin, il fut convaincu, pas totalement mais de manière raisonnable, que plutôt qu'une mallette, ça aurait pu être un sac, comme ceux des médecins, toujours avec des coins renforcés de métal, mais avec une base plus large. Et avec une capacité, dans le cas d'un sac à soufflet, d'au moins le double de la mallette déchirée en deux qu'il avait vue dans le passage.

Il se maudit de ne pas l'avoir ramassée, mais lui aussi avait été secoué par le bombardement, puis il sortit le stylo et griffonna quelques chiffres sur une feuille de papier.

Cinquante mille lires divisé par le prix courant, oui, ça pouvait faire entre vingt et trente kilos de cocaïne, le double de ce qu'il avait pensé.

Il interrogerait aussi le consul là-dessus.

Juste pour se mettre l'âme en paix.

Fratojanni frappa à la porte.

– Je vous dérange ?

– Je vous en prie, l'invita De Luca, mais le divisionnaire resta sur le seuil.

– Le *dottor* Cesarella m'a parlé de l'arrestation de Martina, maintenant je suis devenu son, disons, son conseiller politique. J'ai beaucoup réfléchi et il m'est venu une idée que je voudrais vous exposer.

De Luca esquissa un geste de la main vers son bureau qui semblait vouloir dire qu'il était occupé, et Fratojanni sourit, haussant les épaules avec un air tellement sans défense qu'il était attendrissant.

– Je sais, dit-il, jusqu'à maintenant, je n'ai pas fait des étincelles. Je ne suis pas un enquêteur, je l'ai compris maintenant et j'ai laissé tomber. Mais je suis certain que ce à quoi j'ai pensé, vous le trouverez au moins intéressant. Vous voulez bien ?

– D'accord, dit De Luca.

– Je peux vous inviter à dîner ? Aujourd'hui, j'ai sauté le déjeuner et j'ai assez faim. Mais on y va tout de suite, moi, le soir, je mange tôt. Vous voulez bien ?

C'était une minuscule trattoria dans une ruelle donnant sur la via Righi, quatre tables avec nappes à carreaux et chaises empaillées, une vitrine sur la rue, couverte par un rideau, et un fenestron sur le canal. Mais il y avait de la musique, et aussi une odeur de poisson à la braise qui faisait gargouiller l'estomac.

– Il y a deux motifs pour lesquels je viens ici tous les jeudis soir. La musique, énuméra Fratojanni en montrant une radio Ducati en forme de panier posée sur une colonne dans un coin, comme un vase de fleurs, et le bar, compléta-t-il avec un geste vers un rideau en perles de bois. La musique est toujours là, d'accord, mais le bar seulement le jeudi. Pour le bar, Mme Maria n'ouvre qu'aux clients qu'elle connaît.

Et, de fait, ils avaient frappé à la vitrine, et une dame en tablier, un foulard noué sur les cheveux, leur avait ouvert avant de refermer la porte. À l'intérieur, avec eux, il n'y avait qu'un couple, un homme et une femme âgés, bien habillés, aisés, gourmets, qui ne les regardèrent même pas, occupés qu'ils étaient à finir leurs assiettes.

– En principe, ça sort du rationnement, continua Fratojanni en s'asseyant à la dernière table, coincé dos au mur pour laisser à De Luca la place la plus confortable, bon, bien sûr qu'on est des défenseurs de la loi, mais si on ne se concède pas quelques petites transgressions...

La dame apporta deux assiettes contenant les deux moitiés d'un bar au four. Elle mit celle avec la tête devant Fratojanni qui l'échangea avec celle de De Luca, lequel aurait voulu refuser mais qui avait l'eau à la bouche à s'en étrangler. Sur la table, il y avait déjà une chopine de vin blanc et mousseux que Fratojanni versa dans les verres. Il leva le sien et le cogna contre celui de De Luca, sans prononcer de toast particulier.

Il ne semblait pas pressé de raconter son idée et De Luca ne l'était pas de l'entendre. Lui aussi était à jeun depuis le matin, et quoique les jours précédents Lorenza l'ait gavé, ça faisait un moment qu'il ne s'était pas assis à table pour de bon. Et puis un poisson, et un poisson pareil, c'était une rareté.

– Ça doit coûter les yeux de la tête, dit De Luca.

– Normalement, oui. Mais… je peux vous avouer un secret ? À part que je vous ai dit que vous étiez mon invité, moi non plus je ne paie pas. Mme Maria me gratifie de sa reconnaissance parce que j'ai fait savoir que je viens ici de temps en temps, et donc les collègues évitent d'y faire des contrôles désagréables.

Fratojanni haussa les épaules, en retrouvant son sourire et son air tendre, presque enfantin, puis il se concentra de nouveau sur le bar, attentif à en retirer les arêtes.

– Qu'est-ce que ça peut faire de mal ? On vient à quatre ou cinq, je ne crois pas qu'on mettra en crise le ravitaillement pour si peu, non ?

Non, pensa De Luca, quoiqu'il se sentît un peu coupable. Mais à ce moment la radio diffusait une version instrumentale de *Mille lire al mese*, “Mille lires par mois”, et l'image de Lorenza lui vint à l'esprit, très douce, et il ressentit une nostalgie si déchirante qu'il fut sur le point de demander s'il y avait un téléphone pour l'appeler et lui dire qu'il montait chez elle, à la villa sur les collines. Coïncidence, quand la chanson finit, l'orchestre de la radio attaqua *Il valzer di ogni bambina*, “La valse de toutes les fillettes”, et la nostalgie se fit encore plus forte.

Le souvenir de Lorenza qui dansait serrée contre lui, la paix solitaire de cette trattoria, et aussi la saveur légèrement brûlée du bar, De Luca leva son verre, dans un toast muet, de reconnaissance silencieuse, et Fratojanni s'empressa de le lui rendre.

– Maintenant, je vous raconte ce que j'ai pensé, dit-il en disposant les couverts côte à côte sur le bord de l'assiette, sur l'arête du poisson parfaitement nettoyée. J'ai pensé que, tôt ou tard, vous arriveriez en tout cas à comprendre que je faisais partie de la bande.

De Luca était en train de vider son verre et, sur le moment, il crut avoir mal entendu.

– Pardon ?

– Vous êtes fort, donc ou bien Martina vous le dira quand il arrivera à Bologne, pour protéger, si je puis dire, ses fesses, ou bien vous le comprendrez seul. Je suis un complice du consul et du prince Della Valentina.

Il ne croyait toujours pas avoir bien compris. La musique, le bar, la paix, ce sourire tendre d'enfant qui s'excuse, tellement inoffensif.

– Vous êtes le quatrième homme, avança-t-il.

– Le quatrième… ah, oui, vous voulez dire à Milan. Il y avait aussi le Trafiquant mais je ne le considère pas vraiment comme un membre de la bande, c'était un type qui nous fournissait ses services, disons, de technicien de la contrebande. Et ses contacts.

De Luca mit une main dans la poche de sa veste, serrant le pistolet. Fratojanni but une gorgée de vin et le fit tourner dans sa bouche, comme pour se rincer les dents, mais discrètement, sans faire de bruit.

– Je ne sais pas si je peux m'en vanter, mais le cœur de l'idée est venu de moi. Ces deux-là avaient besoin d'argent, moi aussi j'avais, sinon le besoin, du moins le désir d'en posséder, vous savez ce qu'il en est de nos retraites, et avec la guerre en plus, bref, vous me comprenez. La drogue semblait une bonne affaire, Della Valentina connaissait ce trafiquant du marché noir qui avait des amis à Milan, Martina offrait sa protection, moi j'ai trouvé l'argent. Vous saviez que je suis allé à l'Office des Étrangers de Parme, non ? J'ai choisi les bonnes personnes, je les ai envoyées ici, et le reste est de l'histoire, du moins pour vous.

– Pourquoi me le dites-vous ?

De Luca serrait si fort son pistolet qu'il dut se contrôler pour ne pas laisser partir un coup de feu dans sa poche. Fratojanni haussa de nouveau les épaules. Il vida la chopine de vin blanc en la répartissant entre les deux verres.

– Parce que vous y seriez arrivé tout seul, je vous l'ai dit. J'avais trouvé une histoire si belle, si originale, qu'elle pouvait paraître crédible, le rite Kanun, je pensais que vous en seriez tombé amoureux, et en fait… j'aurais dû l'imaginer, vous êtes le célèbre commissaire De Luca.

Fratojanni secoua la tête en soupirant. De la radio arrivait la voix douce de Rabagliati qui chantait *Vieni, c'è una strada nel bosco.*

– Et dire que tout se serait bien passé, murmura-t-il, sincèrement déçu. S'il n'y avait pas eu trois choses. La chute de Mussolini, cet imbécile de Martina et la sagacité du fameux commissaire. Ah, oui, j'oubliais aussi le bombardement du 24 juillet.

Quelqu'un venait d'entrer. De Luca n'avait pas entendu frapper à la porte ni vu la dame l'ouvrir, mais il y avait une autre personne dans la trattoria. De Luca la nota du coin de l'œil, une silhouette sombre et trapue, puis il se tourna pour la regarder, en pivotant le buste sur sa chaise, parce qu'il avait reconnu l'homme aux cheveux frisés et à la cicatrice qui avait tenté de le tuer à coups de barre.

Il fit un geste pour sortir son pistolet mais Fratojanni lui toucha le bras du bout des doigts, d'un geste si tranquille et naturel qu'il s'arrêta. Le frisé s'assit à la table laissée par le couple âgé, en leur tournant le dos.

– C'est comme pour le bar. Un pour nous, et un autre pour le couple qui était là avant. Deux poissons, quel mal avons-nous fait ? Un apatride et un interné. Qui ça intéresse ? Je ne peux pas nier qu'on l'aurait fait encore, mais faites-moi confiance, je n'aurais choisi que des gens comme ça. Juifs, exilés, réfugiés, internés, deux ou trois, quatre au maximum, pas plus. Qui ça intéresse ? Qui en sent le manque ? Il disparaît tant de gens, ces jours-ci, nous sommes en guerre, vous avez lu le journal, aujourd'hui, à Naples, il y a eu le quatre-vingt-dix-neuvième bombardement, on ne compte même plus les morts.

– Suffit, dit De Luca. Ça suffit comme ça. Maintenant, vous venez avec moi tous les deux, parce que vous êtes en état d'arrestation.

Un mouvement derrière lui. Le frisé était toujours là, assis, toujours de dos, il le voyait toujours du coin de l'œil mais, d'une manière ou d'une autre, il avait bougé. Fratojanni, en revanche, s'était appuyé contre le mur, complètement détendu.

– Je vous demande seulement de réfléchir. Dormez là-dessus cette nuit et on en reparlera demain matin. Qu'est-ce qui presse ? Personne ne va s'enfuir. Vous avez entendu votre chef, comment vous l'appelez, le Petit Singe, non ? L'affaire est close, maintenant.

– Et le reste de la cocaïne ?

Voilà, soudain l'expression tendre d'enfant avait disparu. Derrière les verres des lunettes, les yeux de Fratojanni s'étaient assombris comme ceux de Veronica, ils semblaient aussi plus proches, exactement comme les siens, et un instant De Luca pensa qu'il s'était peut-être trompé, peut-être la fille n'était-elle pas la maîtresse du prince héritier, parce que ce n'était pas lui la personne qui lui ressemblait le plus.

À ce moment, la musique baissa rapidement. Ils ne l'auraient pas remarqué, la voix qui sortit du haut-parleur de la Ducati se voulait de stentor mais n'y parvenait pas, plus embarrassée qu'autoritaire, cependant le volume était suffisamment élevé pour l'imposer.

"Le gouvernement italien, ayant reconnu l'impossibilité de continuer une lutte inégale..."

– C'est le maréchal Badoglio, dit Fratojanni.

"A demandé un armistice au général Eisenhower, commandant en chef des forces anglo-américaines. La demande a été acceptée."

De la cuisine arriva le fracas d'assiettes qui tombaient.

– La guerre est finie ! hurla quelqu'un, et Mme Maria sortit entre les perles de bois, les mains dans les cheveux.

De Luca se leva d'un bond, sortant le pistolet. Le frisé se dressa aussi mais De Luca fut plus rapide à le frapper au visage avec la crosse du Beretta, lui arrachant un hurlement et sûrement une autre cicatrice.

Fratojanni ne bougea pas, écartant un peu les bras, très lentement, les laissant ouverts en l'air et, sans rien dire, resta à regarder De Luca qui sortait, avec son regard sombre derrière les lunettes et les yeux qui semblaient si proches.

De Luca arriva via Righi pistolet encore en main, mais il s'empressa de le rempocher parce que des gens sortaient des portes sous les portiques, se mettaient aux fenêtres, arrivaient de la via Della Moline. Ils vociféraient plus qu'ils ne criaient, mais c'était une rumeur qui montait, excitée, et les mots qu'on entendait le plus, c'était "guerre" et "finie".

Il avait glissé son pistolet dans sa poche mais il y replongea aussitôt la main, car il avait vu l'homme à la cicatrice à l'angle du passage, à demi dissimulé par une colonne du portique. Il gardait lui aussi une main dans la poche et, de l'autre, pressait un mouchoir contre sa joue ensanglantée.

De Luca regarda autour de lui, mais il n'y avait pas de soldats, de policiers ou de carabiniers, pas même un policier municipal, que des hommes, des femmes et des enfants qui avançaient vers la via Indipendenza. Il les suivit, se fondant dans la foule, main serrée sur le pistolet et le regard fixé sur l'homme qui, lui, recula jusqu'à disparaître au coin de la rue.

Où était-il passé ? De Luca se le demanda tandis qu'il remontait la rue avec l'intention d'arriver place Vittorio Emanuele, pour voir s'il y avait quelqu'un à qui demander de l'aide, ou parvenir jusqu'à la questure, mais il s'arrêta tout de suite car il le vit devant lui, au milieu de la rue, immobile parmi les gens qui descendaient, comme un caillou au milieu d'un fleuve, jambes écartées comme un cow-boy de cinéma et la main dans la poche. Il arborait un sourire mauvais, fixant De Luca qui s'était immobilisé lui aussi, mais avec moins de conviction. Le frisé pouvait avoir un couteau en poche aussi bien qu'un revolver, et De Luca ne voulait pas d'une fusillade de Far West en pleine rue, d'abord parce qu'ils étaient au milieu de la foule et ensuite parce que le frisé avait le regard d'un assassin et il tirait certainement mieux et plus droit que lui.

De Luca fit un pas en arrière, se glissa au milieu des gens, se joignant à un groupe qui chantait *Bandiera Rossa*, poing levé, et descendit avec eux dans la direction opposée, la tête tournée de côté pour observer le frisé, qui s'était mis en mouvement pour le suivre.

Ils allaient tous vers le monument équestre de Garibaldi et s'entassaient dessous pour écouter un homme en manches de chemise qui avait grimpé sur la base et parlait agrippé à une jambe du cheval. Il y avait énormément de monde, des centaines de personnes, une foule qui enflait et finissait par s'écraser sous les portiques de l'Arena del Sole, de l'autre côté de la rue, et la foule augmentait, alimentée par un cortège qui arrivait de la place.

Au milieu de ces têtes, ces épaules, ces dos et ces bras qui le pressaient, De Luca ne voyait plus le frisé. Il avait peur qu'il surgisse soudain derrière lui, pour un tir rapide dans la nuque ou un coup de couteau silencieux dans les reins, et l'image le glaça d'une terreur profonde, dont il s'arracha d'une violente secousse qui fit vaciller ceux qui étaient autour de lui. Il en profita pour rejoindre la statue et se hisser sur la base de pierre, seulement sur le socle du premier gradin, en équilibre précaire avec d'autres gens, soutenu par une femme qui riait et, dans un élan, l'avait embrassé sur la joue.

Là-haut, il offrait sûrement une meilleure cible, mais au moins il avait l'arrière couvert et pouvait scruter la foule et chercher le frisé. Il le trouva tout proche du point où il se trouvait auparavant, au milieu d'un groupe d'ouvriers en salopette de travail, et à voir comment il le regardait, féroce et déçu, De Luca était sûr qu'il ne tirerait pas, parce qu'il était clair que s'il avait sorti son pistolet, en ce moment d'exaltation, on l'aurait probablement massacré.

Mais il ne pouvait pas rester là longtemps, agrippé à cette pierre lisse comme un naufragé à un récif, risquant de tomber d'un moment à l'autre, entraîné par d'autres gens qui voulaient monter et par la femme qui l'embrassait, débordante de bonheur, en criant “c'est fini, c'est fini !”. Et entre-temps, le frisé avait disparu de nouveau.

Son logement était à quelques pas, juste un peu plus haut.

De Luca se laissa glisser au sol tandis que l'homme finissait de parler et que la foule explosait en applaudissements grondant comme un tonnerre. Tout le monde se mit à chanter, certains *Bandiera rossa*, d'autres *Fratelli d'Italia*, et même ceux qui chantaient la même chose n'avaient pas commencé ensemble. De Luca se jeta dans la foule, nageant dans cette mer de voix assourdissantes et discordantes qui semblait prête à le submerger et, quand il aperçut un trou, il se jeta sous le portique et commença à courir.

Arrivé sous le porche, il s'écrasa dos au mur, sortit le pistolet et racla le fond de la poche de son pantalon en quête des clés. Puis il les glissa dans la serrure, referma la grande porte d'un coup de pied et monta l'escalier sans même sentir les marches sous ses pieds.

Devant sa porte, il s'arrêta, parce qu'une idée lui était venue. Il écouta pour savoir si, en bas, on avait ouvert, si quelqu'un montait l'escalier, pistolet pointé dans le vide, mais il n'y avait rien. Alors il décrocha le combiné du téléphone accroché au mur du couloir et tourna le cadran d'un doigt de la main qui tenait le revolver, pour appeler la questure.

Personne ne répondit. Il essaya encore, mais rien.

À la troisième tentative, une voix jeune répondit, certainement un planton.

– Commissaire De Luca, je suis en danger, vous devez envoyer quelqu'un me chercher chez moi avec une voiture.

– Vous voulez rire ? dit la voix, et on raccrocha.

Il avait mis une chaise contre la porte, coincée sous la poignée. Il s'était assis sur le lit, épaules contre le mur, et gardait le pistolet entre les jambes, empoigné à deux mains. Il faisait chaud, mais il n'osait pas ouvrir la fenêtre, il ne savait pas lui-même pourquoi et n'avait pas allumé la lumière, pas même sur la table de nuit. Il lui semblait qu'ainsi, dans la pénombre toujours plus épaisse du soleil couchant, il pouvait mieux entendre les bruits du dehors, sur le palier. Même s'il était impossible de distinguer quelque chose dans la rumeur qui venait de la rue, forte et tapageuse comme celle d'une fête, ce que c'était en vérité.

Mais le bruit baissait, et rapidement en fait, au point que De Luca entendit la sonnerie du téléphone dans le couloir.

– La questure, se dit-il à lui-même, et il sauta hors du lit, mais se figea. Il resta un instant à côté de la porte, comme s'il voulait la flairer, indécis, jusqu'à ce que la sonnerie cesse.

Alors, il se laissa prendre par sa fièvre, ouvrit la porte et il se jeta vers l'appareil accroché au mur, en se rappelant seulement alors de regarder autour de lui, en brandissant le pistolet, mais par chance le couloir était vide. Il regarda aussi par-delà l'angle du mur, sur la première rampe d'escalier, mais là non plus, rien.

La sonnerie du téléphone dans son dos lui aurait fait partir un coup de feu si le pistolet ne lui avait pas glissé des mains. Il en amortit la chute avec le pied et le reprit au vol.

– Allô ?

– Allô, c'est toi ?

Ce n'était pas la questure, c'était Lorenza. Elle parlait vite, un ton plus haut que la normale, excitée et même un peu ivre, probablement.

– Oh, mon Dieu, mon amour, tu as entendu ? C'est fini ! Il y a l'armistice, Badoglio a mis fin aux hostilités, la guerre est finie !

– Oui, oui, j'ai entendu…

– Viens ici, viens chez moi, je t'en prie ! Je veux être avec toi, fêter ce moment, maman a peur mais qu'importe, papa est soûl, tu devrais le voir, et je le suis aussi, viens, s'il te plaît, viens !

– Je ne peux pas, dit De Luca.

Il aurait aimé mais il ne voulait pas, et pas seulement par peur de sortir. Assis sur le lit pistolet en main, il avait pensé à beaucoup de choses et avait décidé d'en faire une.

Mais pas tout de suite, pas dans l'obscurité qui arrivait et qui, oui, lui faisait peur.

Demain, aux premières lueurs du jour.

– Je ne peux pas, tu connais la situation, je suis policier, nous sommes tous… ne t'inquiète pas, dès que c'est fini, je viens. Je te le promets. Oui, je te le jure. Je t'aime moi aussi, au revoir.

Il posa le combiné sur la fourche et retourna dans sa chambre en marchant à reculons, pistolet pointé.

Il n'essaya même pas de rappeler la questure.

Pour ce qu'il allait devoir faire, le matin convenait parfaitement.

Un bruit bizarre le réveilla.

C'était le souvenir de quelque chose qui l'avait arraché au sommeil, juste le souvenir, parce que maintenant il n'était plus là. C'était fini.

Un halètement rauque comme celui d'un chien, un chien énorme et massif. Un rêve peut-être, parce que maintenant il était évident, à sa bouche empâtée et à son cou engourdi, qu'il s'était endormi, alors qu'il ne le voulait pas.

Il regarda la porte bloquée par la chaise, reprit le pistolet et leva les yeux vers la fenêtre, parce que maintenant il l'avait de nouveau entendue, cette rumeur rugueuse et haletante, le grognement d'un énorme chien, mais un chien de métal.

Ça venait du dehors, de la rue.

Il faisait nuit à présent, mais la lune éclairait le ciel gris. De Luca sortit du lit et ouvrit la fenêtre, sans plus penser au frisé, se pencha pour regarder à gauche et il le vit, l'énorme chien de fer.

C'était un char d'assaut qui descendait la via Indipendenza en direction de la gare, noir, avec une croix aux bords blancs qui se voyait à peine sur les flancs.

Un char allemand.

Derrière lui arrivait un petit camion militaire, tranquille et sans hâte. Sur le plateau arrière découvert, il y avait des soldats. Des soldats allemands, assis aux coins, le fusil à l'épaule.

Au milieu, De Luca se pencha pour mieux voir, il y avait d'autres soldats, mais désarmés, les mains entre les genoux et le dos courbé, vêtus d'un uniforme plus clair.

Des soldats italiens.

Il Resto del Carlino, jeudi 9 septembre 1943, XXI, Italie, empire et colonies, 30 cent.
L'ARMISTICE ENTRE L'ITALIE ET LES FORCES ANGLO-SAXONNES. LE DERNIER BULLETIN DE GUERRE. LA POPULATION DOIT FAIRE PREUVE DE SAGESSE ET DE DISCIPLINE.
Chronique de Bologne : LA DISTRIBUTION DE TABAC. Jusqu'à la fin de la semaine prochaine, les Bolonais n'auront pas la possibilité de fumer.
Radio : 13 h 25, émission d'Allemagne.

Le Baglioni était à deux pas, juste de l'autre côté la rue, pratiquement en ligne droite.

Quoique le jour fût là depuis quelques heures, la via Indipendenza était vide et De Luca resta un moment à l'observer, caché derrière la petite porte entrouverte de l'immeuble.

Si le frisé était resté aux aguets toute la nuit, il aurait pu lui tirer dessus de derrière une colonne, ou bien il pouvait être dans la ruelle, à bicyclette, passer au moment où il traversait la rue et lui tirer dans le dos.

Puis il pensa qu'il était en train de devenir paranoïaque et, quoique serrant toujours le pistolet dans sa poche, il sortit de sous le portique et traversa la rue, décidé mais sans courir.

Quand il entra dans le hall de l'hôtel, il perçut un mouvement derrière lui et se raidit.

C'était une voiture, qui s'était arrêtée devant le bâtiment.

De Luca poursuivit sans avoir le courage de se retourner, le dos lui faisait mal à cause de la tension des muscles qui le faisait marcher comme une marionnette, mâchoires serrées par la peur. Il arriva au comptoir, où un jeune homme élégant, en veste et cravate, regardait avec curiosité derrière le commissaire et, alors seulement, il se retourna.

Encadrée par la grande porte et éclairée par le soleil sur la rue comme par un flash, il y avait une Mercedes noire avec un drapeau rouge au coin du capot.

Des deux personnes qui en étaient descendues et qui avançaient dans le hall, à contre-jour, on ne voyait que les silhouettes sombres, une plus en avant, grande et élancée, et l'autre un pas en arrière, plus petite. Il fallait seulement attendre qu'ils s'approchent, mais déjà, rien qu'à la forme de la casquette, on devinait qu'il s'agissait de soldats, et de fait, c'étaient deux Allemands en uniforme, un lieutenant, le grand, et un adjudant, plus en arrière.

Le lieutenant regardait De Luca qui ne comprit qu'avec retard à qui il avait affaire, car lui aussi le fixait en même temps, avec une curiosité insistante, de sorte qu'il se sentit en devoir de se présenter.

– Commissaire De Luca, police.

– Lieutenant Kenda, enchanté, dit l'officier en lui tendant la main, dans un italien parfait, avec juste une pointe d'accent vénitien. Quel genre de police ?

– Police criminelle.

– Et vous êtes efficace ?

– Je ne saurais dire… j'espère que oui.

– Je l'espère aussi. Nous avons besoin de gens efficaces.

Le lieutenant sourit, avec un bref signe de tête, et se tourna vers le jeune élégant derrière le comptoir, comme si De Luca n'existait plus.

– Nous avons besoin de toutes les chambres disponibles pour l'instant, et dans un deuxième temps du reste de l'hôtel qui, à partir de maintenant, devient le siège du Commandement militaire allemand. Je crois que vous êtes trop jeune pour être le directeur et donc j'imagine que maintenant vous allez l'appeler.

Le jeune homme hocha la tête en murmurant quelque chose et voulut s'en aller mais le lieutenant le retint d'un geste.

– Non. Le commissaire était avant moi, je suis passé devant lui et je m'en excuse, d'autant plus que moi aussi, j'ai été directeur d'hôtel, et ici, en Italie, à Venise. Occupez-vous d'abord de lui.

– Je voudrais voir le juge Del Gobbo, annonça De Luca. C'est urgent, de la plus grande importance.

Et ça l'était. Si le juge l'écoutait, il pourrait arrêter Fratojanni. Il était sûr que, s'il pouvait lui exposer la totalité du tableau, avec la dernière pièce manquante, le commissaire divisionnaire corrompu, intégrée à sa place, il réussirait à le convaincre, le juge d'instruction Del Gobbo.

– Ce n'est pas possible.

– S'il dort, réveillez-le. Je vous assure qu'il ne se fâchera pas. C'est très très important.

– Non, je veux dire que ce n'est pas possible parce qu'il n'est pas là. Il a fait sa valise et il est parti ce matin très tôt, avant l'aube.

De Luca ouvrit la bouche comme pour parler mais aucun son n'en sortit, car il ne savait que dire.

Il resta immobile, ses lèvres inutilement entrouvertes, tandis que le jeune homme s'éloignait en hâte, que l'adjudant faisait signe à deux hommes de porter à l'intérieur la caisse qu'ils avaient déchargée de la voiture et que le lieutenant Kenda lui tournait le dos, comme si vraiment il n'avait jamais existé.

Dans les jours qui suivirent, il rencontra le divisionnaire Fratojanni trois autres fois.

La première, le matin même, dans le bureau de Cesarella. Il était assis dans un coin du Chesterfield, ses longues jambes croisées, occupé à nettoyer ses lunettes du bout de sa cravate, lentement. Il leva les yeux sur De

Luca, qui était entré d'un pas pressé, sans frapper, et lui sourit, comme s'il savourait sa surprise.

– Quelle vilaine tête vous avez, commissaire. Je veux dire d'aspect, pas autre chose, naturellement. Vous avez mal dormi, cette nuit ?

– C'est vrai, mon garçon, tu as l'air d'un fantôme. Qu'est-ce qui t'est arrivé ?

– Des problèmes de digestion, répondit De Luca. J'ai fait un dîner trop lourd.

Fratojanni rit, juste un ricanement avec un souffle nasal, mais spontané et sincèrement amusé. Il montra le mur derrière Cesarella.

– Je disais à votre chef que, tôt ou tard, il devra probablement ôter aussi le portrait du roi, maintenant qu'il a fui dans le Sud avec Badoglio et tous les généraux.

– Oui, dit le Petit Singe, et qu'est-ce qu'on y met, Hitler ?

Ça ressemblait à un commentaire politique et Cesarella ferma brusquement la bouche, se repliant dans son fauteuil, recroquevillé vraiment comme un singe sur une branche.

– Qui sait, rétorqua Fratojanni. Pour l'instant, les patrons c'est eux. Ils ont occupé la ville et désarmé nos troupes quasiment en l'espace d'une nuit.

– Quelques individus ont tenté de résister, ajouta Cesarella, comme pour lui-même, mais ils les ont liquidés tout de suite.

Ça aussi, ça pouvait être un commentaire politique et donc il se mit carrément une main sur la bouche tandis que, de l'autre, il lissait sa mèche sur sa tête, comme pour se caresser lui-même.

– Ce que vous voulez, observa Fratojanni, en tout cas Bologne est à eux. Il y a des blindés devant les casernes, des cheminots allemands à la gare… vous savez où ils ont établi leur quartier général ? Au Baglioni. Ils ne se refusent rien, les Boches.

Le Petit Singe plissa le front à ce mot, "Boches". De Luca hocha la tête, distrait.

– Oui, je sais. J'ai fait la connaissance d'un de leurs officiers, tout à l'heure. Un lieutenant, il me semble qu'il s'appelle Kenda.

Il l'avait dit sans intention particulière, en pensant à autre chose parce qu'il était venu pour parler avec Cesarella de ce qui s'était passé la veille au soir, le départ du juge faisant de son supérieur la dernière personne susceptible, peut-être, de l'aider, mais trouver Fratojanni avec lui dans le bureau l'avait désarçonné.

Mais il avait dû dire quelque chose d'important, parce que le Petit Singe se redressa dans son fauteuil.

– Bien, mon garçon, bonne nouvelle, comme ça, c'est toi qui feras la liaison avec l'allié allemand… oh seigneur, l'allié, qu'est-ce qu'ils sont, maintenant ? En tout cas, c'est toi qui feras la liaison avec les Allemands pour notre service. Ça devrait être moi, mais pour l'instant je ne voudrais pas…

Vu son expression, il aurait pu dire "me compromettre", ou "m'exposer", mais il choisit :

– … m'interposer. Du moment que tu connais un des pontes. Ce Kenda est une espèce de plénipotentiaire, il me semble.

Il avait dû dire ce qu'il fallait à en juger par l'expression de Fratojanni qui s'empressa de reprendre son sourire, si vague et si cordial, mais qui un instant s'était de nouveau assombri, comme le soir précédent, à la trattoria, quand De Luca l'avait interrogé sur le reste de la cocaïne.

– De Luca, mon garçon, qu'est-ce que tu voulais me dire avec tant de hâte ?

– Rien d'important, mentit-il. Des histoires de bureau. Je n'ai pas vu Rassetto et le planton m'a dit qu'il était parti.

– Muté à sa demande à un autre poste. Temporairement assigné à l'Office politique, tu sais, le genre de choses qui l'intéresse. Il a pris aussi Massaron.

– Mais comme ça, je reste seul.

– Et qu'est-ce que tu dois faire, seigneur ? Mon garçon, tu ne vois pas la situation ? On est tous suspendus à un fil, le questeur, le préfet, moi…

Il montra aussi De Luca et Fratojanni d'un mouvement circulaire du doigt, Fratojanni répondit en montrant de l'index le portrait du roi et Cesarella hocha la tête, écartant les bras.

– … nous tous. Ils nous gardent, ils nous renvoient, ils nous arrêtent, dit-il en mettant, sur ces derniers mots, la main à hauteur de son entrejambe avec les doigts faisant les cornes. Nous ne savons même pas qui commande, à part les Allemands, naturellement. Qu'est-ce que tu dois faire, mon cher garçon ? Tu veux que je te le dise ? Attendre.

– Attendre, répéta Fratojanni dans un souffle, puis il se tourna vers De Luca, en le fixant dans les yeux. Vous savez, commissaire, jusqu'à ce qu'on les interdise, moi, j'étais un grand lecteur de ces fascicules jaunes, les polars des éditions Mondadori. Vous les connaissez ?

– Non.

– Vous avez tort, il y a de belles histoires, très passionnantes, même pour des gens qui font notre métier. Le MinCulPop disait qu'ils minaient l'intégrité de la culture populaire en temps de guerre, qui sait, peut-être que maintenant on va nous les rendre. En tout cas, vous savez quel était mon personnage préféré ?

– Non, dit De Luca même si ce n'était pas une vraie question, et de fait Frantojanni poursuivit sans s'arrêter, le regard toujours plongé dans les yeux du commissaire.

– Ce gros enquêteur, qui mange toujours. Il s'appelle Nero Wolfe, l'auteur, je ne me souviens pas, c'est un Américain en tout cas, vous savez ce que dit toujours Nero Wolfe ?

Ça non plus, ce n'était pas une vraie question, juste une pause pour insister sur l'importance de la suite. De Luca garda le silence.

– Pas vraiment en ces termes ni directement, mais le sens est le suivant : quand vous ne savez pas quoi faire et que vous n'avez pas assez d'éléments pour décider, l'acte le plus juste est ne pas agir.

– Exact ! dit le Petit Singe, mais personne ne l'écoutait.

De Luca et Fratojanni se fixèrent en silence, l'un en attente, avec ce vague sourire cordial sur les lèvres, l'autre qui réfléchissait, l'air sérieux, ses dents arrachant des bouts de peau à ses lèvres serrées, concentré au point de ne pas s'apercevoir qu'il se faisait mal.

Puis De Luca hocha la tête.

– Vous avez raison, c'est un livre que je devrais lire. Je suis d'accord.

Fratojanni aussi hocha la tête. Il se leva du canapé et tendit la main à De Luca. C'était une trêve, un armistice, comme celui des alliés. Tout aussi confus, peu fiable et dangereux.

– Qui sait ce que les Allemands pensent de la poignée de main, marmonna pour lui-même le Petit Singe, recroquevillé dans son fauteuil.

Attendre.

Seul dans son bureau, le ventilateur éteint et les fenêtres ouvertes parce qu'à présent il ne faisait plus si chaud, De Luca pensait. Coudes appuyés sur le bureau, visage entre les mains et paume pressées sur les yeux, il pensait.

Attendre.

Attendre quoi ?

D'accord. Il n'avait rien en main, sinon une longue confession du commissaire divisionnaire qui remettait en place toutes les pièces du puzzle et satisfaisait les dernières flèches de son schéma, mais ça ne servait à rien, parce qu'il n'y avait pas de liens entre Fratojanni et le reste de la bande.

Non, à un moment, il pourrait bien y avoir quelque chose.

Si Fratojanni est allé à Maslianico avec le consul, le prince héritier et le Trafiquant, peut-être que quelqu'un de l'hôtel pourrait le reconnaître. Pareil à Milan.

Et puis, il avait sûrement pris ses précautions mais quelqu'un qui l'avait aidé, même inconsciemment, à faire venir Goldstein et Gales de Parme, peut-être à l'Office des Étrangers, peut-être au château de Montechiarugolo, là, oui, probablement, il y avait quelqu'un.

Et ensuite, la deuxième mallette. Ou quel que soit le contenant, un sac de jute aussi bien, ou un sac à provisions, n'importe. Ce qui n'avait été qu'une hypothèse jusqu'à ce que Fratojanni la lui confirme par son expression. Et donc, il s'avérait qu'après s'être fié à ce crétin de consul Martina, le prince héritier et Fratojanni en avaient gardé chacun une partie. Ce qui restait devait bien être quelque part.

Oui, des choses à faire il y en avait, phonogrammes, recherches, filatures, perquisitions, des trucs de policier, s'il en avait été vraiment un, de policier, avec une équipe capable d'enquêter vraiment, au lieu de devoir faire la seule chose que la situation et l'époque lui permettaient.

Attendre.

– Non, dit De Luca, et à haute voix, pas seulement dans sa tête.

Il retira le visage de ses mains, attendit que ses yeux se soient habitués au passage de l'obscurité de derrière les paupières à la lumière flicarde du bureau et décrocha le combiné du téléphone.

Recommençons.

La deuxième fois qu'il vit Fratojanni, ce fut sur la via delle Rose.

De Luca était arrivé à vélo, l'engin bourdonnant en roue libre dans les descentes des jardins Margherita, les freins à baguettes tirés pour ne pas se tuer, et il l'avait laissé appuyé contre le mur du 13, sous l'œil indifférent d'un soldat armé d'un fusil, de garde à côté de la porte principale, auquel il montra sa carte.

Il venait raconter tout ce que la questure savait sur le marché noir au *dottor* Hann, responsable du secteur pour le compte de l'administration militaire allemande. Il y resta presque une heure, en sortit l'estomac en désordre pour avoir accepté un petit verre de grappa et venait à peine de monter sur sa bicyclette que Fratojanni passait.

Il était en voiture, assis à l'arrière, le bras pendant à la fenêtre. Il y avait un obstacle, un cheval de frise au milieu de la rue pour contraindre les voitures à ralentir, la voiture venait juste de s'approcher pour le franchir et, à ce moment, les regards de Fratojanni et de De Luca s'étaient croisés.

Puis le commissaire divisionnaire avait levé deux doigts vers son front, en signe de salut, et De Luca avait fait de même.

À l'hôtel Eden, on lui dit qu'on ne se rappelait pas qui était descendu chez eux autour du 20 juillet. Beaucoup de clients qui passaient la frontière appréciaient de ne pas laisser de traces dans les mémoires et le personnel s'efforçait courtoisement de les satisfaire. La ligne était mauvaise et il dut rappeler plusieurs fois, mais il ne réussit qu'à se faire confirmer que sur le registre il y avait bien la signature d'un certain Aldo Martina qui avait réservé quatre chambres, et rien d'autre. Non, lui dirent-ils à son cinquième coup de fil, et le ton agacé se percevait malgré les grésillements sur la ligne, on ne reconnaîtrait personne même si on leur envoyait, Dieu sait comment et Dieu sait quand, une photographie à regarder.

Avec Milan, il fut plus facile de parler, vu qu'il avait appelé directement la questure. Le collègue lui dit que oui, il était passé au restaurant Il Fagiano, mais que le 21 juillet était un mercredi, qui est leur jour du poisson hors rationnement, il y avait beaucoup de monde, jusque dehors, et on n'aurait pu reconnaître personne, même s'il avait transmis, Dieu sait comment et Dieu sait quand, une photographie.

De Luca la leur aurait même apportée mais, durant ces journées, il était occupé à foncer à vélo de part et d'autre des murailles, là où les Allemands avaient placé les bureaux de l'Aussenkommando Bologne de la SS.

D'abord au 220 avenue Aldini, chez le major qui coordonnait la liaison entre les polices allemandes et la police italienne, puis en vitesse au numéro 6 de la via Albergati, pour parler au capitaine qui dirigeait le SD et les services de sécurité, puis de nouveau avenue Aldini, au 132 cette fois, auprès du lieutenant qui commandait la Gestapo, et à la fin de nouveau chez le major de la coordination.

De Luca baragouinait un peu d'allemand, très peu, appris à l'époque du lycée, mais peu importait parce que les officiers parlaient plus ou moins l'italien et, par chance, ils aimaient ça, surtout le lieutenant de la Gestapo, qui grondait sur les *s* et abusait des *t* et des *v* comme un comique de variété, mais quand il voyait De Luca, il déboutonnait le col de son uniforme noir et sortait une bouteille de vermouth, pour rappeler au *kolègue* le bon temps où il était à la Kriminalpolizei.

De Luca s'en accommodait, entre autres parce qu'il aurait bien aimé prendre la voiture du bureau, charger la bonbonne de bois et foncer à Milan avec la photographie de Fratojanni, quoique ce fût probablement inutile.

Mais il s'en accommodait.

Parce que, bon, il y avait l'armistice entre eux, mais le divisionnaire aurait pu changer d'idée, et alors fréquenter les Allemands serait sa police d'assurance-vie.

On ne peut pas tuer comme ça un *kolègue.*

En effet, il n'avait pas échappé à Fratojanni que De Luca avait recommencé à enquêter.

En même temps que la piste de l'hôtel et du restaurant, De Luca avait recommencé à suivre celle de la cocaïne. Vu que le divisionnaire était sûrement plus intelligent que le prince héritier Valentino et qu'il ne possédait pas de voiture, il avait exclu qu'il puisse garder la cocaïne dans le coffre d'une auto.

Alors, il prit un peu de temps pour étudier Fratojanni, en lisant son dossier, très succinct, au bureau du personnel, et en le filant de loin.

Le commissaire divisionnaire passait en pratique sa vie dans trois endroits seulement.

Une grande partie de la journée à la questure, dans son bureau de moine franciscain. De Luca réussit à y pénétrer un soir, quand il n'y avait plus personne, et facilement parce que la porte n'était pas fermée à clé. Même le coffre-fort en noyer était ouvert, il suffisait de tirer la porte, un peu violemment parce qu'elle était lourde. Papiers, documents, quelques feuilles de procédures de routine dans deux chemises jaunes et du matériel de bureau.

Pas de sac, de panier ou de mallette. Pas de cocaïne.

Le soir et la nuit, il les passait à la caserne de l'avenue Panzacchi, où il avait une chambre qui lui était temporairement attribuée par l'administration. De Luca y alla un après-midi, quand il le savait au bureau, avec l'excuse de rendre visite à un collègue. Cette fois la porte était fermée, mais il y avait un cambrioleur qu'on appelait le Furet, qui l'avait pris en sympathie quand il était aux Vols et Agressions, alors même qu'il l'avait arrêté, au point de lui enseigner quelques trucs du métier.

Sous-vêtements dans la commode, chemises et costumes dans l'armoire, trois, tous pareils, jarretières à chaussettes dans un tiroir et un rasoir Solingen, du genre coupe-choux, sur la cuvette des toilettes. Une paire de chaussures noires, très brillantes.

Il y avait un petit sac de cuir, mais à part qu'il était trop petit, il ne contenait que des produits de toilette.

Il y avait aussi un sac de voyage sur l'armoire, assez grand, oui, mais vide.

Pas de cocaïne.

Ses jeudis soir, le divisionnaire Fratojanni les passait à la trattoria de Mme Maria. Un jour, pas un jeudi, De Luca y emmena déjeuner le lieutenant de la Gestapo et, avec l'excuse de lui montrer la cuisine, il y jeta un coup d'œil. Ça ne suffisait pas à l'exclure, alors il fit parvenir un tuyau anonyme au major qui s'occupait du marché noir, lequel envoya deux SS perquisitionner, mais à part deux bars en surplus, ils ne trouvèrent rien.

Pas de sac, pas de cocaïne.

Mais Fratojanni s'en était aperçu.

De Luca le comprit un soir en rentrant chez lui, quand il trouva la pièce sens dessus dessous comme après une perquisition. Tout par terre, les tiroirs ouverts et les portes de l'armoire béantes, le lit défait aussi comme si on avait sauté dessus.

Par la fenêtre, sur la via Indipendenza, il vit le divisionnaire, nez levé, qui le regardait tout en essuyant ses lunettes avec sa cravate.

Puis Fratojanni les remit, se toucha au coin du front avec deux doigts, et s'éloigna.

Et ce fut la troisième fois que De Luca le vit.

Lorenza, elle, il ne la vit qu'une fois.

Il avait beau lui avoir promis de monter sur les collines, chaque fois qu'il y songeait et se disait qu'il devrait le faire, ou bien il était trop tard, ou bien il était occupé.

Et de fait, quand le standard de la questure lui passa son appel, De Luca était dans son bureau, concentré sur une idée qu'il venait d'avoir, et qui promettait.

Elle appelait de la pharmacie et De Luca n'eut pas le temps de commencer ses excuses qu'elle l'interrompit tout de suite.

– Viens, s'il te plaît. Je dois te dire quelque chose. Tu peux maintenant ? Merci, je t'attends.

Sur le seuil de la pharmacie, il rencontra Giovaninno, les perles de bois du rideau encore sur les épaules, et le jeune homme passa vite devant lui. En civil, un chapeau baissé sur les yeux, il le salua d'un rapide signe de tête. Derrière le rideau il y avait Lorenza, les yeux rouges comme si elle avait pleuré.

– Il est venu me dire au revoir, expliqua-t-elle. Il part.

– Ah bon ? Mais il n'était pas dans l'armée ?

– Il n'y a plus d'armée.

Lorenza le prit par un bras et l'attira à l'intérieur. Derrière le comptoir, il y avait un homme en blouse blanche, que De Luca reconnut presque aussitôt. C'était le *dottor* Montuschi, le propriétaire, qui leva à demi la main, entre salut romain et geste cordial.

– Bonjour, commissaire, ravi de vous revoir !

Lorenza continua de le tirer. Elle dit "j'arrive tout de suite" à l'homme en blouse et conduisit De Luca dans l'arrière-boutique. Là, au milieu des cartons et des pots en céramique, Lorenza l'embrassa comme elle ne l'avait jamais fait auparavant. Un baiser fort, violent, qui lui laissa sur les lèvres le goût douçâtre du sang.

– Eh là, dit De Luca, mais elle l'embrassa encore, plus doucement et plus longuement, se serrant contre lui comme si elle n'avait plus jamais voulu le lâcher.

– Eh là, répéta De Luca, en l'étreignant. Qu'est-ce qui se passe ?

Lorenza s'écarta, se reprenant.

– Je serais bien venue moi, assura-t-elle, on aurait pu aller quelque part, même chez toi, mais on est que deux ici, et alors…

– Ravenna n'est pas là ?

– Ça fait un moment qu'on ne le voit plus, lui aussi a dû partir, j'espère.

On aurait dit qu'elle avait peur de parler, alors De Luca articula "tu voulais me dire quoi", mais elle se colla encore à ses lèvres, et lui la laissa faire. C'était un baiser nerveux, qui dura le plus longtemps possible, puis elle regarda vers la porte et attira De Luca plus loin, dans un coin de la pièce.

– Maman est morte de peur, murmura-t-elle, et papa aussi, nous le sommes tous. On veut partir.

– Vous êtes déjà en dehors de la ville, mais si voulez vous enfoncer davantage dans la campagne...

– Non, tu n'as pas compris. Nous n'avons pas peur des bombes... c'est-à-dire, oui, ça aussi, mais... ils ont peur des Allemands. Et des fascistes, papa dit que s'ils reviennent, ils seront encore plus mauvais.

Elle regarda vers la porte. De Luca voulut l'étreindre mais elle se recula. Elle respira à fond, comme pour reprendre son souffle.

– On veut partir. Mais pas à la campagne, partir. Papa a une filière pour la Suisse, et de là on verra.

– Une filière ?

– Un laissez-passer, un truc culturel, diplomatique... je ne sais pas !

Elle baissa la voix, car elle l'avait élevée involontairement.

– Mais on doit faire vite. Demain, dans deux jours maximum.

– Vous partez ? En Suisse ?

– Tu viens toi aussi. Il y a de la place pour toi.

– Moi ? Mais non... ce n'est pas possible.

– Pourquoi ? Parce que tu es policier ? Pourquoi ?

Elle avait recommencé à hausser la voix mais elle semblait n'en avoir cure, elle ne regardait même plus vers la porte.

– Tu ne peux pas être autre chose ? Tu es bon dans ta partie, tu peux faire le policier aussi en Suisse, ou ailleurs. On peut rentrer quand les choses auront changé, pourquoi pas, pourquoi ?

De Luca essaya de la serrer contre lui, mais elle le repoussa. Elle haletait, semblait sur le point de fondre en larmes.

Un instant, il y pensa, et sérieusement.

Tout laisser tomber et s'en aller.

Avec elle.

Laisser tomber son enquête, dont personne n'avait rien à faire, laisser tomber ses morts, qui intéressaient encore moins, laisser tomber Fratojanni, qui n'était qu'un assassin parmi tant d'autres et même pas le plus dangereux, laisser tout tomber et s'en aller, comme l'avaient fait le roi, Badoglio et le reste du gouvernement, les généraux, les soldats, alors n'est-ce pas, lui qui n'était qu'un petit flic, qu'est-ce qui l'obligeait à rester ?

Fuir ce monde maudit, fuir le lieutenant de la Gestapo qui l'appelait *kolègue*, et sauver sa peau.

S'en aller.

Avec elle.

Il y songea sérieusement, mais pendant une minute.

Lorenza s'en aperçut, car tout passa dans ses yeux. Elle ferma les siens et respira encore, se remplissant les poumons d'air comme pour plonger sous l'eau.

– Alors, je reste moi aussi, dit-elle. Je reste ici, avec toi. Mais je veux que tu sois aussi avec moi. Je veux que ce soit moi qui compte en premier.

De Luca mit une seconde de plus à répondre, Lorenza le comprit, et quand elle ouvrit les yeux, elle avait des larmes au bord des paupières.

Il aurait voulu lui dire tant de choses. Qu'il ne pouvait pas le faire, il ne pouvait pas s'en aller parce que son sens de la justice, son être policier, ne lui permettait pas de laisser en liberté un assassin, même si personne n'en avait rien à faire.

Qu'il ne pouvait pas la garder près de lui alors qu'il ne savait pas s'il serait encore vivant le lendemain.

Mais au fond, il n'était pas si sûr, pas du tout, qu'il s'agît seulement de cela, parce que peut-être que la maman de Lorenza avait raison, il était comme ça, et ce qu'il faisait, c'était pour lui, parce qu'il ne pouvait être rien d'autre.

Alors, il prit une seconde de trop et, quand il parla, il dit ce qu'il ne fallait pas.

– Je dois seulement faire encore une chose, la dernière. Toi, tu y vas, et moi je vous rejoins. Ou bien j'attends que vous rentriez.

Si elle avait fermé les yeux, les larmes lui seraient sûrement descendues sur les joues, mais Lorenza ne le fit pas, elle ne battit même pas des paupières.

Elle regarda De Luca comme elle ne l'avait jamais fait auparavant, puis leva un bras et le frappa d'une gifle si forte qu'elle lui fit pivoter la tête sur une épaule.

Il retourna aussitôt à la questure parce qu'il ne voulait penser à rien d'autre. Il était en train de descendre au sommier quand un garde lui dit que le *dottor* Cesarella le cherchait.

– De Luca, mon garçon, où t'étais passé ? Qu'est-ce qui t'est arrivé, tu t'es encore fait tabasser par les communistes ? Peu importe, pendant que tu étais absent, une demande de ton grand copain de la Gestapo est arrivée. Il veut la liste des juifs.

Elle était sur la table de noyer brillant du Petit Singe, juste sous sa main. Il l'ouvrit et en feuilleta quelques pages, effleurant du bout d'un doigt les ajouts que l'adjudant Damiano avait fait sur les bords, de son écriture inclinée.

– Tout à fait à jour, remarqua-t-il. Qu'est-ce qu'on fait, on la lui donne ? On lui dit qu'on l'a perdue ? Moyennant quoi, l'adjudant nous balance et on finit dans un camp de concentration ? Alors, on la lui donne ? Tu la lui portes toi, mon garçon ?

Il ferma le registre et posa la main dessus.

– Là-dedans, il y a des gens que je connais. Tu en as quelques-uns ?

De Luca hocha la tête. Il pensait au *dottor* Ravenna, mais ce n'était probablement pas le seul.

– Et pourquoi, quand on l'a fait, c'te registre, à quoi on croyait qu'il allait servir ? Mais bon, à quoi on devait penser, on est policiers, on sert la loi, pas vrai ?

De Luca hocha encore la tête, sans rien dire.

– Et alors, on la lui donne ou on la lui donne pas ? Et comment on fait pour la lui donner ? Tu sais pourquoi je suis en colère contre toi, mon garçon ?

De Luca fit non de la tête.

– Parce que, si tu avais été là quand le lieutenant de la Gestapo a appelé, c'était tes oignons, de la lui donner ou pas, cette liste, et là, on me l'a passée à moi et, maintenant, c'est mes oignons.

Le Petit Singe appuya son front sur une main et, de l'autre, fit signe à De Luca de s'en aller.

– Va te faire foutre, mon garçon, murmura-t-il. Va au diable.

Puis, quelques jours plus tard, le consul Martina revint à Bologne.

Il Resto del Carlino, jeudi-vendredi 16-17 septembre 1943, XXI, Italie, empire et colonies, 30 cent.
LES PREMIÈRES CONSIGNES DU RÉGIME FASCISTE RÉPUBLICAIN — LA DRAMATIQUE HISTOIRE DE LA LIBÉRATION DE MUSSOLINI.
Chronique de Bologne : LES MILICIENS DE LA 67e LÉGION SONT RAPPELÉS SOUS LES ARMES — DISPOSITIONS POUR L'ORDRE PUBLIC ET LA NORMALITÉ DU TRAVAIL.
Cinéma et théâtre : AU MANZONI : *Ragazza indiavolata* ; AU MODERNISSIMO : *Vergine ribelle* ; AU CENTRALE : *La Signora Luna.*

Quand Lorenza l'avait appelé, De Luca pensait à une chose. Et quand Cesarella l'avait convoqué, De Luca était en train de descendre au sommier, qui se trouvait à l'entresol de l'immeuble de la questure.

Les points faibles de Fratojanni n'étaient pas seulement les hôtels et la mallette. Il y avait aussi le frisé à la cicatrice et la gamine. S'il les trouvait, peut-être réussirait-il à les faire parler, ou à démontrer en tout cas leur lien avec le commissaire divisionnaire.

L'idée était que le frisé, si c'était bien le criminel endurci qu'il semblait, était peut-être déjà fiché par la police. Mais pas comme politique, comme délinquant de droit commun. La fois précédente, quand il l'avait cherché après avoir reçu des coups de barre, c'était dans les archives politiques qu'il avait regardé.

Malgré tout, les droits communs étaient beaucoup plus nombreux que les politiques. Le travail le plus long fut celui d'isoler une série de fiches : hommes de plus de vingt ans, de moins de quarante. Il aurait pu parcourir les tiroirs du fichier et passer en revue une fiche après l'autre mais il voulait se concentrer sur les visages avec leur histoire, pas seulement glisser dessus. Le frisé avait pu être photographié quand il ne l'avait pas encore, la cicatrice. Maintenant, en plus, il en avait probablement deux.

Il y avait un risque, celui qu'il vienne d'ailleurs et ne soit pas fiché à Bologne. Il l'avait pensé la première fois, quand il avait regardé les politiques, mais maintenant, après l'avoir vu disparaître et réapparaître dans les bonnes rues, l'autre soir, il en doutait. Certes, si ça avait été un criminel habitué du milieu bolonais, il aurait dû, d'une manière ou d'une autre, le connaître, ça faisait partie de son métier de policier de reconnaître les visages de la pègre.

C'était une question de chance et, pour une fois, De Luca en eut parce que, dans le troisième tiroir, il trouva un jeune homme qui n'avait pas de cicatrice mais les mêmes yeux et les mêmes cheveux que le sien.

Trois photographies, face, profil et trois quarts. Luria Franco, né à Casalecchio en 1916, profession savetier, signes particuliers aucun, il regardait l'objectif de l'appareil avec la même expression froide et méchante que celle qu'il avait eue en fixant De Luca quand il voulait le tuer, et il le reconnut surtout à ça. Puis tout le reste, le nez droit et fort, la mâchoire légèrement arrondie, le menton levé et les lèvres serrées dans une grimace arrogante. Et les cheveux bouclés, naturellement, plaqués de force, et inutilement, par la brillantine.

Il avait eu sa première arrestation à quinze ans, pour rixe, la deuxième pour braquage, et deux autres pour extorsion aux dépens de prostituées. Là s'arrêtaient les annotations griffonnées à la plume en cursive ornée de vieux scripteur d'autrefois, et d'autres plus récentes commençaient, tapées à la machine sur les lignes en pointillé du carton. Tous ces signalements provenaient de la questure de Milan, voilà pourquoi De Luca ne le connaissait pas, et il y avait aussi une accusation pour tentative d'homicide. Pas de domicile connu. En fuite.

Au bas de la fiche, toutefois, il y avait, dans l'angle droit, un truc bizarre qui attira l'attention de De Luca. Un point, ou plutôt un petit rond au crayon rouge avec un numéro, "375", au crayon noir.

De Luca appela l'adjudant Carnevale, qui, vu son âge, aurait pu être le vieux scripteur à la plume, et qui lui expliqua avec orgueil que le système des ronds de couleur était une invention à lui.

– Vous savez comment ils font, les Allemands, hein, trois copies pour chaque fiche archivée dans trois fichiers différents, quand il y a eu la visite de l'autre, là, Hitler, non, comment il s'appelle, le chef de la police allemande…

– Himmler.

– Voilà, lui, et comme ils sont forts, et que nous on devrait faire pareil qu'eux, un ponte de Rome avec un Allemand pour nous expliquer la méthode, mais moi j'avais déjà mon système et personne s'est jamais plaint, et ça marche encore mieux, parce que, eux, ils aiment les trucs compliqués, alors que nous…

– Qu'est-ce que ça veut dire, le rond rouge ?

– Qu'il y a quelque chose qui le concerne dans un autre fichier. Jaune pour les juifs, rouge pour les politiques, vert pour les invertis et les pornographes. Vous me direz, pourquoi vous ne les mettez pas tous ensemble, de toute façon, c'est des délinquants, mais de cette façon…

– Les politiques ? Mais il n'y est pas. J'ai déjà regardé dans le fichier, et très attentivement…

L'adjudant Carnevale leva une main. Il ouvrit un tiroir, feuilleta les fiches avec une rapidité insoupçonnable et en sortit une, qu'il mit devant De Luca.

– De fait, lui, il n'y est pas, c'est son frère.

Fiche numéro 374, Luria Andrea, vingt-cinq ans, profession batelier. Sympathisant communiste. Domicile inconnu.

Dès qu'il le vit, De Luca se le rappela, car il l'avait remarqué quand il avait passé en revue les politiques, c'étaient les mêmes yeux mais, pour le reste, il était complètement différent. Et même les yeux, si quelque chose de familier dans leur forme les rapprochait, ils avaient une autre lueur, beaucoup plus douce.

Puis il revint à la fiche du frisé et copia tout ce qu'elle contenait, se fit promettre par l'adjudant un double des photos et s'en alla.

Cette fois, il frappa à la porte avant d'entrer dans le bureau de Cesarella, mais le résultat ne fut pas très différent, car sur le Chesterfield, maintenant, il n'y avait pas seulement Fratojanni, mais aussi Martina.

Il était en civil, avec une chemise noire sous un veston croisé gris trop large pour lui, et son visage aussi semblait plus creusé. Il tourna d'un coup brusque la tête quand De Luca se présenta sur le seuil et le foudroya du regard. Fratojanni, en revanche, sourit, fermant à demi les yeux derrière ses lunettes rondes.

– Excusez-moi, dit De Luca. Je reviens plus tard.

– Ça vaut peut-être mieux, murmura le Petit Singe.

– Mais non, objecta Fratojanni, nous sommes en train de discuter de la future structuration de cette questure, des déplacements, des mutations, des assignations. De l'épuration. Une réorganisation, en somme. Peut-être cela intéressera-t-il le commissaire.

– Je ne suis qu'un petit fonctionnaire, rétorqua De Luca, je reviens une autre fois.

– Oui, ça vaut mieux.

– Vous connaissez le consul Martina, n'est-ce pas ?

– Consul général.

– Oui, excusez-moi, s'empressa Fratojanni en se touchant le front du bout des doigts. Le consul général va nous donner un coup de main au nom du nouveau Parti fasciste républicain, et avec la confiance maximum de l'allié allemand. Mutations, assignations, etc.

– Je reviens plus tard, répéta De Luca, et Cesarella se borna à hocher la tête.

Le divisionnaire ôta sa main de dessus son bureau et la souleva à peine. C'était une suggestion, que De Luca mit une seconde à comprendre. Il tendit le bras dans un salut romain et, sans plus attendre, se retira.

Avant de fermer la porte, il eut le temps de noter deux choses.

Le portrait de Mussolini au mur, derrière Cesarella.

Et le registre des juifs de Bologne sur les genoux du consul général Martina.

Fin de l'armistice. La guerre avait recommencé et lui, il était seul. Et il avait peu de temps, car bientôt on le jetterait hors de la police et on l'arrêterait. Ou on le tuerait en pleine rue.

Il avait besoin d'aide. Pour mener sa propre guerre, pour la gagner ou même seulement aller jusqu'au bout encore vivant, il avait besoin d'une armée à lui. Trouver le frisé, même maintenant qu'il connaissait son nom, ce n'était pas un truc de petit flic solitaire, sans hommes, sans moyens, pratiquement sans même l'autorité pour défoncer une porte. Et sans plus avoir de temps. Il avait espéré, pas vraiment cru, seulement espéré, que Cesarella lui donnerait une équipe pour trouver son homme, mais il savait que ce n'était qu'une illusion avant même de trouver ces deux-là dans le bureau du chef.

Il avait besoin d'alliés. Et peut-être savait-il où les trouver.

C'est pourquoi il ne retourna pas à son bureau mais descendit l'escalier et sortit de la questure entre les deux aigles de pierre perchés sur les côtés de la grande porte, passa à côté des bas-reliefs sur les colonnes rectangulaires du portique, la femme avec son mousqueton à ses pieds, l'homme nu et l'étudiant médiéval qui tournaient leurs visages carrés de licteurs de l'autre côté, comme s'ils ne voulaient pas le regarder tandis qu'il s'éloignait, pensif, mains dans les poches.

Parce qu'il avait tant de choses à penser, toutes laides, empoisonnées par la sensation qu'il faisait ce qu'il fallait, mais pas de la bonne manière.

Il pensa aussi à Lorenza, se demanda où elle était en ce moment, et cela non plus n'était pas une belle pensée, plus mélancolique que douce, et puis plus triste que mélancolique et puis plus rien, parce qu'il était à présent arrivé à la villa et à son portail de fer forgé.

Derrière, il y avait un milicien en uniforme, qui regarda la carte de De Luca, l'écouta en silence et toujours sans rien dire le fit entrer mais l'arrêta d'une main sur la poitrine, pour qu'il attende là, dans le jardin.

De Luca s'assit sur un banc de pierre et resta à regarder le lierre qui grimpait sur la façade de la villa, ne laissant libre que la petite porte par laquelle le milicien était entré.

Puis celle-ci s'ouvrit, et, encadré par les feuilles blanches et vertes comme dans un tableau préraphaélite, noir et brillant dans son uniforme neuf, apparut Rassetto, avec son sourire de loup.

– Vous avez vu, commissaire ? J'ai réussi à devenir adjudant ! Et sans apprendre à taper à la machine.

De la pièce arrivait le bruit de touches frappées à la vitesse d'une rafale, mais ce n'était pas Massaron, qui se tenait debout devant le bureau et agitait la main pour saluer De Luca en train de remonter le couloir avec Rassetto. En effet, de l'autre côté de la pièce, il y avait une table avec une jeune femme aux cheveux courts qui bougeait très vite ses doigts sur le clavier d'une Invicta qui semblait tout juste sortie d'usine.

Rassetto fit entrer De Luca dans la dernière pièce au fond du couloir et là aussi tout paraissait flambant neuf, le fauteuil pivotant sur lequel Rassetto se laissa tomber, le siège rembourré qu'il offrit à De Luca, les accessoires de cuir noir assortis sur la table en bois massif, même la boîte de cigares toscans, encore scellée, qu'il sortit d'un tiroir, tout cela réquisitionné à droite et à gauche, expliqua-t-il avec un geste circulaire du doigt. Seule la grenade posée à côté du téléphone, pareille à celle que Mussolini, fit remarquer Rassetto, gardait sur sa table quand il dirigeait *Il Popolo d'Italia*, semblait vieille et un peu rouillée.

– Dix hommes, deux voitures à essence et même une secrétaire, dit Rassetto en soulevant le coude comme pour piquer quelque chose, un sourcil levé au-dessus de son sourire de loup. Trois lignes téléphoniques, continua-t-il en tapant du doigt sur le téléphone, dont une directe avec l'avenue Aldini, parce qu'il peut bien y avoir un bordel qu'on n'y comprend rien, qu'on ne sait pas encore qui commande quoi et, d'après moi, même le Duce ne le sait pas encore, mais on ne peut pas négliger les Allemands. Comme on dit, "avec la swastika, tout va". Et moi, ils m'appellent "commandant".

De la paume de la main, Rassetto lissa le cuir du baudrier qui lui ceignait la poitrine, brillant et tout neuf lui aussi. Il portait un chandail à col roulé sous une veste noire de l'uniforme de la Milice, mais sans insigne.

– Nous sommes une unité autonome, à mi-chemin entre l'Office politique de la questure et la police fédérale du Parti, comme je t'ai dit, la confusion règne, mais on verra. Pourquoi tu ne viendrais pas avec nous ? On aurait bien besoin d'un limier comme toi.

– Je te remercie mais je ne suis pas venu pour ça.

Rassetto le savait et, comme il savait que De Luca ne fumait pas, il ne lui offrit donc pas le cigare qu'il alluma avec une longue allumette de cheminée et qu'il brûla à chaque bouffée tandis que, les yeux mi-clos dans la fumée épaisse et les dents serrées autour du cigare, il écoutait le commissaire raconter les derniers développements de son enquête. Quand De Luca eut fini, le cigare aussi était terminé et Rassetto l'écrasa dans un cendrier de cristal massif et immaculé.

– J'aimerais beaucoup entuber cette fripouille de consul, dit-il en retirant un bout de tabac de sa lèvre. Le juif et le Maltais, j'en ai rien à faire, et encore moins des deux pédales, le Trafiquant et ce gamin. Mais le consul Martina…

– Consul général…

– En plus ? Il a même monté en grade, le salopard !

De Luca ne dit rien, immobile dans son fauteuil.

– En tout cas, il y a un affrontement entre ceux qui veulent que tout redevienne comme avant et ceux qui pensent au contraire qu'il faudrait quelque chose de plus radical, et moi je suis de ceux qui pensent qu'il faut commencer par fusiller un peu de monde, en commençant par les traîtres du Grand Conseil et ainsi de suite, tous les défaitistes, les réticents et les lâches antinationaux qui nous ont menés là où nous sommes. Le consul général, conclut-il en appuyant avec mépris sur chaque syllabe, est de l'autre bord.

La porte s'ouvrit et la fille entra, dans un claquement de talons hauts, le pas entravé par une jupe moulante. Elle portait un chemisier blanc boutonné sur une poitrine généreuse sur laquelle Rassetto posa un regard insistant, à l'intention de De Luca, tandis qu'elle se penchait sur le bureau avec un papier à signer. Quand elle s'en alla, Rassetto répéta le geste du coude, en se lissant de l'autre main les moustaches entre pouce et index, comme s'il venait juste de finir de manger.

– La belle vie, mais on doit produire des résultats si nous ne voulons pas sauter quand tout sera enfin réorganisé. Qu'est-ce que tu veux que je fasse ?

– Je veux que tu trouves le frisé. Luria Franco.

– "Je veux", ça ne devrait pas être la bonne manière de s'adresser à un commandant, mais au nom de notre vieille amitié, ça va. Tu es sûr que c'est lui qui a la drogue ?

– Non, mais comme c'est le bras droit de Fratojanni, je crois qu'il sait au moins où elle se trouve.

– Et comment on fait le lien avec le consul ? Le consul général.

– Trouvons la drogue, le reste viendra aussi.

Rassetto tira un autre cigare de la boîte, prit un petit couteau sur le bureau et le coupa en deux, tandis qu'il réfléchissait.

– Oui, mais nous, on est une brigade politique. D'accord pour la confusion et pour l'autonomie, mais donner la chasse à un délinquant de droit commun pour un trafic de stupéfiants…

– Il a un frère communiste, dit De Luca, et Rassetto hocha la tête en allumant le cigare.

– C'est bon, alors. Partons en chasse.

De Luca se laissa aller dans le fauteuil. Il aurait voulu se détendre en s'abandonnant sur les coussins, même les accoudoirs étaient adoucis par du cuir rembourré, mais il n'y arrivait pas.

En partie, oui, il y avait la fièvre de l'enquête qui semblait approcher de la fin, il réussissait presque à la toucher du doigt et il avait pas mal d'idées sur la manière de mener la chasse, des idées de policier, des idées de flic qui lui brûlaient dans la poitrine comme des frissons fiévreux.

Mais ce n'était pas seulement ça qui serrait son souffle dans sa gorge, avec la curiosité et l'impatience il y avait cette sale sensation qui durcissait les muscles dans son dos et lui mordait l'estomac.

Rassetto le vit s'installer mieux dans le fauteuil et sourit, content de lui.

– Confortable, hein ? Je l'ai choisi exprès. Tu sais, quand on interroge quelqu'un après l'avoir fait rester debout pendant des heures et que Massaron l'a démoli de coups, et ainsi de suite, des coups, pas de sommeil, des coups et debout, voilà, quand ils en peuvent plus, moi je les fais monter et je les mets sur ce siège si doux. Tu vois, De Luca, ils abandonnent presque tous et ils arrivent plus à revenir en arrière, ils fondent, littéralement. Le seul ennui, c'est que le fauteuil est souillé de sang et du reste. Heureusement que Vilma s'occupe de le nettoyer.

Et, de nouveau, il piqua l'air du coude, le cigare serré entre les dents de son sourire de loup.

Il Resto del Carlino, vendredi-samedi 17-18 septembre 1943, XXI, Italie, empire et colonies, 30 cent.
NOUVEAUX DÉTAILS SUR LA LIBÉRATION DE MUSSOLINI.
Chronique de Bologne : LA REMISE DE TOUTES LES ARMES, les militaires de l'armée se présenteront d'ici dimanche à la caserne du 3e d'artillerie – NORMES POUR LES HABITANTS DURANT LA PHASE DE COUVRE-FEU – LA DISTRIBUTION ARBITRAIRE DE BLÉ DEVRA CESSER IMMÉDIATEMENT.
Cinéma et théâtre : AU CENTRAL : *Au son de la musique.*

Il faisait toujours un détour différent pour aller à la questure, il passait par une traverse à droite ou à gauche, jamais tout droit par la via Indipendenza, ce qui aurait été plus court et plus facile. Il essayait d'éviter la traverse de via Altabella, parce que passer devant la pharmacie de Lorenza lui faisait mal, mais cette fois il avait été distrait par ses pensées et quand le *dottor* Montuschi le salua sur le seuil où il était en train de fumer, il eut un serrement en lui, quelque part entre l'estomac et le cœur.

Il y avait un écriteau sur la vitrine de la pharmacie, CECI EST UN COMMERCE ARYEN, et la peinture blanche qui couvrait l'inscription sur le mur avait été renforcée jusqu'à devenir comme une page sur laquelle était marqué HONNEUR, MORT AUX TRAÎTRES et NOUS VAINCRONS, en grandes lettres aux contours si précis qu'elles semblaient imprimées.

Quand il arriva, il parcourut la dernière rampe de l'escalier en courant, car il entendait le téléphone sonner dans son bureau avec insistance. Devant la porte, dans le couloir, il y avait un homme, l'adjudant Donati, il le reconnut aussitôt à sa barbichette en pointe et à ses moustaches de roi de carte à jouer. Il décolla son dos du mur et vint à sa rencontre, quelques feuilles dactylographiées en main, enroulées comme un bâton.

– Pardonnez-moi de venir vous déranger mais j'ai vu que vous n'étiez pas là et je vous ai attendu. Je vous ai amené les relevés des écoutes, vous vous souvenez ?

De Luca tendit la main mais l'adjudant gardait les feuilles, réduisant encore plus entre ses doigts le diamètre du cylindre, devenu mince comme une sarbacane. Il semblait très nerveux.

– Rien de particulier, maintenant que le consul est revenu, il y a eu seulement quelques appels de convenance à des parents et amis, mais j'ai pensé vous les porter moi-même, j'attendais que vous veniez vous, mais vu que vous ne le faisiez pas…

Oui, il était nerveux. De Luca retira sa main et croisa patiemment les bras.

– Voilà… vous vous rappelez quand vous êtes venu et que je me suis laissé aller à ces considérations sur mes critères, disons, sélectifs de transmission des rapports quand je pensais que les choses allaient changer… voilà, je voudrais que vous me rendiez le service de les oublier, si possible.

C'est tout ? pensa De Luca, et il le dit :

– C'est tout ? Vous pouvez être tranquille, j'ai la mémoire très courte.

L'adjudant sourit, soulagé, et relâcha les feuilles, qui s'ouvrirent entre ses doigts jusqu'à devenir une espèce de tube. De Luca les prit, quand il s'entendit appeler. C'était Cesarella, qui arrivait dans le couloir.

– De Luca, mon garçon, où tu étais ? Ça fait une heure que j'essaie de t'avoir au téléphone. Mauvaises nouvelles.

L'adjudant avait disparu sans dire au revoir, mais De Luca ne s'en était même pas aperçu. Cesarella avait une mauvaise tête, plus rugueuse et plus simiesque que d'habitude.

– Je voulais t'avertir tout de suite. On t'a suspendu. Tu es en congé d'office, ce qui est le premier pas pour être viré de la police.

De Luca s'appuya d'une main au mur.

– Je te l'avais dit de laisser tomber, mais toi, non, têtu, tête dure, pourquoi, bon Dieu, pourquoi ? Tu veux un conseil d'ami ? Mais écoute-moi cette fois, après tu feras ce que tu voudras, mais tu m'écoutes.

De Luca hocha la tête, parce qu'il n'arrivait pas à parler. C'était un événement qu'il avait envisagé, c'est comme ça qu'il se battait, mais qu'il puisse arriver qu'il se retrouve vraiment sans carte, lui, hors de la police, vraiment, lui, ça lui coupait la respiration et il dut de nouveau s'appuyer au mur.

– Va-t'en. Sauve-toi. Ces gens parlent d'envoyer en camp de concentration le chef de la police, alors un rien du tout de petit flic comme toi…

Il lui posa une main sur l'épaule, en la serrant fort.

– De Luca, mon garçon, permets-moi de te le dire. T'es mort.

– Mais quand les choses se normaliseront, je retournerai à la Criminelle.

– Pas de problème.

– Et je ne mets pas l'uniforme.

– Pas de problème. Tu es notre limier, reste donc en civil. Mais t'es l'adjoint, rien à cirer de l'ancienneté et du grade, le commandant, c'est moi.

– Pas de problème.

Rassetto tendit le bras vers De Luca qui tendit la main pour serrer celle de son vis-à-vis, puis rectifia le mouvement parce que le commandant avait continué l'extension en salut romain.

– Bienvenue dans le Noyau autonome de police politique. Tu es avec nous, maintenant, tu verras que personne ne te touche plus.

Resté seul, De Luca s'attarda un peu sur le seuil du bureau qu'on lui avait réservé, comme s'il n'avait pas le courage d'entrer. Puis il prit la chaise et la plaça de l'autre côté de la table, pour avoir la fenêtre devant lui plutôt que dans le dos. Le vert du lierre qui encadrait la fenêtre, avec les feuilles qui pointaient aux angles de la vitre, calmait son anxiété, le soulageant un peu.

De ce premier étage, on voyait au-delà du jardin les cimes des arbres de l'avenue Dante qui n'avaient pas encore perdu leurs feuilles. Il y avait un peu de vent qui les agitait, et ça aussi, ça donnait l'impression d'être ailleurs que dans un bureau de police.

Pendant un moment, De Luca pensa à écrire une lettre à Lorenza. Prendre une feuille, respirer profondément et coucher sur le papier ces mots que, sous la pergola de la villa sur les collines, il ne lui avait jamais dits. Mais il ne savait par où commencer, il ne savait que dire, et de toute manière il n'avait pas le temps. Même s'il savait que ça, c'était à moitié une excuse.

Après avoir passé toute la journée dehors à suivre une piste qui l'avait mené jusqu'à Argenta, où il croyait trouver la fille, mais ce n'était pas le cas, De Luca revint à la villa en fin d'après-midi et apprit qu'ils avaient attrapé Luria.

Il était en bas, au sous-sol, avec Massaron et Rassetto que De Luca trouva dans le couloir, le dos appuyé à une porte fermée, en train de fumer un demi-cigare.

– On l'a chopé ce matin et, avant l'heure du déjeuner, il avait déjà parlé. Mais on a fait à moitié chou blanc, parce qu'il n'y avait pas grand-chose.

Le couloir du sous-sol était long et sur le mur il y avait trois portes de métal massives, flambant neuves, qui avaient remplacé les simples grilles de cave qui se trouvaient là avant. De Luca s'approcha de celle de Rassetto, dont l'œilleton était ouvert, et il se hissa sur la pointe des pieds pour regarder à l'intérieur, mais il ne vit qu'un jeune homme qui n'était pas le frisé à cicatrice. Il était assis sur le sol de terre battue, la nuque appuyée au mur, et dormait avec une grimace crispée sur le visage, comme s'il faisait un cauchemar. De Luca le reconnut, c'était Giovannino Marani, le fiancé de Maria.

– Non, il est là, intervint Rassetto en montrant la deuxième porte métallique. Celui-là, on l'a pris avec lui quand nous avons fait une descente dans l'appartement que nous a indiqué un espion.

– Il doit y avoir une erreur, dit De Luca, lui, je le connais, c'est un gamin.

– Ton gamin est soupçonné d'avoir planqué un lot d'armes du 6e bersagliers, quand il y a eu le sauve-qui-peut à la caserne. Mais si tu dis que tu le connais et si tu parles en sa faveur, je le relâche sans le massacrer, vu qu'on n'a rien trouvé, ni armes ni rien, à part un paquet de tracts.

– Et le sac?

Rassetto haussa les épaules. Il écrasa ce qui restait du cigare avec le talon de sa botte et ouvrit la deuxième porte.

Dans l'état où il était, de toute manière, il n'aurait pas été facile de le reconnaître, mais même ainsi, gonflé de coups et couvert de sang, De Luca comprit que l'homme assis sur la chaise de fer, poignets liés dans le dos, n'était pas non plus le frisé à la cicatrice. Il faisait sombre dans la pièce, le fenestron allongé sous le plafond qui donnait sur la cour aurait laissé passer très peu de lumière même de jour, mais il y avait une lampe à pied qui éclairait en plein juste la chaise, et non, ce type-là, ce n'était pas lui.

– Bien sûr que non, De Luca, qu'est-ce que t'avais compris? C'est son frère, Luria... comment il s'appelle... Andrea.

En entendant son nom, l'homme sur la chaise leva la tête, fixant l'obscurité de son unique œil ouvert. Le cône de lumière était très fort, presque aveuglant, mais le reste de la pièce était plongé dans une obscurité très épaisse, et de Massaron, qui posait les mains sur le dossier de la chaise, on ne voyait que la forme massive.

Ses mains, en revanche, on les voyait bien, souillées de sang et écorchées aux jointures. De Luca sentit son estomac se serrer. Il y avait une odeur de sang, d'excréments et d'urine, mais ce n'était pas seulement cela qui le dérangeait. Sur le visage de Luria, il y avait un peu plus que les deux coups de poing de Tampieri.

– On l'a pris ce matin dans un bistrot de la via Avesella en même temps que ton ami d'à côté, on a eu un tuyau. Massaron a été bon, comme toujours, et notre Luria Andrea, profession batelier, sympathisant communiste, nous a donné l'adresse d'un appartement pas loin. Une soupente, très petite, et on a pratiquement tout retourné, mais il n'y avait que ça.

Rassetto tourna le halo de la lampe vers leur coin, éclairant un banc d'école sur lequel était posé un paquet de feuilles liées par une ficelle. C'étaient des tracts polycopiés qui appelaient à la désertion, quelques lignes imprimées tant bien que mal sur du papier rugueux, jauni et ridé sur un côté, comme sous l'effet de l'humidité.

– Mon informateur chez les communistes me le disait que ce n'était qu'un pauvre diable, la dernière roue du carrosse, il nous a dit tout de suite qui lui fournissait cette merde défaitiste, on le trouvera tôt ou tard. Ton gamin, il serait presque plus important, tu vois.

– Et le frère ?

Rassetto ramena la lumière sur Luria qui plissa l'œil encore intact en gémissant.

– Il dit qu'il n'en sait rien, qu'il ne l'a pas vu depuis longtemps, et tu sais quoi, commandant adjoint De Luca ? Moi, je le crois. C'est un minable, vraiment un pauvre diable, et s'il savait quelque chose, après la séance de cet après-midi avec Massaron, tu verrais qu'il le dirait.

Ne perdons pas plus de temps, je le refile à la questure, qu'ils s'en occupent eux, et nous, on se lance sur une autre piste.

Luria respirait fort, avec un sifflement de son nez déformé. De Luca prit deux tracts, dans l'obscurité, les tint entre ses mains. La partie flétrie craquait comme un des cigares de Rassetto. Sous les pouces, la ficelle qui les liait était rêche et grossière, plus une corde qu'une ficelle. Les nervures nettes et rondes, fatiguées par l'usage, plus un cordage qu'une corde.

Luria Andrea, sympathisant communiste.

Profession batelier.

De Luca le dit d'instinct, sans y penser.

– Je peux lui poser encore quelques questions ?

Rassetto sourit de ses dents de loup, il jeta un regard à Massaron qui émergea de l'obscurité et balança un coup de poing sur ce qui restait du visage de Luria.

Dans le couloir, accroupi sur ses talons, De Luca aspirait l'air par sa bouche grand ouverte, essayant de faire passer la nausée qui l'étranglait.

Quand Rassetto avait approché l'oreille du visage de Luria et avait hoché la tête, satisfait, en écoutant les bulles de salive ensanglantée qui gonflaient entre les lèvres éclatées par le poing de Massaron, De Luca était sorti de la pièce. Mais il le savait que ça ne servirait à rien de se pencher en avant, les mains sur les genoux et les mâchoires grand ouvertes dans l'attente d'un spasme, parce que ce n'était pas seulement le dégoût qui le suffoquait, et pas seulement l'horreur.

Rassetto se pencha pour lui poser une main sur l'épaule.

– On a l'estomac faible, hein ? Peu importe. T'as réussi ton coup, mon cher, c'est toi qui avais raison. Il y a une autre cachette.

De Luca s'agrippa au bras de Rassetto pour se remettre debout. Au lieu de lui couper la respiration, cette fièvre nerveuse qui lui montait dans la gorge, lui brûlant sa nausée, semblait lui redonner du souffle.

– Où ? demanda-t-il et il hocha la tête quand Rassetto dit "dans le canal".

Mais il ajouta "espérons que ce soit le bon, quand même".

Parce que, entre-temps, Massaron était sorti de la pièce en s'essuyant les mains avec un chiffon.

– Je lui ai balancé un pain de trop, dit-il.

Et il haussa les épaules.

– Je le savais ! Je le savais ! La voilà, la magie du grand chasseur !

Il y avait une jetée sur le canal Cavaticcio, sur une portion pas encore recouverte. C'était juste un moignon transformé en barcasse pour les lavandières mais il y en avait encore un bout qui s'enfonçait sur la rive, une espèce de grotte comme une cabane sur pilotis, avec un toit de bois pourri. Un trou noir le jour, encore plus invisible parmi les ombres du soir qui s'étendaient rapidement.

C'était là-dessous que se trouvait une barque étroite et plate, un peu moins longue que la grotte, et attachée à un pilier du ponton par un cordage à peine plus gros que celui qui empaquetait les tracts de Luria.

Les hommes de Rassetto la tirèrent au-dehors comme un chariot, en la faisant glisser dans l'eau avec les mains, au risque de finir dans le canal par enthousiasme. Ils la hissèrent sur le quai et, à la lumière des deux lanternes de cheminot auxquelles ils avaient ôté les feuilles du black-out, ils arrachèrent la toile cirée qui la recouvrait. Au fond de la barque gisaient trois caisses allongées, un des hommes avait apporté un pied de biche avec lequel il en ouvrit une, qui était pleine de mousquetons, comme les autres. Massaron prit un des fusils et le lança à Rassetto, qui le souleva au-dessus de sa tête, comme une lance.

– Joli coup ! Les armes du 6e bersagliers ! Il me semble que ton ami est un peu plus qu'un gamin ! Bravo, De Luca, voilà le flair du chasseur !

De Luca ne dit rien, occupé qu'il était à scruter l'une après l'autre les anfractuosités de la barque. La nausée qui l'empêchait de respirer avait commencé à faiblir quand ils avaient découvert le trou sous le ponton, et maintenant elle s'infiltrait à peine dans la fièvre qui avait recommencé à le brûler d'impatience.

Il y avait une traverse à la poupe que De Luca indiqua à Massaron, puis il prit la lampe torche que Rassetto n'utilisait pas et l'éclaira, poussa la lumière sous le bois. Massaron y glissa une main et en sortit un petit sac de jute fermé par une corde. Il la dénoua, ouvrit le sac et en tira une sacoche de médecin, en cuir marron, à la base plus large et aux coins renforcés par du métal.

– Tiens, tiens, comme on se revoit, dit Massaron.

Puis il ouvrit la sacoche, regarda à l'intérieur et laissa échapper un sifflement.

– La magie du grand chasseur ! dit Rassetto, en donnant une claque sur l'épaule de De Luca.

Qui sourit.

Il ne manquait qu'une pièce à son puzzle, la dernière petite flèche pour achever définitivement le schéma, en reliant tous les petits cercles.

Il savait où la trouver, et il l'aurait eue bien avant, s'il n'avait pas dû se laisser distraire par l'exigence de se couvrir pour ne pas se faire tuer.

C'est pourquoi il sauta dans sa voiture et se fit conduire à la villa du Noyau autonome, secoua le portail aux roses jusqu'à ce que le planton vienne lui ouvrir et courut dans l'escalier jusqu'à son bureau et à la liasse de documents qui se trouvait sur la table.

Les comptes rendus d'écoutes de l'adjudant Donati avaient encore les bords enroulés. À l'intérieur, il n'y avait que la transcription sténographiée de quatre appels.

L'un au colonel de la Militarkommandantur : salutations et invitation à se rencontrer au plus vite.

Un à Son Excellence M. le Questeur : salutations et invitation à se rencontrer au plus vite.

Un au commissaire divisionnaire Cesarella Giancarlo : salutations et confirmation de la rencontre de ce matin.

Un à la clinique privée Villa La Solitaria : demande de nouvelles sur la santé de sa tante Antonietta.

C'était ce dernier coup de fil qui intéressait De Luca. Parce qu'il savait très bien, comme tout le monde savait, que beaucoup de cliniques privées fonctionnaient comme des refuges de luxe pour qui pouvait payer un endroit tranquille, à l'extérieur de la ville, bien fourni en ravitaillement sans rationnement.

Et il était sûr, sans rien en savoir, que le consul général Aldo Martina n'avait pas de tante hébergée à la Solitaria, et peut-être n'avait-il jamais eu de tante Antonietta.

Ils firent une descente la même nuit. Deux hommes devant la grande porte de la villa, mitraillettes en bandoulière, deux à l'arrière et les autres à l'intérieur, avec Rassetto qui hurlait pour réveiller les occupants des chambres. Il exagérait, parce qu'il y avait beaucoup d'intouchables qui menacèrent de représailles, et elles devaient être concrètes car Rassetto cessa de hurler et commença à présenter des excuses, lèvres serrées sur ses dents de loup.

Mais ils trouvèrent le frisé, Massaron l'arracha au rebord de la fenêtre d'où il voulait sauter pour fuir par le parc de la villa, et il l'écrasa au sol dans le couloir, un pied sur la poitrine et le pistolet pointé sur le visage.

Et ils trouvèrent aussi la gamine, accroupie dans un coin entre une armoire et un lit, recroquevillée sur elle-même dans une chemisette courte d'enfant. Elle lança un regard méchant quand ils la sortirent, mais dès qu'elle vit De Luca, elle fit la moue et commença à pleurer, vraiment comme une enfant.

– Bon Dieu, dit Rassetto, mais qu'est-ce que tu lui as fait ? Elle est terrorisée.

Ça finit beaucoup plus vite qu'il ne l'avait imaginé.

La gamine parla tout de suite, la seule difficulté fut de la comprendre au milieu des sanglots qui lui brisaient la voix. Assise par terre dans l'une des pièces du sous-sol, serrée dans la veste d'un uniforme que De Luca lui avait fait mettre, parce que Rassetto et les autres l'auraient volontiers gardée à demi nue, Veronica raconta tout, la langue de l'oncle qui lui sortait de la bouche pendant que le prince héritier l'étranglait, les mains de Goldstein serrées sur ses jambes, la cocaïne, et Fratojanni aussi qui regardait, immobile, en s'essuyant les lunettes avec la cravate, pendant que Valentino et elle faisaient l'amour, et Rassetto cracha dans un coin en grognant "c'est dégueulasse".

Elle parlait si vite que Vilma avait du mal à sténographier, mais c'étaient encore les mots d'une bizarre gamine mineure. Il en fallait un peu plus pour refermer le cercle.

Mais même le frisé, qui avait deux cicatrices maintenant, raconta tout immédiatement.

De Luca pensait qu'avec un type comme lui, même les coups de Massaron ne suffiraient pas, mais quand Luria Franco comprit qu'au lieu d'être accusé de complicité dans un trafic de stupéfiant et de tentative d'homicide sur un commissaire de police, il risquait d'être fusillé sur-le-champ pour propagande défaitiste, il perdit aussitôt son sourire de jeune vieux malfrat et raconta tout ce qu'il savait depuis que Fratojanni l'avait appelé pour résoudre le problème De Luca et l'aider à cacher la deuxième mallette.

C'était la dernière pièce qui manquait au puzzle.

Il fallait faire vite. Rassetto alla arrêter le consul qui, comme il le raconta en riant le lendemain, s'était chié dessus dans le lit où ils l'avaient réveillé en lui mettant une mitraillette sous le nez.

Quant au commissaire divisionnaire Fratojanni, en revanche, ce fut De Luca qui alla l'interpeller.

Fratojanni ne dormait pas. Il n'était pas non plus à son logement de la caserne, le premier endroit où se rendirent De Luca et Massaron. Le planton leur dit que le divisionnaire avait reçu un coup de fil et qu'il était sorti tout de suite, malgré l'heure tardive.

"Et voilà'", dit Massaron. Mais le planton ajouta :

– Il a laissé un message pour le commissaire De Luca. Il l'attend dans le bureau du *dottor* Cesarella.

À l'entrée de la questure, il y avait un jeune brigadier qui ne voulait pas les laisser entrer. Il ne reconnaissait pas les cartes, ne savait même pas ce que c'était que cette brigade, il en naissait une chaque jour, même les Allemands il n'avait pas la permission de les laisser passer, et quand Massaron laissa échapper qu'ils étaient venus pour une arrestation, il sortit carrément son pistolet.

Survint un adjudant plus ancien, que connaissait De Luca et qui lui serra même la main, "commissaire, quel plaisir", puis il vit sa carte et grimaça.

– J'ai rendez-vous avec le divisionnaire Fratojanni, expliqua De Luca. Vous pouvez l'appeler pour vous le faire confirmer.

– Peu importe, répondit l'adjudant, mais il les accompagna dans l'escalier, jusqu'au palier, frappa à la porte du bureau et l'ouvrit.

Une rafale de mitraillette jaillit dans le couloir et crépita contre le mur, au-dessus de la tête de l'adjudant qui tomba à genoux. De Luca le tira par un bras, hors de l'embrasure de la porte, tandis que Massaron s'abritait derrière l'encadrement, de l'autre côté, pistolet à la main. Il allait se jeter à l'intérieur et se mettre à tirer, mais De Luca le retint d'un geste.

– Je veux parler avec le commissaire, dit Fratojanni.

De Luca déglutit. Il n'avait aucune envie de se faire tirer dans le ventre, mieux valait laisser faire Massaron ou les gardes qui montaient dans l'escalier, mais il était curieux de savoir ce que voulait lui dire le commissaire divisionnaire, il voulait arriver au fond de son histoire, il *devait* y arriver et ça, il le savait, c'était la meilleure manière de le faire.

– J'entre, annonça-t-il, et malgré Massaron qui secouait vigoureusement la tête, il fit un pas en avant, certes hésitant, et entra.

Il se retrouva avec pointé sur lui le canon perforé d'un MAB que Fratojanni, assis, étreignait, le chargeur du mousquet automatique calé sur le bureau comme sur un trépied. Il était sans cravate, le gilet déboutonné sur la chemise au col ouvert, et la sueur faisait glisser ses lunettes sur le nez. Il les remontait du bout d'un doigt de la main gauche, rapide, avant de la ramener sur la mitraillette.

De Luca s'assit sur le Chesterfield, suivi par la bouche noire du MAB.

Sur le bureau, il y avait aussi deux grenades.

– Vous n'êtes pas comme ça, dit De Luca.

Je ne pensais pas ça non plus de vous. Je vous croyais carrément antifasciste. Mais les circonstances changent.

– Moi, je suis un policier, dit De Luca.

– Ça suffit, cette histoire.

– Je suis un policier et je vous arrête pour avoir tué quatre... peu importe que je vous le dise, vous savez ce que vous avez fait.

Fratojanni haussa les épaules.

– Vous avez raison, peu importe ce que nous avons fait. Nous avons joué une belle partie, j'ai fait des erreurs, vous avez commis les vôtres, les miennes étaient plus nombreuses et donc j'ai perdu. Vous avez gagné, félicitations. Et maintenant ?

Il y avait cette démangeaison insupportable en lui, mais ce n'était pas la fièvre habituelle, parce que Fratojanni avait raison, le jeu était fini et il ne restait plus rien à découvrir. C'était de la peur qu'il ressentait, et elle le brûlait juste à l'endroit que visait la bouche de la mitraillette du divisionnaire. De Luca écarta les bras, peu et lentement, mais il ne réussissait pas à rester immobile.

Soudain une rafale assourdissante déchiqueta l'encadrement de la porte, le faisant bondir sur le canapé, dans un sursaut qui le raidit jusqu'aux mâchoires. Un projectile troua le dossier du Chesterfield juste à côté de De Luca, mais c'était seulement parce que le MAB s'était déporté à gauche, en tirant.

– Excusez-moi, dit Fratojanni, qui avait tiré vers le couloir pour que Massaron se remette à l'abri.

Puis il souleva la mitraillette, la retourna entre ses mains et, tant bien que mal, glissa le canon sous son menton. Il tira une rafale, étirée par le doigt cloué à la détente, et son visage explosa, faisant gicler ses lunettes jusqu'au plafond.

De Luca fit un nouveau bond sur le canapé et retomba sur le coussin, tremblant, contemplant le corps du commissaire divisionnaire Fratojanni, assis derrière le bureau, figé par la mitraillette qui le maintenait à sa place comme un bâton, rigide et immobile.

Mais il n'avait plus de tête.

Il Resto del Carlino, jeudi 2 décembre 1943, XXI, Italie, empire et colonies, 30 cent.
LES JUIFS RÉSIDENTS EN ITALIE DIRIGÉS VERS DES CAMPS DE CONCENTRATION, *confiscation de tous leurs biens meubles et immeubles, surveillance de la police sur les aryanisés* – FAUNE ABYSSALE, *coûte que coûte, nous le répétons, il convient de séparer par une coupure draconienne les parties infectées de celles qui sont saines, et de procéder à une désinfection radicale. Quelle que soit son étendue, la pourriture ne doit pas être soignée quand elle s'avère à l'état de putréfaction, mais extirpée.*
Chronique de Bologne : LE PROBLÈME DU RAVITAILLEMENT ET LA LUTTE CONTRE LE MARCHÉ NOIR – LES APPAREILS RADIO DANS LES LIEUX PUBLICS : *obligation de les faire fonctionner pour l'écoute du* Journal Radio.
Cinéma et théâtres : AU MODERNISSIMO : *La vita è bella.*

Il se laissa tomber dans le fauteuil et y resta, enfoncé dans le pardessus clair qui l'enveloppait comme un nuage poussiéreux, menton et joues non rasés frottant désagréablement contre l'étoffe du col relevé jusqu'aux oreilles.

De Luca appuya les pieds sur le bureau et souffla tout l'air de ses poumons dans un soupir si profond qu'il lui fit mal. Il ferma les yeux en cherchant à se perdre dans la torpeur pétillante qui lui embrumait l'esprit et, pendant un instant, il lui sembla réussir à oublier l'insomnie et la brûlure à l'estomac, mais le manque de sommeil ne suffisait pas à le faire endormir et la faim ne réussissait pas encore à bloquer cette sensation de nausée qui lui fermait la gorge.

Le poids du pistolet qu'il gardait en poche fit glisser un pan de son pardessus et il sentit la lettre de Lorenza qui bruissait dans la poche intérieure. Il ne la prit pas, car il la connaissait maintenant par cœur.

C'étaient quelques lignes écrites de sa calligraphie régulière de première de la classe, elle disait qu'elle allait bien et qu'elle en espérait autant pour lui. Quelques lignes, parce que les autres étaient couvertes par l'encre noire de la censure, mais De Luca savait ce qu'il y avait dessous, il suffisait de les mettre sur une vitre pour regarder à travers.

Elle lui demandait des nouvelles de Giovannino, s'il était vrai qu'on l'avait fusillé au polygone de la via Aguchi, comme lui avait dit un réfugié politique, mais ils étaient sûrs que non, ce n'était pas vrai, s'il pouvait s'informer, je t'en prie, parce que, eux à la questure, où Lorenza croyait qu'il se trouvait encore, ils le savaient sûrement.

Avec affection, terminait-elle, et rien d'autre.

De Luca défit le col de la chemise noire, parce que même s'il continuait à refuser de porter l'uniforme, il avait bien fallu la mettre. Rassetto le lui avait expliqué, ils avaient gagné le premier round, le consul, ils l'avaient liquidé, mais la guerre continuait, et il le lui avait dit en roulant les dernières syllabes, à la Badoglio.

Guerre politique, guerre entre eux, mais sans merci et, comme maintenant, lui aussi était un soldat, et que les soldats laissent leur peau à la guerre, mieux valait avoir quelque chose pour se faire reconnaître. Puis, quand ils auraient vaincu, éliminé tous les traîtres, réparé la honte de la Patrie, fait place nette et installé la clarté, etc., etc., alors, là, oui, il pourrait faire ce qu'il voulait, même retourner à la Criminelle, bien sûr.

– Mais avant, lui avait-il dit, tu dois revenir parmi nous. Parce que, bon, d'accord que tu devais t'adapter, d'accord que tu as été mal, tout ce que tu voudras, mais tu prends un peu trop tes aises, mon ami, et ça fait au moins deux mois que tu ne fabriques plus rien. Alors que moi, j'ai besoin de ton flair, j'ai besoin de la magie du grand chasseur.

Et il avait posé devant lui une chemise couleur crème, qui était encore là, fermée.

De Luca enleva les pieds du bureau et ouvrit la chemise.

Il n'y avait qu'une seule feuille, une liste de personnes à trouver.

En troisième position, il y avait le nom du Gros.

De Luca referma la chemise et regarda au-dehors par la fenêtre. Il avait maintenu l'orientation de son bureau même quand ils avaient déménagé, alors même qu'à présent ils occupaient une aile du Palais de l'École d'ingénierie que leur avaient laissée les Allemands, et que devant il n'y avait plus les arbres de l'avenue Dante pour faire croire qu'on était ailleurs mais un mur de ciment qui, le jour, était gris et, avec l'obscurité rapide de cet hiver, devenait noir.

De Luca serra le pardessus autour de lui.

La nuit arrivait et il semblait faire encore plus froid.

Remerciements

La période qui va du 25 juillet au 8 septembre 1943, un peu avant et un peu après, est une étrange période, sur laquelle il y a encore beaucoup à raconter.

J'ai essayé de le faire en mettant en scène les mécanismes d'alors qui me semblent souvent encore ceux d'aujourd'hui, dans une interprétation qui est plus celle du romancier que de l'historien, même si j'espère avoir été le plus proche possible de la réalité, aussi bien historique, ou plutôt de l'Histoire, que quotidienne.

Pour cela, je dois remercier une série d'auteurs dont j'ai étudié les livres en les soulignant comme à l'école (au crayon, naturellement). Des textes qui se confrontent à la période en question et à ses spécificités policières d'un point de vue plus général, comme ceux de Frederick Deakin, Luigi Ganapini, Daniela Caliani, Mimmo Franzinelli, Ricciotti Lazzero, Franco Fucci et Mauro Canali, pour n'en citer que quelques-uns, et d'autres qui en analysent des secteurs et des thématiques plus locaux et plus particuliers.

J'ai trouvé très utile, par exemple, *Bologna in guerra (1940-1945)* sous la direction de Brunella Dalla Casa et Alberto Preti, *La svastica a Bologna* de Luciano Bergonzini, *Fascismo e tortura a Bologna* de Renato Sasdelli, et tout le matériel rassemblé et mis en ligne par www.storiaememoriadibologna.it, avec toutes les années du *Resto del Carlino* que j'ai citées, et par www.bibliotecasalaborsa.it.

Très précieux aussi sont les livres de photos *Bologna trema* de Bernardino Salvati et Paolo Veggetti, *Bologna ferita* avec le reportage de Filippo D'Ajutolo, et *Delenda Bonania*, édité par Cristina Bersani et Valeria Roncuzzi

Roversi Monaco, avec les images de Bologne sous les bombardements, blessures incroyables désormais presque complètement disparues sous la peau de la ville, comme ses canaux.

Pour le thème des internés civils aussi bien libres que dans les camps, j'ai lu *Invisibili. Internati civili nella provincia di Parma (1940-1945)* de Marco Minardi, et pour celui des internements politiques dans les asiles psychiatriques, j'ai trouvé très intéressant *I matti del duce* de Matteo Petracci, un sujet que je me réserve d'approfondir.

Pour la condition des juifs, surtout à Bologne, je me suis servi de *Salvarsi* de Liliana Picciotto, et *Ebrei e fascismo a Bologna* de Nazario Sauro Onofri.

Je n'en cite que quelques-uns et j'en oublie sûrement beaucoup, me réservant de les mettre tous (ou presque) sur ma page Facebook, comme on fait pour les bibliographies des thèses.

Il y a aussi beaucoup de films tournés et sortis durant cette période, comme *Les enfants nous regardent*, de Vittorio De Sica, *Les Amants diaboliques*, de Luchino Visconti, *Je vous aimerai toujours*, de Mario Camerini, et *La Terreur du pensionnat* de Raffaelo Matarazzo, en plus des films sur cette période dont je ne citerai qu'un chef-d'œuvre comme *La Grande Pagaille* de Luigi Comencini.

Quoique j'aie fait de mon mieux, j'ai certainement dû commettre des erreurs et je suis sûr que les lecteurs ne manqueront pas de me les faire remarquer (et bon, d'accord, merci en tout cas, on apprend en se trompant). Mais j'en ai fait exprès quelques-unes (toutes petites) pour la cohérence du récit, et aussi par superstition. Depuis longtemps, dans chaque roman historique, je mets une chanson anachronique, et ici c'est *A Copacabana*, que Lorenza chante à De Luca, ce qu'elle ne pourrait faire puisqu'elle est de l'année suivante.

En tous les cas, ce n'est pas seulement d'Histoire que je voulais parler. J'avais encore des comptes en suspens avec mon commissaire De Luca, c'est pourquoi je suis revenu aux origines de son voyage existentiel pour comprendre ce qui l'avait conduit à se tourmenter et à être tourmenté dans les quatre livres précédents. J'ai utilisé la forme narrative de l'*hard boiled* à la Raymond Chandler (et je ne me compare pas, bien entendu), comme dans *Le Grand Sommeil*, dont j'ai aussi cité quelques scènes, et même plus, comme style, j'ai essayé de me rapprocher de celui que je considère comme mon maître, Giorgio Scerbanenco.

Je ne sais pas si j'ai réussi.

À clore les comptes, je veux dire. Il m'est venu quelques idées pour voir mon commissaire dans la période la plus noire et la plus opaque de la guerre, et plus tard encore, de nouveau dans les années 50 : d'autres questions auxquelles je voudrais qu'il me donne des réponses.

À part les auteurs disparus ou vivants, à la fin de chaque livre il y aurait aussi tout un tas d'autres personnes à remercier, mais l'espace et la mémoire sont, toujours plus, ce qu'ils sont, et donc j'évoquerai seulement Beatrice Renzi, mon assistante, et Roberto Santachiara, mon agent, la maison d'édition Einaudi et en particulier Paolo Repetti et Francesco Colombo, d'Einaudi Stile Libero, et Chiara Bertolone.

Severino Cesari n'est plus, mais je le cite quand même.

J'espère de tout mon cœur avoir écrit un beau livre comme il les aimait.

Commencé à Mordano (province de Bologne), chez moi, le vendredi 16 février 2018 à 17 h 56 et terminé à Cattolica, Hotel Madison/Bagno Lele, le mercredi 27 juin 2018, à 17 h 26.

En scannant le QR code ci-dessous ou en entrant **metailie.premierchapitre.fr** dans la barre d'adresse de votre navigateur, vous accédez directement aux derniers extraits de nos nouveautés à paraître.

Cet ouvrage a été composé par
Atlant'Communication
au Bernard (Vendée)

Achevé d'imprimer en février 2024
sur les presses de Normandie Roto Impression s.a.s.
61250 Lonrai

N° d'édition : 24225001 – N° d'impression : 2400829
Dépôt légal : juin 2024

Imprimé en France